PEPE MEL

Los asesinatos de la xana

ALMUZARA

Editorial Almuzara • Colección Novela Histórica
Director editorial: Antonio Cuesta
Edición de Rosa García Perea

www.editorialalmuzaracom
pedidos@almuzaralibros.com — info@almuzaralibros.com

Imprime: Gráficas La Paz
ISBN: 978-84-18648-27-4
Depósito Legal: CO-193-2022
Hecho e impreso en España — *Made and printed in Spain*

Este libro está dedicado a Maristeli,
asturiana de Oviedo y madre de la mujer
que lleva compartiendo mi vida cuarenta años.
Porque me enseñó el amor por su tierra
y de ella aprendí las pocas palabras en bable
que aparecen en este libro.
Pero lo más importante, es que,
además de su familia en Ribadesella,
dejó tras de sí a tres maravillosos hijos.

Índice

Mieres, Asturias

4 de octubre de 1934

Se caló el sombrero despacio, con mimo, como a él le gustaba, a mitad de frente y ligeramente ladeado a su derecha. Hacía frío, era octubre y el verano parecía ya un recuerdo lejano que apenas había dejado huella en su memoria. Sacó el paquete de Bisonte y se llevó un cigarrillo a la boca, el destello de la cerilla iluminó su tez blanca y pecosa en la mañana oscura. El pelo rojizo y las pecas que marcaban su esbelto cuerpo eran la herencia de una madre irlandesa. Por todo ese legado materno, durante toda su niñez le habían llamado *Roxo,* sin embargo, la cara de niño travieso a pesar de sus casi treinta años, le había dado su mote definitivo: Guaje.

El gusto temprano por la sidra, la afición al bisonte y el imán certero para no ser capaz de esquivar los líos, eran los esbozos de los genes de un padre minero de Mieres.

Su padre asturiano y trabajador, crio a sus dos hijos sin poder desprenderse del negro color de la mina rodeando cada poro de su cansado cuerpo. Su madre, que había seguido al asturiano hasta España huyendo de la pobreza de su Irlanda natal, se topó con la realidad de una vida de sacrificio y renuncias. Solo cuando conseguía coger el jornal antes de que su marido fuera al *chigre,* ella y sus dos hijos desayunaban con leche y tenían pan en la mesa.

Pero Lilibet Pulman no había hecho aquel largo viaje hasta Asturias para ver pasar la vida sin intervenir en ella, e intuyendo la clase de vida que le esperaba con un marido trabajador, pero juerguista y borracho, decidió cargar los vagones en la galería de la mina, al principio de la rampa, donde sacarlos con los bueyes hasta el cargadero le molía los riñones.

El recuerdo que el Guaje y su hermano tienen de su madre va enmarcado entre el humo del tabaco que fumaba sin descanso y el sonido alegre de alguna canción en inglés y subida de tono.

El Guaje apenas recordaba el cuartel, aquella grotesca vivienda obrera de dos pisos que, construida por la empresa minera, sirvió como primer hogar para sus padres. Al poco tiempo llegó su hermano Pelayo y se mudaron. La *Colomina* era la barriada obrera en la cuenca del Caudal.

Había pasado la noche allí, como cada vez que acudía a ver a su hermano o necesitaba reencontrase a sí mismo, volvía a la raíz de su vida: Mieres.

David era médico forense y su trabajo le llevaba y retenía en Oviedo, la capital asturiana. Había intentado demasiadas veces arrancar a su hermano de la mina, pero este era muy distinto a él, y no solo en lo físico, Pelayo era moreno y enjuto. El Guaje tuvo claro desde el principio que debía escapar de aquel lugar tan cercano al infierno, y su madre hasta su último aliento facilitó el sueño de David. Pero Pelayo no tuvo tanta suerte, para él ya no hubo espacio, lugar, ni dinero. La muerte de su madre sumió a su padre en el alcohol y con apenas catorce años empezó a bajar a la mina para escapar de un ambiente opresivo y violento, que su hermano mayor jamás vivió.

El Guaje amaba a su hermano, y Pelayo nunca había dado la más mínima señal de resentimiento hacia él, la relación entre ambos era fluida, y Pelayo jamás había echado en cara nada a David.

El Guaje gustaba de vestir con traje entallado, chaleco, zapatos brillantes, reloj de bolsillo y sombrero.

Pelayo jamás se había quitado su humilde y gruesa vestimenta minera, que le servía para sobrevivir en las duras condiciones del día a día en la mina.

Había pasado la noche solo y sin conseguir ver a Pelayo. Los rumores que se propagaban por la cuenca minera asturiana no eran para estar tranquilo.

Numerosas reuniones habían tenido lugar la noche anterior y si de algo podía estar seguro el Guaje, era de que su hermano Pelayo había sido una de las voces cantantes. Aquella era la violenta y dura parte irlandesa que Lilibet había dejado crecer en el menor de sus vástagos.

En eso también salía a su padre. Las pocas veces que su progenitor estaba sobrio volcaba toda su ira en una continua reivindicación.

Llevó la mano a la cadena dorada que colgaba de su chaleco, y de un diminuto bolsillo sacó el reloj. Apenas si eran las siete de la mañana de aquel cuatro de octubre, necesitaba un café, se levantó el cuello de su abrigo, dio una calada al bisonte y se dirigió al *chigre*.

Al abrir la puerta del local se hizo el silencio, todos le conocían desde su nacimiento, respetaban a su hermano y habían querido a sus padres. Había crecido entre ellos, allá en la mina, pero su trabajo le ligaba a la Guardia Civil.

Se sentó cerca de la ventana como siempre, y despacio dejó el sombrero encima de la mesa. Miró inquisitivo a los mineros que vueltos hacia él le observaban y sonrió.

—Qué os pasa joder. ¿Tengo monos en la cara?

Todos a la vez y como si hubieran estado esperando una señal, volvieron a sus conversaciones y sus frugales desayunos regados con alcohol.

—¿Lo de siempre Guaje?

Oli era el dueño de aquel *chigre* desde que él tenía uso de razón, y cada año que pasaba aumentaban sus kilos y disminuían sus dientes.

—¿Qué les pasa a todos estos? —preguntó el forense.

Oli pasó un trapo sucio por la mesa de madera tirando al suelo las migas grasientas del último cliente, depositó un vaso y empezó a llenarlo del líquido oscuro que salía de la cafetera, y chascó la lengua antes de responder.

—Hostias, Guaje. Ya sabes cómo se presenta el día de hoy —respondió el tabernero limpiándose las manos nerviosas en un delantal que pedía a gritos un poco de jabón.

El Guaje cogió el periódico hojeándolo por encima. Sentía las miradas fijas en él y sabía que pocos de los que allí se encontraban sabían leer, por lo que cuando encontró lo que buscaba leyó en alto:

—*Qué asco, qué vergüenza que haya podido formarse semejante engendro de gobierno,* esto lo dice el poeta Cernuda y yo añado —dijo levantando la dura mirada del papel— que el movimiento revolucionario va a precipitarse.

El joven médico vertió sobre su garganta aquel fuerte brebaje que se asemejaba al café, dejó una moneda en la mesa y despacio, con tranquilidad, se colocó el sombrero. Sabía que la atención de todos sus paisanos estaba centrada en él, aquellos hombres olían a carbón, sudor y miseria. En sus rostros se marcaba el esfuerzo para huir de la pobreza y el conocimiento de la certeza de que jamás lo podrían conseguir. Conocía a aquella gente, su gente, por lo que no necesitó levantar la vista del cigarro que encendía lentamente.

—Mi madre tenía cuarenta años cuando dejó este perro mundo. Para pagar su entierro todos hicisteis una colecta en la mina. Fueron mineros como vosotros los que cuando murió mi padre colocaron una cinta con los colores de la bandera republicana sobre su mísera caja. Mi hermano trabaja duro y codo con codo cada día en esa puta mina a vuestro lado —dio una larga calada al cigarro— que mi trabajo me una a la Guardia Civil no anula mi sentido de pertenencia hacia este lugar y todos vosotros —escupió en el suelo— joder, Oli, vaya veneno que vendes por café —Se giró y miró las caras serias de los mineros—. ¡¡Iros a tomar por culo!!

El viento frío de la mañana le devolvió el eco de las conversaciones al reanudarse, con el estrepitoso sonido de la puerta al cerrarse.

Mieres era un pueblo grande y de color negro esparcido sin cuidado por la falda de una montaña, solo el rojo intenso de las fábricas del metal parecía darle algo de vida. Las casas obreras, pintadas de un bermellón brillante cobraban vida lentamente cuando las mujeres con sus ojos enrojecidos por la temperatura del taller y de la mugre, acompañaban a sus hijos, sucios y hostiles, hasta las orillas del río en busca de carbón.

El Guaje sabía que por los estrechos caminos de la montaña, la noche anterior habían llegado emisarios de los distintos comités de la revolución anunciando para el día siguiente la huelga general y armada.

Le preocupaba el hecho de no haber podido localizar a su hermano y empezó a preocuparse mucho más, cuando salió de madrugada para fumar su último bisonte, y pudo apreciar como varios grupos iban armados con pistolas y escopetas.

Su primera intención fue dirigirse al cuartelillo de la guardia municipal, pero si algo había aprendido de la vida era a priorizar las situaciones, y sin saber dónde y en qué estaba metido su hermano, no haría nada.

El Guaje se subió a un destartalado coche, no sin antes colocar con cuidado su abrigo en el asiento trasero, y se dispuso a dirigirse a Oviedo.

Había llegado a su pueblo buscando respuestas a una vida desbordada por las continuas incongruencias y se volvía mucho más preocupado y lleno de nuevas preguntas.

Era una persona egoísta, y era consciente de ello. El día a día le obligaba a saltar zanjas llenas de peligros y no sentir nada. Por eso para él no había bandos, quiénes eran los buenos y cuáles los malos era todo cuestión de apreciación. Trabajar entre guardias, putas, asesinos, abogados, jueces y borrachos le limitaba el alcance de la visión. Solo una cosa era cierta: el sabor del cigarro en la boca, el tacto de la buena lana en su cuerpo y los días de paz en Mieres.

Pero ahora parecía que aquellos días llegaban a su fin.

—¡Soy un puto, *Babayu!*

***

Todavía no había arrancado el coche, cuando unos golpes en la ventanilla le sobresaltaron. Un numero de la guardia civil le apremiaba para que bajara la ventanilla. El Guaje soltó el humo del cigarrillo y no de muy buen grado bajó el cristal.

—Menos mal que te encuentro Guaje —le soltó el guardia— el capitán hace horas que te espera en la comandancia.

—No me jodas, Piru —respondió—. Tan solo me he tomado un café aguado y tengo las sábanas pegadas al culo.

—Tengo órdenes de llevarte de inmediato hasta el capitán. Tenemos un fiambre.

El corto viaje fue silencioso. El Guaje sabía que Piru no le daría información, no la tenía, el capitán debía de estar esperando a que él llegara para empezar. Vio a lo lejos La Peña, un monte de caliza y aminoró la marcha. El camino era sinuoso y lleno de baches, pero al doblar una pronunciada curva, la luz primera del día resalto la belleza de la comarca de Candamo anclada en el discurrir del río Nalón. Sin apagar el motor del coche detuvo la marcha y se apeó. Se colocó bien el sombrero y sacó la cajetilla de Bisonte, no podía dejar de mirar como el sol infundía aquel color anaranjado e intenso tras La Peña.

—¿Pero que haces Guaje? Todo el mundo espera tu llegada —gritó Piru sin bajarse del auto.

Aceptó que el humo penetrase denso y caliente en sus pulmones, sin dejar de mirar al frente, saboreando la salida orgullosa del sol. Dio la última calada, suspiró y arrojó la colilla. Tenía la certeza de que tendrían que pasar muchos días antes de poder paladear momentos de tranquilidad y paz.

Bajaron despacio por el agreste curso del río, cerca de allí estaba la desembocadura y la corriente rugía con la fuerza que le daban las últimas lluvias.

—Me estoy jodiendo los zapatos Piru —gritó el Guaje—. Esto no está bien pagado, ¡joder!

El barro y la hierba húmeda se pegaban con fuerza en lo que hacía muy poco era un par de zapatos brillantes y limpios. Piru era un hombre sencillo, alegre y amante de su trabajo. De baja estatura y algo entrado en carnes, era la sombra perpetua del capitán y desde el primer día que lo conoció había hecho buenas migas con el Guaje.

—No te quejes Guaje, que peor están los de la mina.

El capitán esperaba nervioso ante la cavidad que presentaba la base del cerro. Según los vio llegar hizo una mueca de desagrado y tiró la rama seca, que nervioso había estado mordisqueando mientras esperaba a su forense.

—Ya tenemos asunto, Guaje —Aquella era la forma en la que el capitán trataba los delitos de sangre. Nunca nadie le había oído decir muerto, cuerpo, asesinato u otra palabra. A su espalda la negra cavidad de la Cueva de La Peña de Candamu atrajo la mirada recelosa del Guaje.

—¿Es ahí dentro?

—Sí —contestó el capitán. La escasa luz y la oscuridad de la cueva, no permitió ver la mueca de preocupación en su rostro.

—Un jodido asunto.

Dos guardias esperaban con sendos faroles encendidos en el interior de la cueva. La luz era mínima, las sombras todavía eran dueñas del lugar. Atravesaron una pequeña estancia que parecía algo acondicionada por la mano del hombre, para al instante adentrarse en un estrecho pasillo que empezó a dividirse en dos. Los guardias con los faroles en alto dejaron a un lado el escueto camino que giraba a la izquierda, para tomar el sendero de la derecha que les llevaba a una cota inferior. La luz reflejó el colorido de una minúscula sala, y en el techo brilló el destello del rojo que marcaban unos extraños signos.

—¡Hostia, parece sangre! —exclamó Piru.

—Sigue para delante, bestia —le susurró el Guaje al oído—. Son representaciones de hace mucho tiempo.

De pronto la luz pareció quedar engullida por la enorme amplitud y altura de la cavidad a donde habían llegado. El Guaje miró asombrado a su alrededor. Había oído hablar muchas veces de aquella cueva y de aquel sitio en particular, pero a pesar de tenerlo cerca, nunca había estado hasta ese día en la Cueva de La Peña de Candamu. Miró embelesado y con asombro lo majestuoso del sitio, estaba rodeado por formaciones de estalactitas. Sin embargo, un bulto llamó su atención. Justo debajo de una de aquellas columnas geológicas había un cuerpo.

El capitán señaló con un ademán de la cabeza, abrió ligeramente sus piernas, se colocó bien la chaqueta del uniforme y poniendo las manos a su espalda miró al forense.

—Esto no me gusta nada Guaje.

El Guaje se adelantó unos pasos y se agachó junto al cadáver, no era fácil apreciar a simple vista si era un muchacho o una jovencita. Las ropas parecían arregladas y puestas en el cuerpo por algún motivo. El desagrado inicial dio paso a su instinto, ya nada había allí más que él y aquel cuerpo. A primera vista no presentaba signos de violencia alguna, parecería estar descansando de no ser por la forma antinatural que presentaban sus brazos y piernas. Se levantó despacio y agarró uno de los faroles levantándolo todo lo más arriba que daban sus brazos. La luz apenas llegaba al techo de aquella inmensa cavidad, pero dejaba entrever que era imposible escalar hasta allí arriba.

—Esta posición está forzada, no ha caído desde ningún alto.

—No me jodas, Guaje. ¿Eso qué quiere decir?

—Que alguien se tomó la molestia de colocar así el cadáver.

—¿Así cómo? —preguntó el capitán cada vez más nervioso.

El Guaje se puso en pie y rodeó el cadáver, no quería tocarlo todavía, la posición en la que estaba colocado quería decir algo, estaba seguro. Miró al capitán Turón, le conocía desde hacía años, era un buen profesional, decente e intransigente en su trabajo. Había perdido a su esposa mientras paría a una niña que ahora era el motivo de su día a día. Todo aquel sufrimiento le había agriado el carácter y el talante, y extremado la delgadez de su rostro siempre escondida tras una negra y densa barba.

—Tenemos un asunto feo, Guaje —murmuró Turón.

—Todos los asuntos son feos —contestó— llevo días trabajando sin descanso… Y se avecina una buena en Asturias.

—No seas insolente, Guaje —La mirada del capitán era oscura y fría.

—¿Cuántas personas saben del hallazgo de este cuerpo en la cueva? —preguntó el forense desviando su mirada de la del capitán.

—Los que estamos aquí y el que lo encontró que está esperando fuera.

—Ve a buscarle Piru —pidió el Guaje—. Con permiso de Turón claro —remató sin levantar sus ojos del cadáver.

—Ve —sentenció Turón.

Vicente Castro era un hombre sencillo de la comarca del Candamu, su trabajo consistía en vigilar la cueva y preservarla de visitas no deseadas. Estaba nervioso estrujando entre las manos la boina, y con la cabeza gacha mirando el suelo.

—Vicente soy el forense David Suárez, y con el permiso del capitán quiero hacerle varias preguntas.

Vicente no movió ni uno solo de sus músculos y esperó.

—¿Tengo alguna forma de poder subir lo más cercano posible al techo de la cueva?

Vicente levantó la mirada, y lentamente giró la cabeza hacia la pared de la cueva. Dejó la boina en el suelo y apoyó uno de sus pies en un saliente apenas visible, levantó la otra pierna y posando brevemente el pie libre sobre una estalagmita saltó a una roca oculta desde abajo. Un par de veces más repitió el movimiento hasta casi llegar a tocar el techo de piedra, y muy por encima de sus cabezas.

David repitió los movimientos hasta casi llegar a la altura del cuidador de la cueva. Miró hacia abajo y confirmó su sospecha. La posición del cuerpo significaba algo. Todavía no sabía el qué, pero desde allí arriba estaba clara la postura del cadáver.

El asesino, o asesinos se habían tomado su tiempo en representar fielmente la figura de una serpiente, un *cuélebre,* que empezaba a enroscarse, la túnica y el velo que rodeaba la cabeza asemejaban escamas y todo parecía como si el *cuélebre* fuera a mudar la piel. Un poco más allá, un círculo de piedras aparecía vacío.

***

El sombrero en mitad de la frente, ligeramente ladeado a la derecha, la vista al frente como si fuera pendiente y atento al camino, el Bisonte apagado entre sus finos labios y el entrecejo arrugado en un mar de dudas. El Guaje conducía deprisa y en silencio, mientras el capitán a su derecha agarrado con fuerza al *sujetamanos* de la puerta quería expresar todos sus temores en voz alta pero no era capaz de empezar.

—Esto es asunto de algún rojo.

—¡No sea *babayu*!

Las aletas de la nariz del capitán se movieron, el Guaje sabía bien que aquel era el primer paso a un acceso de cólera controlada, Turón era un hombre de una inteligencia elegante.

—Los asuntos de los rojos están en otros lugares.

—¿Alguien ha tocado el cadáver capitán?

—Nadie —contestó el capitán irritado.

—¿El paisano tampoco?

—Dice que no.

El Guaje se quitó el cigarrillo de los labios y aunque no lo había encendido lo estrujó contra el cenicero.

—Hay numerosas cosas por aclarar. El asesino ha creado un buen escenario y ha representado una escena teatral que fuera impactante para nosotros. No hay signos de violencia evidente y cuando he llegado al cuerpo le he tomado la temperatura y estoy seguro de que no hacía más de quince horas de su muerte.

Todavía no era ni media mañana cuando llegaron al cuartelillo de Mieres. Mientras, el cadáver marchaba dirección Oviedo.

—Necesito evidencias para poder empezar la investigación, Guaje. De momento nadie ha denunciado la desaparición de ningún muchacho.

El forense se quitó el sombrero y pasó con delicadeza los dedos por su copa, mientras lo depositaba sobre la guantera del auto, encendió un cigarrillo y le dio una calada profunda, aspiró y soltó el humo, despacio y degustando cada instante. Miró al capitán y esbozó una media sonrisa.

—Conozco a la persona indicada para que nos ayude en este «asunto» hay puntos que van más allá de lo racional —dio otra calada al Bisonte—. Todo el teatro que hemos visto en esa cueva es por algo.

El capitán abrió la puerta y antes de bajar del coche se giró al Guaje.

—Date prisa y ponme al corriente.

—Sí, mi capitán.

—Por cierto, Guaje —gritó Turón antes de entrar al cuartelillo—. En estos momentos no estaría de más que llevaras el uniforme.

—Yo no soy militar capitán, soy médico.

—El uniforme Guaje.

—No sea usted *faltosu,* Turón —gritó el Guaje mientras derrapaba sobre las cuatro ruedas.

La mirada del capitán Turón observando el auto alejándose bajo el polvo del camino se tornó oscura y sombría. Él era un militar experimentado y sabía olfatear el aire cuando se avecinaban tiempos turbios, vivía la plenitud de una amplia trayectoria profesional, por todo ello, sabía que aquella quietud presagiaba problemas. Sus paisanos eran gente bravía que poco a poco se estaban ensombreciendo.

Estaba convencido, iba a producirse una gran crisis... Y ahora un loco asesino andaba suelto por su comarca.

Con el polvo de Mieres todavía revoloteando más allá de su espejo retrovisor, puso rumbo a Cangas de Onís. La silueta del capitán Turón se diluyó en la lejanía y su pensamiento pasó de la preocupación, por lo que acababa de ver, a la luz que le procuraba el recuerdo de Diana. Se habían conocido en Oviedo y al principio no había suscitado en él nada más que un sentimiento de amistad. Luego estuvieron varios años sin verse; él en Madrid y ella en Gibraltar haciéndose famosa y acaparando el respeto de todos los científicos y arqueólogos de España.

Cuando la volvió a ver, todo cambió en su interior. Notó como le habían arrebatado el alma. Ahora, el recuerdo de aquel lejano reencuentro dibujó una leve mueca en su pecosa cara.

—Hola, Diana —dijo alegre—. Me han dicho que te encontraría aquí.

La muchacha que levantó la cabeza e iluminó todo su rostro con una abierta y brillante sonrisa nada tenía que ver con aquella Diana que él había dejado atrás.

—Hola, David —contestó escueta.

Había desarrollado musculatura y perdido peso, su piel brillaba morena y resplandeciente. Llevaba una camiseta de manga corta con escote pronunciado al igual que unos pantalones cortos, que dejaban ver unas piernas musculadas y sin gota de grasa.

—¿Estás haciendo jardinería? —David volvió a la antigua broma en la que el la llamaba jardinera de cerámica ya que las prácticas y técnicas eran muy parecidas.

—Claro, ¿no ves? —dijo señalando a las herramientas que tenía junto a ella: una carretilla, un pico pequeño y una pala— Pero ahora estoy en modo odontóloga —Diana se colocó una pequeña mascarilla en la cara, sacó un cepillo de dientes de una funda y empezó a rascar muy despacio lo que parecía ser un hueso.

David había esperado toda aquella tarde, en silencio, fumando junto a ella, observando cada uno de sus movimientos, y con cada uno de ellos enamorándose un poco más.

Cada vez que veía a Diana su corazón le jugaba malas pasadas, notaba como se desbocaba en su pecho y le costaba un mundo mantener la serenidad. Ardía en deseos de tenerla entre sus brazos y aspirar el aroma de su pelo, sentir su piel y masticar cada palabra que salía de sus labios.

Diana era una mujer valiente, decidida y moderna, demasiado moderna. Estaban en 1934, en pleno siglo XX, pero todavía había cosas que a la gente le costaba aceptar, y en aquel país rural e inculto mucho más.

Sabía dónde encontrarla. Diana era asturiana y amante de la historia y la arqueología. Había llegado hacía poco de participar en un trabajo donde colaboró estrechamente con la renombrada arqueóloga Dorothy Garrod en unas excavaciones en Gibraltar. Juntas recuperaron los fragmentos de un cráneo neandertal perteneciente a un niño, al que se le bautizó con el nombre de Abel. Dorothy y Diana seguían un método de excavación difícil de entender en aquellos duros años, pues solamente contrataban a mujeres locales. Al final le dieron la razón, pues trabajaron bien, duro y con rigor.

Diana era un alma libre, y la única persona que le hacía sentirse inseguro y juvenil. Pero ahora necesitaba de su experiencia profesional y el tiempo empezaba a correr en su contra.

Se miró en el reflejo del coche con aprobación, se olió las muñecas y la fragancia de su agua de colonia concentrada Álvarez Gómez le tranquilizó; el limón de Levante nunca fallaba.

Se paró un momento ante la entrada de La Ermita de la Santa Cruz y aprovechó para dar su última calada al Bisonte, y, antes de entrar en la capilla, se obligó a recordar que aquella era una visita oficial.

Poco a poco sus ojos se fueron acostumbrando a la escasa luz que entraba por una ventana hornacina. La capilla se cubría con una bóveda de cañón y desde donde estaba David se podía entrever el dolmen. Diana estaba junto a aquel antiguo monolito, sobre el que el rey Favila, en el año 737, construyó una capilla para que albergase la Cruz de madera de Pelayo.

—Hola, Diana.

La arqueóloga se volvió y como hacía siempre le recibió con una sonrisa. Sacudió sus manos en el pantalón y terminó de escribir algo en un pequeño cuaderno. Llevaba una especie de fular en el cuello y una gorra en la que recogía su mata de pelo. Se acercó al Guaje y depositó con ternura un beso en sus labios.

—¿A qué debo este inmenso honor?

David sabía cómo funcionaba el cerebro analítico de Diana, era una persona resolutiva y nada dispersa, por lo que fue directo al «asunto».

—Hemos encontrado el cadáver de un muchacho en la Cueva de La Peña.

—¡Dios mío! —exclamó la arqueóloga.

—Lo curioso e inverosímil del caso es que su cadáver —prosiguió el Guaje— representaba un *cuélebre* desenroscándose, y al lado del cuerpo había un círculo vacío en su interior, hecho con piedras.

Diana guardó silencio, parecía estar procesando la información.

—¿Crees que el lugar donde ha aparecido el cuerpo tiene algún significado? —preguntó David.

—No lo sé —murmuró Diana—. Es posible, pero debería consultar.

—Sé que no tengo derecho a pedirte nada, no es tu trabajo, pero te agradecería que me ayudaras, el capitán y yo pensamos que este será el primero de más asesinatos, y hay que responder muchas preguntas. Estamos en desventaja.

Diana hizo un gesto afirmativo con la cabeza, levantó la vista y clavó sus ojos verdes intensos sobre el Guaje. Justo en el momento en el que el forense se desarmaba e iba dejar paso a su impulso, y besarla, la arqueóloga preguntó de forma casi inaudible.

—¿Estáis seguros de que ese ha sido el primer asesinato?

5 de octubre de 1934

Estaba amaneciendo en Mieres y poco a poco se iban reuniendo. Los emisarios llegaban por los caminos y sus cánticos y proclamas llenaban el valle. El día se auspiciaba claro, como si los astros supieran que aquel era el día elegido para la huelga general que pararía Asturias.

—Necesitamos armas —Pelayo tiró el cigarro a lo lejos en un gesto de fastidio e impotencia—. Sin armas no conseguiremos nada, solo seremos una masa estúpida de gente.

—Hemos oído que en Cataluña se van a unir a nosotros —comentó Luis Monje.

—No seas *babayu*, Luis —contestó Pelayo—. A nosotros no se une nadie, los catalanes aprovechan todo este jaleo para sacar su provecho, solo buscan la independencia, nosotros luchamos para comer y darle un futuro a nuestros hijos —Pelayo se levantó y dio una patada a una piedra— que jamás tendrán en estas condiciones de trabajo inhumano.

— ¿Y el Guaje? —preguntó Luis.

—¿Qué pasa con él? —gruñó Pelayo.

—¿Qué partido tomará en todo esto?

Pelayo miró a su amigo, aquella era la pregunta que él se había hecho varias veces. La noche anterior cuando abrió la puerta de la casa, le vio allí, dormido, esperando a que él llegara. Decidió marcharse, estaba resuelto a morir por aquella huelga, se pelearía con cualquiera, pero no tenía fuerzas ni ganas para hablar con su hermano.

—Olvida al Guaje, tenemos cosas mucho más importantes en que pensar.

Luis miró a su amigo con admiración, Pelayo era un hombre decidido y enérgico, alguien al que era fácil seguir hasta la muerte.

—Pues tendremos que buscar armas.

La historia de Luis Monje era muy parecida a la de todos los de aquella comarca. Su madre era una de las cientos de carboneras que se habían pasado el día trabajando alrededor del carbón tanto dentro como fuera de la mina. La economía en casa de Luis siempre había dado para subsistir sin más. Doña Clara siempre se quejó de no poder comprar nunca una vaca y el propio Luis contaba, a menudo entre risas y lágrimas en los ojos, que él jamás había estrenado un par de zapatos.

Doña Clara era respetada y fue una de las primeras en levantar la voz, en exponer el gran problema y el hecho cierto de que, si venían épocas de crisis, las mujeres, eran la mano de obra de la que se prescindía sin más. La madre de Luis bajaba cada día para cargar los vagones en la galería, a pie de rampa, como la madre de Pelayo y el Guaje. Viajaba dos veces en la jornada hasta la fábrica de Mieres con el carro y con otras mujeres y todas cantando y fumando.

Pero todo se torció para doña Clara cuando en una de las huelgas fue con otras compañeras a tirar piedras a los numerosos esquiroles, y una de aquellas piedras que venía de vuelta impactó en su cabeza. Luisito, como le llamaba su madre, reía con amargura cuando contaba que menos mal que su madre murió, porque no habría podido soportar la ley que prohibía «todo trabajo subterráneo en el interior de las minas a las mujeres».

Entonces Luis terminaba la narración con el homenaje a las mujeres carboneras y la canción favorita de su madre.

El primer besu que di fue a una neña del Fondon, como taba trabayando, tou me llenó de carbón.

***

26

«Al cuartelillo, al cuartelillo», la chusma revolucionaria gritaba brazos en alto. Algunos llevaban picas, otros palos y diversos utensilios que diariamente utilizaban en la mina.

—¡Unámonos! —gritó Pelayo.

Luis y Pelayo se fundieron en un mínimo abrazo de esperanza y siguieron el río de gente.

Dentro del cuartel, el retén de la guardia civil descansaba en sus camastros, estaba amaneciendo y la luz apenas si se filtraba todavía por el estrecho ventanuco.

La sorpresa al abrirse la puerta de forma violenta no les dejó reaccionar, pero sobre todo el hecho de no entender muy bien que es lo que estaba ocurriendo. La fuerza de gente que había irrumpido en el interior del cuartelillo eran sus vecinos y algunos amigos.

—¿Qué cojones hacéis? —gritó Piru.

Pelayo sabía y conocía la amistad y el cariño que Piru y su hermano se tenían. Él también sentía respeto por el guardia civil, era un hombre siempre dispuesto a ayudar.

—No te hagas ningún puzle Piru, tú estate quieto y calladito.

El grupo de mineros fue recogiendo todas las armas de los guardias, así como la munición, pero aquello no era bastante.

—¿Dónde está el capitán Turón? —gritó el Torito, llamado así por el enorme morrillo que le sobresalía del principio de la espalda y que le hacía caminar algo encorvado.

—El capitán es más listo que vosotros y ha dormido toda la noche en la armería. No dejará que robéis las armas.

El guardia civil que había hablado era un joven recién llegado, inexperto y algo nervioso. El Torito estampó la culata de la escopeta en su cara. Un manantial de sangre empezó a cubrir su boca y nariz.

—Suficiente —con un gesto de la mano Gerardo paró el segundo golpe de Torito.

Gerardo Moreda, sin que nadie le diera aquel cargo, estaba claro que comandaba aquel grupo de mineros alterados. Era un hombre alto y fornido. El trabajo en la mina le había arqueado un poco, pero aun así sobresalía de la media. Gerardo fue maestro, hijo de maestros y llevado a la mina por las circunstancias de la vida. Todo ello le había conducido de un marxismo sentimental y soñador, a otro más realista que buscaba la justicia en cada acción. Había pasado de leer a sus vecinos analfabetos —que ni siquiera sabían qué era Rusia— las reformas soviéticas, a querer implantar todo aquello por la fuerza de las armas.

Todos pensaban que Gerardo los llevaría a su sueño, y Gerardo Moreda se había ganado su confianza en un peregrinar de años acompañando a sus vecinos en cada problema con el ayuntamiento, al juzgado a arreglar papeles y reñir con el señor cura.

Gerardo contó las armas que había sobre la mesa y las escasas cajas de munición.

—Cinco escopetas —resopló—. Esto no es suficiente.

—Espero que el capitán sea un hombre razonable. Torito, ata a los guardias y cuida de que no tengamos problemas —Gerardo se giró y sonriendo señaló a Piru—. Tú vendrás a la armería conmigo.

Turón era un hombre avispado y en sus años en el cuerpo se había granjeado cierta fama para prever acontecimientos. Deambulaba nervioso por la armería, excitado y solo. Era un simple presentimiento por lo que no había alertado a nadie, pero algo en el ambiente le decía que aquel iba a ser un día largo y difícil.

Primero oyó el ruido, pero antes de cerrar los postigos de las ventanas, apreció cómo el gentío se aproximaba a la armería.

La llamada a la puerta de la armería fue suave sin violencia, el sonido parecía estar hecho para calmar sus crecientes nervios.

—Capitán, soy Gerardo. Le pido que abra la puerta amigo.

Turón procesó la información, Gerardo era un buen hombre, culto y agradable, rojillo, pero de buen fondo. Si Gerardo era el que dominaba aquella chusma a lo mejor podía solventar la situación. Turón volvió a colgar el teléfono entre dudas. Si llamaba a la guardia de Asalto la suerte estaba echada, ya nada tendría marcha atrás y él quería dar una última oportunidad al sentido común. Por otro lado, aún estaba a tiempo de hacer esa llamada ya que los aldeanos al no tener conocimientos de ese tipo de acciones, no habían pensado en cortar el cable del teléfono, pero ¿hasta cuándo?

—Gerardo soy la autoridad en esta comarca, y te pido que depongáis esta actitud.

—Turón —gritó Gerardo— sabes que lo que hemos iniciado hoy no se va a poder detener. El pueblo de Mieres te pide que abras la puerta.

—Lo siento Gerardo, lo siento, pero si no mandas a toda esta gente a su casa y deponéis esa actitud violenta, lo primero que ordenaré al salir de aquí es tu detención y envío a Oviedo.

El silencio se prolongó un instante, a lo lejos Turón podía oír gritos arropados por la muchedumbre «nada nos parara» «los mineros unidos por la libertad» «queremos una república de verdad».

—Capitán, abre una de las ventanas y observa —El grito de Gerardo era ahora fuerte y lleno de seguridad—. Tienes cinco minutos para abrir la puerta, si no, algo desagradable va a ocurrir y el único culpable serás tú. El tiempo empieza a correr ya.

Turón abrió la ventana y observó lo que Gerardo quería que viera. Piru estaba de rodillas, tras él, Gerardo apuntaba el cañón de una escopeta en su nuca.

—Cuatro minutos y medio capitán —gritó Gerardo.

Turón cogió el teléfono y llamó a la Guardia de Asalto.

—Tres y medio Turón—volvió a gritar Gerardo.

La angustia después de explicar la situación y colgar el teléfono, taladró sus nervios.

—Dos minutos.

Se dispuso a abrir la puerta. Su mente había calibrado todas y cada una de las posibilidades. Había jugado varias veces al ajedrez y juegos de cartas contra Gerardo Moreda, y si algo había aprendido de todas aquellas veladas de ocio, y tras mucho estudiar al adversario, era que el exmaestro metido a minero no gastaba faroles, siempre iba en serio.

Abrió el gran portalón de madera y clavó la mirada en Piru. Tenía la cabeza agachada con el cañón de la escopeta apoyado, y un mar de lágrimas recorría su rostro. Mientras los revolucionarios entraban gritando en la armería, el capitán caminó despacio hacía Gerardo y Piru, se agachó y levantó la cara de su ayudante.

—Tranquilo Piru, el maestro es un hombre de palabra —habló Turón mirando a la cara a Gerardo.

—No me preocupa mi vida, capitán —casi escupió cada palabra—, lo que me humilla es que sean mis propios vecinos, a los que tantas veces he servido, los que nos hagan esto.

El interior de la armería era puro revuelo, sin orden la gente se armaba portando escopetas y pistolas y cargando todos los cartuchos que les cabían en el bolsillo.

Después de atar y dejar a buen recaudo a los dos guardias, el maestro empezó a organizar aquel desorden. Alguien llegó con un carro tirado por dos bueyes, y en fila de uno fueron llenándolo.

En la penumbra de la mañana Turón, sentado junto a Piru en el tocón de un árbol, no vio a Pelayo hasta que lo tuvo frente a sí.

—¿Dónde está mi hermano, capitán?

El capitán Turón movió enigmáticamente la cabeza. El Guaje estaría liado en el «asunto» de la cueva de La Peña. Ahora toda la investigación y resolución de ese caso estaba en sus manos. Levantó la mirada y clavó la vista en el ceniciento rostro de Pelayo.

—Estáis a tiempo de no empeorar las cosas, esto no tiene sentido.

—No me joda. capitán. Sentido tiene todo, otra cosa es que a usted no le guste.

—Estáis golpeando a la República.

—Estamos golpeando al hambre y la miseria, Turón.

—¿Ahora arregláis las cosas a la manera de los rusos?

Pelayo que estaba en cuclillas cara a cara con el capitán se incorporó y escupió al suelo.

—La única manera que funciona.

—Pero la verdad, amigo Pelayo, es que no veo entre vosotros a ningún Lenin.

El fuerte ruido de un motor de camioneta terminó de golpe con aquella charla: la Guardia de Asalto llegaba a escena. Frenó de forma brusca a las puertas de la armería, un gran toldo verde cubría la armadura del vehículo, y de su parte trasera a través de un gran orificio vertical tomaron tierra los dos primeros guardias. Dos disparos sonaron certeros y mortíferos y propagaron con su fuego letal el sonido de la muerte en la comarca de Mieres.

Las dos primeras víctimas de aquella revolución minera que empezaba aquel cinco de octubre llevaban la firma nerviosa e insegura del hijo de doña Clara.

—¡Dios mío! ¡Qué has hecho desgraciado! —exclamó boquiabierto Piru.

El conductor de la camioneta viendo el gentío y la inferioridad numérica arrancó dejando allí al capitán y sus guardias civiles.

En silencio, y con los nervios más templados por el miedo y la incredulidad, fueron saliendo de la armería, camino del cuartelillo, entre ellos Piru y Turón con lágrimas de rabia e impotencia en los ojos.

La revolución minera había empezado. Los disparos de Luis Monje habían dado definitivamente la salida.

2

Caía la noche sobre Mieres y las noticias eran confusas pero alarmantes, lo último que el Guaje había escuchado era que los mineros habían proclamado la dictadura del proletariado.

—¡¡Gilipolleces!! —exclamó antes de apagar el aparato de radio y salir a buscar a Pelayo, sabía dónde encontrarle.

Estaba sentado en su sitio habitual. Aquel taburete era ya una leyenda, era parte del reconocimiento del *chigre* a su familia. Padre e hijos ocupaban como alma de un ritual, aquel lugar desde hacía años.

Pelayo estaba solo y silencioso, un *culín* de sidra reposaba en un vaso sobre la barra.

El Guaje tomó asiento junto a Pelayo y captó las miradas frías como témpanos de hielo sobre él.

—Has estado liado hermano —comentó sobriamente el forense.

—Paso el tiempo barriendo basura y ahora descanso para el deporte de mañana.

Varias risas se oyeron en el local.

—Me alegro de verte Pelayo y también de que estés bien.

Pelayo no se inmutó ante la observación de afecto, apuró el *culín* de sidra y encendió un cigarro.

—¿Quieres saber cómo he pasado yo mi tiempo hermanito? El silencio se masticaba y podía percibirse como se apoderaba del *chigre*, hasta Oli dejó de limpiar para escuchar atento.

***

—Ayer pasé el día en la cueva de La Peña, un muchacho fue asesinado allí.

Un murmullo surgió entre los allí presentes, antes de quedar todo de nuevo en silencio.

—La vida es cruel —contestó Pelayo.

—Turón y sus guardias, los que vosotros tenéis encerrados, deberían estar investigando.

Pelayo sonrió de oreja a oreja, y varias risitas recorrieron la estancia.

—A la salud de los maderos y picoletos que velan por nosotros —brindó Pelayo entre risas y aplausos.

El Guaje agarró a su hermano pequeño por el brazo y le obligó a mirarle a la cara.

—Entiendo vuestra reivindicación, pero estoy hablando de la muerte de un niño inocente.

—Cada día mueren muchos niños inocentes porque sus padres no les pueden alimentar bien o curar o darles calor por las noches.

David observó la enfurecida cara de su hermano pequeño, asintió e intento relajar el ambiente.

—Un asesino anda suelto Pelayo, solo te pido poder hablar con el capitán.

Pelayo señaló el vaso, y Oli lo volvió a llenar de sidra bien tirada.

—¡Torito! —gritó—. Acompaña al Guaje al cuartelillo, y que nadie le moleste mientras habla con Turón.

Pelayo bebió medio vaso y el *culín* restante lo arrojó al suelo.

El Guaje sacó dos monedas del bolsillo y las depositó encima del mostrador dando un golpe sobre la barra.

—Yo invito —dijo antes de salir del *chigre* con el Torito a su espalda.

***

El cuartelillo parecía otra taberna, el humo del tabaco y el rancio olor del sudor y la humedad fue toda la bienvenida que recibió el Guaje. Cuatro mineros jugaban a cartas y otros tantos dormían con grandes y sonoros ronquidos en los catres. Nadie les preguntó qué querían ni a dónde iban, los únicos movimientos que el Guaje percibió fueron para lanzar algún naipe sobre la mesa.

Llegaron, con Torito a la cabeza, hasta la última de las estrechas y sucias celdas. El minero sacó una gran llave y abrió la puerta.

—Tienes veinte minutos.

Turón sentado en el suelo de espaldas a la puerta de la celda, y mirando la pared despintada, movía su cuerpo adelante y atrás.

—¡Lo sabía Guaje! —exclamó con cierta pausa— Con la entrada de las derechas en el gobierno republicano el pueblo minero se iba a radicalizar.

El capitán metió la cabeza entre sus manos.

—Tienen toda mi simpatía, yo soy vecino de Mieres y veo cómo trabajan y cómo sufren.

El Guaje, que había rodeado al capitán, encendió un bisonte y le alargó otro encendido a Turón.

—Pero no esperaba la insurrección armada.

—La gente como Pelayo, Luis o Torito son viscerales y cabezotas —dijo David.

—Han cometido un gran error. La cuenca minera va a ser un campo de batalla —Turón dio una calada al cigarro y miró con tristeza a David—, una batalla que no pueden ganar.

—Te quedan cinco minutos, Guaje —gritó Torito.

—Capitán haré todo lo posible para sacarles a todos de aquí.

—No podrás —susurró el capitán—. ¿Cómo va el «asunto»? —preguntó con cierto brillo en los ojos.

El Guaje se acomodó el sombrero que no se había quitado y se acercó más al capitán.

—¿Cuántos «asuntos» ha habido antes de yo llegar a esta comandancia?

—Varios, Guaje, varios, muchos de ellos cerrados en falso por falta de medios y personal.

—¿Tenemos algún registro?

Turón sacó una oxidada y vieja llave del bolsillo y se la alargó al Guaje.

—En el cajón, escrito a mano, hay más de diez o doce informes de antes de tu llegada. Pero no sé en qué te podrán ayudar.

—Se acabó el tiempo, sal ya, Guaje —exclamó el Torito.

—Resuelve este feo «asunto», Guaje. Centra tus esfuerzos en eso.

Cuando subió al coche, David depositó en el asiento de atrás una caja llena de informes manchados de tinta, sucios de restos de vino y comida y algunos casi ilegibles.

Sin embargo, algo le decía que allí empezaría a encontrar el camino a la verdad. Arrancó el coche y empezó a notar como se le aceleraba el corazón. Diana le esperaba junto con aquellos informes.

6 de octubre de 1934

Llegaron a un cruce de caminos, aquel que todo el mundo en el lugar llamaba La Pela. Aquella ruta era la que día tras día hacían cientos de mineros camino al pozo de mercurio. Ascendieron de forma lenta y uniforme, callados y pensativos, aquel pesado y polvoriento camino de tierra los llevaba dirección al Padrón.

David señaló con la cabeza. En todo el trayecto no había dejado de fumar, aunque sus pulmones habían protestado más de una vez.

—Allí, el pequeño castillete.

La mañana del día seis se había levantado igual que el ambiente que se respiraba en Asturias: revuelta.

Diana seguía centrada en sujetar su grueso sombrero con ambas manos, mientras el Guaje parecía llevar el suyo pegado al pelo, ni una sola vez se había movido de su sitio, a mitad de frente y ligeramente ladeado a su derecha.

Detrás del castillete del pozo de La Peña la vegetación verde y frondosa se movía al compás del fuerte viento. Según se fueron acercando a la derecha, y casi hundido entre los árboles y enormes piedras, un viejo *chigre* marcaba la entrada al vetusto pozo de la Unión.

Habían llegado desde Mieres por una carretera antigua y sin asfaltar, los baches del movido camino les había molido los riñones. El último tramo del sendero lo habían hecho a pie. Bordearon el castillete con su casa de máquinas, así como los cargadores llenos de carbón de hulla y las plantas de tratamiento de mercurio. El viento soplaba con intensidad, amedrentando y poniendo límites a cada paso, y el ruido rebotaba en las paredes agrandando su furia y aprovechando que el castillete no tenía tejado.

Tan solo dos paisanos ocupaban sendos taburetes y fumaban silenciosos y acodados en la barra escueta del pequeño *chigre*. Como si de una señal acordada entre ellos se tratara, al entrar David y Diana, ambos tiraron el *culín* de sidra al suelo y sin mediar palabra desaparecieron.

—¿Huelo a picoleto? —comentó divertido el Guaje acercando la solapa de su chaqueta a la nariz de Diana.

—Algo así —contestó la arqueóloga arrugando la nariz y con media sonrisa en su rostro.

De una estrecha y oscura puerta, que seguro daba a una cocina más pequeña, salió una mujer enjuta, con el pelo negro como el carbón recogido en un moño, y cara de muy pocos amigos.

—No sé quiénes son, *paisanínes*, pero si vienen a joderme la clientela no son bienvenidos —La mujer se llevó las manos al delantal y sacando un pañuelo, secó el sudor de su frente—. Estoy algo *fartuca* de tanto *Babayu*.

Tanto para la arqueóloga como para David era la primera vez que entraban en aquel sitio.

—Los tiros se están pegando en Mieres y en Vega de Rey. Y los que no disparan están acojonados dentro de sus casas.

La mujer sin preguntar nada sirvió dos sidras y las colocó delante de ellos.

— ¿Algo de comer? —preguntó.

El Guaje se llevó la mano al bolsillo del chaleco, sacó el reluciente reloj y miró la hora.

—Son tan solo las doce de la mañana, hace más de sidra que de masticar.

—¡Espléndido esa es la hora en la que yo como! Me acostumbré en Gibraltar —dijo Diana sentándose en la mesa e ignorando la cara de David.

La arqueóloga miró a la señora, cuyo semblante estaba cambiando, y con una sonrisa abierta preguntó:

—¿Son fabes lo que huele tan bien?

—Las mejores *hijina*.

Dos platos de fabes después y un gran vaso de café de potera, David abrió el informe que les había llevado hasta allí.

2

Los mineros habían llegado de numerosas aldeas y sus armas eran precarias y rudimentarias, solo algunas pistolas y viejas carabinas, algunas inservibles. La plaza de la Constitución era un hervidero de gente, todos querían ayudar, todos ansiaban luchar.

Gerardo había decidido agrupar a la gente por aldeas o lugar de trabajo, le llevó casi dos horas elegir el cabecilla de cada grupo. Un emisario del comité le aseguró que lo mismo estaba pasando en diferentes villas asturianas como Pola de Lena.

—Necesitamos rendir los cuarteles Pelayo —comentó Gerardo moviendo la cabeza mientras miraba embelesado la marea minera.

— ¿Y si hay resistencia? —preguntó el hermano del Guaje.

—La doblegáis ya no hay marcha atrás.

Gerardo vio emocionado como las columnas de voluntarios marchaban cantando y gritando en pos de su libertad, todo le parecía un sueño, la masa de mineros se había unido detrás de unas ideas, y entre todos iban a conseguir que estas se hicieran realidad.

Luis asumía su creciente popularidad, el rumor de que el había sido el primero en matar un guardia, al principio le preocupó, pero cada palmada en el hombro y cada invitación en el *chigre* fue llenando su pecho de una seguridad que en verdad no sentía.

Su columna fue la que entró a las ocho y media de la mañana en el pueblo de Aller, al norte de Mieres. El silencio solo lo rompía el repique de la campana y el lastimero canto de un pájaro, cuando cruzaron el curso bajo del río, y tras superar el valle profundo de empinadas laderas de bosques. El pueblo parecía muerto con todas las ventanas cerradas y las persianas bajadas, y el clima, a diferencia del que habían sufrido al salir de Mieres, era templado, seguramente como consecuencia de la protección de las montañas contra el viento. Los mineros se dirigieron hasta el cuartel, la fuerza pública de la comarca no se había rendido. La cuenca entera estaba en armas, lo que suponía una superioridad enorme de los mineros.

Luis no estaba acostumbrado a mandar a nadie, solo lo pasado en aquella armería de Mieres, le había colocado en semejante posición, sus paisanos y demás mineros que habían oído lo ocurrido aceptaron de forma natural su liderazgo, pero él no se sentía capacitado para dirigir algo tan grande e importante en sus vidas. Todo empezó como una especie de avalancha, para pasar a desbandada donde cada cual hacía lo que creía mejor o más conveniente. Cincuenta o sesenta hombres armados, algunos con cartuchos de dinamita, entraron en el cuartel por puertas y ventanas. Nadie esperó a que él dijera nada, sucedió porque sí, era inevitable. Aquellos hombres llevaban demasiado tiempo sufriendo la miseria, la angustia del trabajo abusivo, ahora nadie pararía su momento de liberación.

Sonaron varios disparos en el interior del cuartelillo, primero el silencio opresivo e inquietante, y luego la algarabía y el jolgorio.

Brazos en alto y escoltados por los mineros armados, los Guardias de Asalto salían del cuartel. La masa les escupía y les arrojaba piedras, hombres llevados por años y años de sufrir en silencio e impotencia, explotaban ahora de forma casi incontrolada.

—Tenemos un problema Luis.

Luis Monje abrió la boca asombrado. Eso mismo era lo que él estaba pensando, pero aquello era lo último que quería oír. Miró a Torito indeciso, por decidir, si necesitaba saber algo de aquel problema o no.

—Se han rendido todos los guardias.

—¡Magnifico, *carayu!* ¡Entonces no hay problema! —dijo sonriendo entre las risas de la columna de hombres.

—La gente pide que dos de ellos sean ejecutados ahora mismo.

Luis Monje sintió empequeñecerse, tanto como cuando su madre le llamaba Luisito y el estómago se le encogía por dentro tanto, que sentía como su figura menguaba a ojos de todos. Aquello era ser líder, estar al mando, tomar decisiones.

—¿Por qué? —dijo con un hilo de voz.

—Según la gente de Aller esos guardias son famosos por su dureza y crueldad en el trato con la gente del pueblo.

—¿De qué crueldad y dureza me hablas? —preguntó Luis, más para ganar tiempo que por encontrar una explicación a aquel despropósito.

Un hombre entrado ya en años dio un paso al frente, se quitó la boina y retorciéndola entre sus manos temblorosas levantó la cabeza.

—Usted es el famoso Luis Monje que mató a dos guardias en Mieres y cabecilla de esta columna de mineros.

—Aquellos dos guardias que yo maté estaban armados —empezó Luis entre dudas—. Lo que me están pidiendo es una ejecución.

—Mi hijo tenía diecisiete años cuando decidió manifestarse en la mina por un sueldo y horario justo —empezó a hablar el hombre—. Lo mismo que pedimos todos, la manifestación se reprimió con violencia y ensañamiento. A mi hijo lo apresaron y como represalia lo azotaron en los calabozos del cuartel hasta morir —el hombre lloraba mientras caía de rodillas—. Tenía diecisiete años, era un niño, solo pedía un plato de comida cada día en la mesa.

Luis notaba las miradas sobre él. Miradas duras, llenas de amargura y rabia contenida. Al final ser líder no iba a ser tan divertido.

—Dos días después de enterrar a mi único hijo, mi mujer murió entre el llanto y la pena. Ahora yo soy un hombre viejo que vive de la ayuda de sus vecinos, buena gente, y que solo la esperanza de ver hacer justicia me alienta a seguir con vida.

—¡Hagamos justicia! —Empezó alguien a gritar entre el gentío.

—¡JUSTICIA! —fue el grito unánime de todos en el pueblo.

Luis notó cómo le agarraban del brazo y le susurraban al oído.

—El comité se niega a cualquier tipo de represalia, no es bueno para la imagen —Luis miró al hombre que le hablaba, era el mismo que había estado con Gerardo en Mieres, era el representante del comité—. Si das esa orden tendrás que dar muchas explicaciones.

—Vosotros —dijo Luis señalando a varios hombres—. Trasladar a estos hombres hasta Mieres, allí tendrán un juicio de sangre.

Un murmullo de protestas empezó a apoderarse de la plaza, los mineros que Luis había elegido no eran de Aller y empezaron a proteger con sus cuerpos a los dos guardias de Asalto. Pero en el pueblo todos sabían de los modos que empleaban aquellos dos, por lo que empezaron a estrechar el cerco sobre ellos. Sus rostros daban miedo, la expresión de los cuerpos semejaban a una manada de lobos en el momento justo en el que van a saltar sobre la presa. Ya nadie reconocía allí mando alguno, querían justicia inmediata.

Entonces uno de aquellos dos guardias, llevado por el pánico, y sin pensar que la protección de aquellos pocos hombres era su única oportunidad de no morir allí, echó a correr saliendo del círculo protector; numerosos tiros de escopeta le atravesaron la cabeza.

El otro comprendió que el calor de los obreros que le cubrían era su única esperanza de llegar con vida al camión, y a pesar de notar como le desgarraban el uniforme y sentir la cabeza ensangrentada por el impacto de las piedras, logró subir al camión.

La declaración del padre del muchacho y otros vecinos del pueblo, fueron suficiente para que el guardia fuera fusilado días después.

Demasiadas cosas habían pasado para ser solo mediodía, en cada Casa del Pueblo los mineros recibían las ordenes, todos los camiones y automóviles se habían incautado.

La asamblea de mineros miraba con asombro a Gerardo y este sostenía la mirada de Pelayo. Aquel era uno de esos momentos que tanto había soñado y que jamás pensó que llegaría a ver. Pelayo pensó en su padre republicano y socialista, pero sobre todo en un futuro que el veía diferente.

Gerardo se incorporó del asiento, y pidió silencio, no era fácil, la gente estaba alterada por todo lo vivido en lo que iba de día. Demasiadas cosas, demasiados sentimientos.

—Compañeros obreros —empezó gritando desde el pequeño estrado en el que Gerardo estaba subido—. Desde este momento el abastecimiento de víveres queda centralizado —Gerardo respiró hondo necesitaba que su voz fuera potente, iba a dar la noticia bomba—. El comité ha declarado abolido totalmente el dinero, se facilitarán bonos de aprovisionamiento para la población civil. Todas la familias tendrán el mismo número de bonos, y todos los cambiaremos por comida y enseres en el mismo sitio —esperó a que el creciente griterío se fuera apagando—. Desde este momento todos somos iguales y con los mismos derechos.

Los aplausos llenaron la sala, y los gritos enardecieron los cuerpos de cada obrero.

—¡¡Marchemos a Oviedo!!

3

El Guaje, tirando de la leontina, extrajo del bolsillo del chaleco el reloj y apretando el botón abrió la tapa. Estaba orgulloso de aquel reloj, lo había comprado en Madrid con el primer dinero que cayó en sus manos, y el delicado mecanismo de orfebrería no había dejado de marcar la hora exacta día tras día.

El sol estaba en lo alto y la pesadez, de las fabes gruñía en su estómago.

—Pienso mucho mejor con el estómago vacío —dijo el Guaje con un gesto de fastidio en la cara.

—No hay mucho que pensar —contestó la arqueóloga—. Según este informe, si seguimos aquel pasillo verde llegaremos al lugar donde apareció el cadáver del vagabundo.

David miró el informe y aclaró la duda que a ambos rondaba por la cabeza.

—Según lo aquí escrito el cuerpo apareció hace un par de meses.

Ascendieron tomando el camino que giraba a la derecha, abajo iban dejando la explanada donde estaba el *chigre*. Un fuerte olor les hizo arrugar la nariz con desagrado.

—Son las viejas cuadras, dentro están las mulas de las minas —dijo el forense sin girar la cabeza.

El camino se fue empinando en una peligrosa y resbaladiza bajada de tierra y piedras. El Guaje miró a la arqueóloga, pero rehusó ofrecerle la mano, sabía de antemano la respuesta que recibiría de la joven, su amiga era una mujer atlética y predispuesta al trabajo físico.

La boca negra y estrecha de un túnel se presentó ante ellos.

—Estamos en el margen del río San Juan —comentó el Guaje—, siguiendo el camino llegaríamos al pueblo de El Cabañin, pero nuestro objetivo está a la izquierda.

Diana miró donde indicaba David mientras se secaba el sudor de la frente. El sol aparecía en frontispicio a ellos, pero tranquilo sin apretar, esperando días mejores para descargar todo su poder, pero todavía era un espectador de lujo. El Guaje se sentó en un pequeño risco que sobresalía del camino y abrió la vieja y sucia carpeta que contenía los informes.

—Esto es extraño —comentó el Guaje acariciando el filo de su sombrero—. Encontraron pelos de cabra dentro de una piedra de granizo —el forense cerró la carpeta—. ¡Qué cosa más extraña!

—*Nuberu* —contesto Diana.

—¿Qué es eso? —dijo el Guaje girando la cabeza y observando el gesto de su compañera que permanecía seria.

—Eso es obra de un *Nuberu* —repitió la arqueóloga

—Perfecto —contestó David—. Y eso ¿qué coño es? —El forense intrigado cerró la carpeta.

—Es un viejo que se cubre con un manto de pieles y sombrero negro. Tiene el rostro ennegrecido por los rayos y los truenos.

—Vale —dijo con ironía David—, ¿algo más?

El Guaje cada vez estaba más convencido de que llevar a Diana había sido una magnifica idea.

—Va muy mal vestido, desharrapado con aspecto de mendigo.

—Según este informe el cadáver que se encontró en esta Bocamina de Baltasara era de un vagabundo.

—*Nuberu* —sentenció la arqueóloga.

—El cadáver era de un hombrecillo delgado y pequeño de estatura y en su cara tenía una sonrisa abierta.

—No sonreía —negó Diana moviendo firmemente la cabeza.

—Estoy leyendo literalmente el informe —señaló el Guaje apuntando con el dedo uno de los párrafos del escrito.

—*Los Nuberus* tienen las piernas torcidas como si fueran el tronco de un árbol y delgadas como ramas jóvenes. La boca va de oreja a oreja con unos dientes grandes y negros como el carbón.

El Guaje volvió a enfrascarse en aquel documento que leía con atención y aunque aquel informe estaba mal redactado, y lo más importante, carecía de detalles forenses, pero de forma paulatina, y poco a poco, algo empezó a encender la luz de su cerebro.

—Escucha Diana —gritó. La sonrisa se la habían forzado con algo punzante, y aquí dice que los dientes estaban tiznados con grasa negra. Los ojos abiertos y sin vida brillaban como dos hogueras por el color rojo de la sangre, y enormes hojas de higuera salían de sus orejas.

Diana movió afirmativamente la cabeza.

—Hay otro dato que no podrás encontrar ahí —dijo la arqueóloga señalando la carpeta—, pero que es cierto. El día que mataron a ese vagabundo tuvo que haber una gran tormenta, seguramente llena de rayos y granizo.

—¿Por qué estas tan segura? —exclamó el Guaje.

—El *Nuberu* trae la tormenta, las nubes y el rayo —contestó Diana.

El Guaje sonrió incrédulo.

—¿De verdad crees que el cadáver que encontraron en esta mina era de un ser mitológico? —inquirió risueño David.

—Fuiste tú el que me dijo a mí, que el cuerpo sin vida de la Cueva de la Peña se asemejaba a un *Cuélebre*.

David suspiró despacio llevando su mano al sombrero y cerró la carpeta, aquello no le estaba gustando nada, cada vez estaba más y más convencido de que estaban en las manos de un loco demente.

Anduvieron en silencio el corto tramo que les separaba de la entrada de la bocamina. Ascendieron por un estrecho camino verde exuberante y lleno de vegetación. El lugar dormía solitario y silencioso. La fragua, el dispensario y la sierra permanecían cerrados. Los mineros que llenaban de vida y calor aquel lugar estaban en otra historia distinta, llena de reivindicación, dolor y lucha. En frente de ellos y casi escondida por la frondosa vegetación una de las bocaminas de Baltasara abría su oscura embocadura. La profundidad y el verde oscuro del ramaje hacía difícil su localización. Entraron despacio, como con miedo a romper aquello que pisaran, todo era precaución y recelo al no poder ver bien donde ponían cada uno de sus pies. Los ojos se fueron acostumbrando despacio, poco a poco, a las enigmáticas sombras que empezaban a dar paso al débil rayo de luz de la linterna del Guaje.

El haz de luz les marcaba el siniestro camino. Llegaron a un pequeño espacio redondeado por paredes húmedas, donde los hilillos de agua recorrían por el musgo que brillaban bajo la inesperada luz de la linterna. David abrió la carpeta y apuntó el punto luminoso sobre el papel.

—Este es el sitio —dijo señalando todo lo que abarcaba el estrecho lugar.

—¿Cuándo se encontró el cadáver? —preguntó la joven.

El Guaje leyó detenidamente el informe. Todo en su gesto era serio e inquisitivo.

—Hace tres meses —contestó levantando la vista de la carpeta y recorriendo con la luz el lugar.

—¿Y por qué no te llamaron a ti, Guaje? —preguntó Diana.

—Hace tres meses yo estaba en Madrid —contestó David—. Cada día leía en la prensa cosas maravillosas de ti, las peripecias de Gibraltar y las aventuras de tu apasionante trabajo.

—Mi trabajo es muy parecido al tuyo —respondió la arqueóloga—, nosotros removemos el pasado para encontrar respuestas que nos sirven en el presente.

La joven alargó la mano y arrebató la linterna al forense. Con pasos diminutos fue moviéndose en el círculo que tenían por estancia. Empezó a rebuscar en cada rincón, pasaba la mano y negaba con la cabeza, el haz de luz avanzaba despacio y muy poco a poco. El Guaje la miraba con media sonrisa y aliviado de que Diana no pudiera ver el amor y la admiración que reflejaba su rostro. La arqueóloga era una persona culta, amante de la historia y las tradiciones. Aquellos asesinatos estaban estrechamente ligados a la mitología de la región, algo que a él se le escapaba, tendría que ponerse al día con todo.

—El mito y los seres mitológicos solo pueden ser comprendidos por aquellos que creen en él.

Parecía que Diana, sin tan siquiera mirarle, era capaz de leer su mente.

—¿Qué buscas? —preguntó— Todo este espacio ha sido revisado según el informe, y no encontraron nada de particular.

—Para los que no creen, resulta un misterio impenetrable y de muy difícil comprobación. Es normal que la Guardia Civil no encontrara nada, no sabían lo que debían buscar. Esto es como la arqueología —Diana no miraba al Guaje y seguía pasando la palma de la mano lentamente y con precaución, sobre el terreno de arena, piedras y pequeñas hierbas—, tienes que saber lo que esperas encontrar y lo más importante, el porqué.

—Y no sé por qué algo me dice que tú lo sabes —el Guaje se agachó junto a ella.

—Sí. Es un *Nuberu*, sí. La tradición dice que cuando alguien quiere evitar la presencia del *Nuberu* coloca objetos al revés, generalmente son un cuchillo, un hacha u otro instrumento cortante de hierro con el filo mirando al cielo, en este caso al techo.

—¿Qué significado tiene eso? —preguntó el Guaje.

—La gente de las aldeas y los pueblos interpretan esos objetos como si fueran un pararrayos mágico que hará desaparecer la tormenta; las puntas, hacía arriba espantan a las nubes.

—Curioso —exclamó David.

—En el Neolítico las hachas de piedra eran conocidas como «piedras del rayo» por su valor mágico para espantar los rayos —concluyó la arqueóloga.

Diana se detuvo ante una especie de montículo, lo observó con detenimiento e hizo un gesto a su compañero. Metió la mano en el pequeño bolso que siempre llevaba junto a ella, y extrajo un diminuto cepillo.

—¡¡Aquí está Guaje!! ¡¡Mira!! —empezó a limpiar la zona con precaución— Es laurel quemado y mira esto —Diana enfocó el haz de luz sobre varios objetos puntiagudos saliendo de la arena quemada.

El Guaje estaba pensativo, tenía un trabajo de investigación enorme ante él. El asesino estaba recreando su demencia, cada vez que mataba representaba entes mitológicos asturianos. David se llevó de forma automática la mano al sombrero.

—¿Qué debo de hacer desde este momento?

La pregunta no esperaba respuesta, se la hacía el mismo, en alto y moviendo de forma negativa su cabeza. Él era forense y la situación del capitán y sus hombres lo dejaban solo ante aquel misterio.

—Todo —contestó—, tengo que hacerlo todo. Nada de esto me sirve de nada —dijo señalando la carpeta—. Debo de empezar por el principio y desde cero.

—¿Qué sabemos? —volvió a preguntar retumbando el sonido de su voz en el silencio y la oscuridad de la entrada de la bocamina.

—Muy poco.

El informe decía que Piru había hablado con la gente de *La Baltasara*, y nadie había visto u oído nada, algo raro y extraño en un sitio en el que todos se conocían.

El Guaje había comprobado que había varias formas diferentes de llegar a la bocamina, y por detrás lo que había era el denso bosque.

Repasaba mentalmente el informe que había leído una y otra vez en el último día, y otra pregunta brotó con miedo de su garganta.

—¿Podía tratarse de más de un asesino?

Diana le miró y no dijo nada, respetó el tiempo y el silencio que David tardó en recorrer el razonamiento en su interior y observó como su amigo negaba con la cabeza.

—Todo lo contrario —dijo—, cada paso pequeño que damos nos sugiere lo contrario.

—Estoy de acuerdo —dijo la arqueóloga.

—Tengo que elaborar una especie de perfil, pero antes necesito hablar con Piru y el capitán.

Se encaminaron a la salida de la bocamina.

—Una cosa tengo clara —el Guaje tenía un brillo diferente en los ojos, el brillo de alguien que acababa de aceptar un reto—: estos asesinatos son algo personal, el autor de estos crímenes opina que las victimas merecen el castigo.

Salió despacio de la bacomina, no miró atrás, tenía un arduo trabajo por delante. Se aseguró de tener el sombrero a mitad de frente, ligeramente ladeado a la derecha. Metió la mano en el bolsillo del pantalón y miró la cajetilla de Bisonte, encendió el cigarrillo despacio, saboreando la primera calada. Tenía la mirada al frente y ligeramente arrugado el entrecejo. Sí, sin duda alguna el asesino creía que sus víctimas merecían la muerte.

—Ahora tengo que encontrar el porqué.

4

Gerardo Moreda miraba serio la distancia, más allá donde acababa el camino, ellos empezarían la aventura. Había perdido peso, todo aquel ajetreo le tenía sin comer ni dormir, aun así, seguía siendo más fornido que la mayoría de los mineros. Llevaba días recordando a su padre ¿Qué pensaría de todo aquello? Había sido un socialista convencido y soñador, creía en la revolución, pero su existencia la había pasado entre libros, pensamientos y palabras. No era un hombre de acción y jamás aprobó un acto violento: «la violencia hace que pierdas la razón», solía decir. Ahora él estaba allí guiando a un grupo de hombres para jugarse la vida.

Los mineros iban ganando pequeñas batallas a la Guardia Civil, desde las dos cuencas partían carros y camionetas llenas de hombres dirección a Oviedo.

Todo era alegría, la multitud era una algarabía alegre e inconsciente. Nadie parecía pensar más allá del momento y lo que podían encontrase al final del camino. Los mineros llevaban palos, hachas, dinamita cogida de los almacenes, y los menos portaban correajes y fusiles arrebatados a los guardias. En definitiva, se reían del peligro y solo pensaban que en la ciudad encontrarían la comodidad. Algo que jamás habían conocido.

—En Oviedo están los dueños de las minas —gritaba un minero enardeciendo a la turba—, en Oviedo está el poder.

Gerardo paseaba entre los hombres, antes de salir y escuchaba. Todo era alegría y buen estado de ánimo. Se detuvo; la despreocupada conversación de dos muchachos le hizo prestar atención. Tenían las manos destrozadas y oscuras por el carbón y el trabajo duro de la mina, pero sus ojos brillaban emocionados por el viaje y de su boca salían palabras llenas de ilusión.

—¡Quiero tener un par de buenos zapatos! —exclamó señalando los suyos llenos de agujeros y sin suelas— Seguro que seré más alto.

Gerardo le miro con atención, era moreno, pequeño y extremadamente delgado.

—¡Seguirás siendo igual de feo! —rio el otro— Yo lo que quiero es sentarme en una mesa elegante, con mantel limpio y cubiertos finos, de esos brillantes —se puso en pie encogió el brazo e hizo una reverencia—, que el camarero me sirva buen vino, y mientras, me llame señor. Comer, comer hasta no poder más.

Gerardo Moreda siguió caminando mientras retiraba una incipiente lágrima antes de que cayera libre por su mejilla.

Ya habían pasado veinticuatro horas del estallido revolucionario. Todo había estado improvisado y mal hecho, no había seguido un plan, demasiadas cosas hechas de prisa y sin pensar.

Habían cometido demasiados errores.

Para Gerardo el más grave de todos fue dejar libres todas las carreteras que llegaban a Oviedo. Sí, por la mañana habían cortado todas las comunicaciones de telégrafo y teléfono, pero llegaban noticias de que numerosos camiones llenos de guardias habían partido en dirección a la capital advirtiendo al Gobierno Civil de todo lo que se les venía encima.

—Cuando lleguemos a Oviedo, la defensa de la ciudad estará preparada —Sentenció moviendo de forma negativa la cabeza.

***

Luis Monje hizo un gesto con la mano en alto, su cuerpo salía por la ventanilla de la camioneta, lideraba la expedición y a su señal el convoy se paró. Estaban entrando en San Lázaro y aquello era el extrarradio, las primeras casas de Oviedo.

El silencio era irreal, de las casas no salía ningún tipo de ruido, las calles permanecían sin vida, completamente vacías.

—Nos esperaban —Luis suspiró mientras abría la puerta de la camioneta.

Fueron bajando de los carros y las camionetas en silencio, hasta aquí todo había sido demasiado fácil, ahora llegaba la verdad.

Monje miró a Gerardo, su cara lo decía todo. No cesaba de recordar que la noche pasada habían discutido, hablado y nuevamente a discutir. Aquel momento era crucial para la revolución, no podían dejarse vencer por el miedo y la incertidumbre.

—Cuando lleguemos a la ciudad debemos bajar de los vehículos y entrar a pie, por grupos de forma escalonada y cubriéndonos unos a otros.

—Somos mineros, no soldados —había protestado Torito.

—Por eso mismo debemos ceñirnos al plan de actuación —sentenció Gerardo.

Ahora cien hombres decididos, con Luis y Torito a la cabeza, se dispersaban en todo lo ancho de la vía, y árbol tras árbol, montículo tras montículo avanzaban despacio y observando todo a su alrededor. Estaban a menos de cincuenta metros de la urbe y Luis hizo la señal de detenerse. Levantó su pulgar en señal de suerte, y los dos mineros que previamente se habían ofrecido voluntarios arrancaron su carrera en dirección a las primeras casas. El ruido de los disparos fue seco, corto y potente. Por la forma de caer desmadejados antes de tocar el suelo ya estaban sin vida. Sendos orificios de proyectil habían explotado en su cabeza.

—Están parapetados en las casas —gritó uno de los mineros.

—Son Guardias de Asalto —gritó otro—, expertos tiradores.

Torito llego sudoroso y esquivando los disparos desde el otro lado de la carretera. Se dejó caer junto a su amigo, y tomando aire señalo a las casas desde donde les disparaban.

—Luis a su forma no tenemos nada que hacer, en una batalla tradicional perderemos siempre.

—Lo sé —contestó Luis—. Nosotros no sabemos utilizar bien los fusiles.

Se acordó de su madre. Doña Clara estaría orgullosa de ellos, pero en su lugar ya estaría pensando alternativas para ganar tiempo y moral. Miró a Torito y le sonrió con aquella mueca burlesca de niño juguetón y travieso.

—Tienes razón, Torito. Nosotros somos mineros y dime ¿con qué trabajamos en las minas?

—Dinamita —respondió su amigo—, nadie sabe manejar la dinamita como nosotros.

—Bien —dijo Luis golpeando el brazo de su amigo—, utilizaremos dinamita. Hay que medir bien las cargas. Esas casas son de construcción sólida, muros anchos y fuertes.

Las órdenes fueron corriendo poco a poco, y en el gesto de los hombres al dejar los fusiles y empezar a manipular las cargas de dinamita se notaba alivio y esperanza.

Fueron recibiendo los mensajes de que todo estaba preparado, dos hombres más habían perdido la vida de sendos disparos mientras iban de un lado a otro de la carretera.

—Hacemos grupos de cuatro —informaron Luis y Torito—. Cada uno de los grupos con las cargas encendidas debe intentar acercarse a la entrada de la calle. Cuatro grupos a la vez, izquierda, derecha y dos por el centro.

Empezaron a salir, deprisa, sin mirar atrás, con la vista al frente y oyendo los sonidos de los disparos que rompían el aire. Cada acierto de la Guardia de Asalto era una muerte segura, si la bala no mataba al minero, la explosión de la carga que portaba terminaba el trabajo.

Gerardo miró el reloj, la preocupación crecía, llevaban así más de una hora.

—Demasiadas vidas, demasiado tiempo.

—¡Mira Gerardo! —gritó uno de los mineros.

Una algarabía de júbilo y gritos comenzó a propagarse, por las filas, desde el grueso del convoy. La primera de las casas había saltado por los aires en una explosión que hizo retumbar la carretera.

Grupos de mineros salían en carreras, aprovechando el humo y el numeroso polvo de la casa reducida a escombros. Los mineros empezaban a lanzar con cierta impunidad las cargas de casa en casa. Tras la explosión de una, venía la de otra, aquello era el auténtico infierno. Las balas volaban por el aire y la dinamita cada vez explosionaba con más violencia y certeza.

El tiempo parecía estar suspendido, los mineros corrían lanzaban su carga e intentaban llegar al convoy, muchos de ellos caían en el fuego cada vez más cruzado y certero de las balas.

El enfrentamiento resultaba contumaz y fuerte, de extrema violencia y de final incierto. Sin embargo, llegado un momento las balas dejaron de oírse, el polvo pareció posarse sobre el suelo y de entre el humo y el fuego de las casas ardiendo, un minero gritó haciendo señales con los brazos en alto:

—¡Retroceden! ¡Las fuerzas de Asalto retroceden!

Gerardo sacó del bolsillo de la chaqueta el pequeño mapa que había llevado consigo y sonrió

—Retroceden calle Magdalena abajo, y sabes ¿Dónde desemboca esa calle? —preguntó Gerardo al joven que tenía junto a él.

El muchacho, de no más de dieciocho años, sonrió nervioso y colorado de vergüenza. Movió negativamente la cabeza y contestó:

—He nacido en Sama a pocos kilómetros de aquí, pero jamás he salido del pueblo y la mina.

Gerardo apoyó la mano en el hombro del joven y liberó en su rostro una sonrisa abierta.

—La calle Magdalena desemboca en la Plaza del Ayuntamiento.

***

Se cubrían unos a otros, caminaban despacio, en silencio como si el menor ruido pudiera ser el detonante que marcara el desastre. Observaban con atención las ventanas y balcones para luego dirigir la vista a las terrazas y tejados, pero también eran importantes portales y cada esquina de cada calle. A mitad de camino empezaron los disparos, los primeros fueron certeros hasta seis o siete mineros cayeron con disparos que les atravesaron el pecho. Las fuerzas del Ejército estaban bien parapetadas e iban a vender muy caro cada metro que ganara la turba de mineros. El último tramo de la calle de la Magdalena era una trampa mortal.

—No podemos pasar por aquí —gritó Luis—. En aquellos portales hay ametralladoras —dijo señalando cada esquina de la calle.

***

Torito iba en vanguardia con un gran bolsón a la espalda lleno de dinamita. Se tiró al suelo y se cobijó cubriendo el volumen de su cuerpo con el tronco de un árbol. Empezó a hacer señas para que detuvieran el avance.

—¡Luisito! —gritó fuerte y claro levantando la mano— Yo me encargo de las ametralladoras, todos detrás de mí, hay que tomar la plaza.

Todo estaba en un *impasse*, la jugada de ajedrez estaba en tiempo muerto. Caía la noche sobre la sobria ciudad de Oviedo, que en pocas horas se había convertido en una urbe tenebrosa y aterrorizada.

Los disparos no habían cesado, eran disparos sueltos, distanciados en el tiempo y ante el movimiento de cualquier minero. La marea humana formada por cientos de mineros no había podido avanzar ni un solo metro.

Torito seguía tumbado y acurrucado en el mismo tocón que a duras penas tapaba su cuerpo, cada vez que asomaba la cabeza para echar un vistazo, un proyectil silbaba cerca de su cabeza. Miró al cielo. Apenas había luna y las nubes empezaban a tapar la escasa luz de la tarde. Sacó un cigarro y lo prendió, degustó las dos primeras caladas del tabaco y luego prendió la mecha de un enorme grupo de dinamita. Sabía donde estaba la guardia y sus ametralladoras, llevaban toda la tarde disparando sobre él.

—Luis preparados para tomar esa maldita plaza —gritó poniéndose rápidamente en pie con el ultimo rayo de sol.

Mientras oía los estampidos de los disparos notó cómo su hombro izquierdo ardía de dolor, pero se esforzó por continuar su avance, no podía dejarse caer en ese momento, demasiada gente dependía de su éxito. Siguió apretando los dientes y localizó a su derecha su primer objetivo, lanzó la dinamita y se tiró al suelo. Se hundieron los techos, se rompieron cristales y el suelo, como si de la mismísima Pompeya se tratara, tembló en un espasmo de dolor.

Más de cincuenta mineros aprovecharon la oportunidad que les brindaba el momento. Estaban acostumbrados al uso de la dinamita y eran los que tenían el cometido de avanzar calle arriba. Arrojaban dinamita en cada portal sin pausa, con una continuidad que hacía imposible que los entrenados guardias que todavía resistían pudieran responder al virulento ataque.

—Llegaremos al ayuntamiento —Gerardo miraba todo en la distancia de la retaguardia.

Recorrieron más de cien metros y de nuevo los disparos certeros de los guardias aumentaban el número de heridos y muertos. El enfrentamiento se presentó como una auténtica carnicería para ambos bandos.

—Queda la ametralladora de la puta iglesia —rugió un minero.

—Con la iglesia nos hemos topado —ríó otro.

El grupo grande de mineros empezó a agruparse, todos miraban a Torito con admiración, uno de ellos rompió una de las mangas de su camisa e hizo un fuerte torniquete al que ya todos consideraban su jefe. Torito seguía sangrando de forma abundante por su hombro izquierdo, pero continuaba en pie, entero y dando órdenes.

Los mineros habían dejado tras de sí varios guardias muertos entre cascotes y trozos de pared de casas derribadas por las explosiones, pero también muchos de ellos habían caído en la lucha.

—Hay que acabar con los que están allí arriba en la iglesia —señaló Luis—. Entonces Oviedo será de los mineros.

Diez mineros rodearon a Torito, los guardias seguían y seguían disparando. Doblar aquella esquina era la diferencia entre tomar la iglesia, el ayuntamiento y todo Oviedo.

Torito miró a sus compañeros con un gesto de dolor.

—Primero la iglesia, luego el edificio de las Consistoriales.

Al grito de ¡mineros!, doblaron la esquina. Torito iba al frente comandando el ascenso de la escalera principal de la iglesia. El disparo rompió sólido y fuerte la energía del grupo, su jefe no llegó a tocar la puerta, el fuego cruzado le hizo caer acribillado a balazos. El cuerpo de Torito era una masa sanguinolenta, la cara destrozada y abundante sangre saliendo por la boca, solamente le dio tiempo de gritar:

—¡Oviedo minero!

La rabia del grupo ante el fin de su jefe allanó el camino, los mineros consiguieron dinamitar la iglesia y con sus mosquetones a modo de bayoneta remataban a los guardias. Los revolucionarios de la cuenca minera asturiana se habían apoderado del Ayuntamiento de Oviedo.

—Hay que retirar el cuerpo de Torito —dijo Luis todavía con la respiración entrecortada por el esfuerzo.

—Yo voy —dijo el joven minero que ansiaba con anhelo unos zapatos nuevos—, yo retiraré el cuerpo del camarada.

El joven, entre el humo y el fuego, salió de la trinchera, vio el cuerpo tirado en los escalones de la entrada principal y caminó despacio y entonces escuchó el disparo. Sintió miedo, el proyectil había pasado demasiado cerca. Se encogió todo lo que pudo intentando empequeñecer, deseando ser invisible. Miró a su alrededor y descubrió que apenas tenía salida, todavía quedaban guardias en los balcones que rodeaban la Plaza de la Iglesia. Respiró despacio. Sentía el miedo dentro de él, y empezaba a comprender que su pueblo y su casa estaban demasiado lejos de allí. No podía ir hacia atrás era un blanco fácil; solo le quedaba una salida. El joven dio una pequeña carrera y se arrojó junto al cuerpo sin vida de Torito. Escuchaba los disparos y notaba los impactos en el cuerpo ya inanimado, el miedo creció y creció en su interior; era demasiado joven y no quería morir. Acurrucado y creyéndose amparado por la oscuridad, intentó cargar con el cuerpo sin vida de Torito en su espalda. Pero aquel cuerpo inerte pesaba en exceso para él y todo estaba pasando muy lentamente, y aunque intentó moverse con rapidez, correr ignorando el peso, el cuerpo cayó al suelo y él quedó expuesto. Había calibrado mal sus opciones y ahora era una presa demasiado fácil, incluso para un tirador normal. No hizo falta más que un disparo y el cuerpo sin vida del joven quedó junto al de Torito. Un río de sangre bajó despacio por los escalones de la iglesia.

7 de octubre de 1934

Con los primeros rayos de sol el Guaje se puso en marcha. Era siete de octubre y las noticias que llegaban a Mieres eran imprecisas. Por un lado, entre gritos de alegría se decía que los mineros se habían apoderado de la ciudad de Oviedo, pero por el otro se hablaba de cientos de caídos por las calles en la lucha encarnizada que se debatió por la urbe.

No podía dejar de pensar en su hermano. Había preguntado a todo el mundo por Pelayo, pero nadie supo decirle con certeza si sabían de su presencia en Oviedo o no. La preocupación por su hermano menor fue in crescendo, e intentó centrarse en su trabajo. De forma natural su cerebro se volcó en los asesinatos que pasaban desapercibidos en la cuenca minera. Diana le había dicho algo que todavía resonaba en su cabeza como una canción pegadiza:

—¿A quién le importa ahora tu asesino cuando están muriendo cientos en la revuelta?

Sabía que aquello era verdad, pero él tenía una responsabilidad esencial con su conciencia, luego con su trabajo, y por último, con el capitán Turón que lo había dejado al cargo de aquel extraño caso. El asesino le llevaba mucha ventaja, pero precisamente los acontecimientos que se estaban viviendo podían llevarle a pensar que estaba impune y nadie se preocuparía por él.

Aquella era la mejor de sus bazas.

Dejó el destartalado pero fiable coche en manos de unos jóvenes mineros que hacían guardia a la entrada del ayuntamiento. En uno de los numerosos controles mineros que tuvo que pasar camino de Oviedo, le habían dicho que los comités se reunían allí y que seguro que encontraría a Gerardo.

El bullicio testaba el estado de ánimo y este parecía muy alto en todos los sublevados. Un cartel mal escrito de mala forma presentado, con letras en rojo y mal alineadas decía: «Victoria total de la revolución proletaria».

Fue sencillo encontrar a Gerardo. Todo el mundo se refería a él como *el Socialista* en aquella especie de cuartel en la que se había convertido el ayuntamiento. Tras una gran puerta de madera se disponía un amplio salón, y en su centro, tras una sencilla mesa, estaba el famoso «socialista». El Guaje fijó su atención en aquella escena presentada frente a él y esperó a que Gerardo despachara al grupo de hombres que hablaban a su alrededor. En la mesa, tan solo un vaso de agua medio vacío, ningún papel o mapa, solo un vaso. Gerardo Moreda le reconoció al instante. David estaba fuera de lugar portando aquel elegante sombrero a mitad de frente ligeramente ladeado a la derecha y un bisonte apagado en los labios. Su pulcra presencia destacaba en aquel ir y venir de mineros sucios con las ropas medio rotas, mientras el forense portaba un traje inmaculado con chaleco e, increíblemente, entre tanto escombro a su alrededor, todavía manteniendo sus zapatos brillantes.

Gerardo estaba organizando a los mineros entre gritos y una especie de desorden general. Todos los cabecillas de los obreros combatientes pasaban por la mesa *del Socialista*. El maestro había formado patrullas que recorrían barrios ya en poder de la revolución, y sobre todo, algo muy importante, llevaba pesadamente la intendencia con el comité de abastecimientos.

—Llevamos dos noches sin dormir —le dijo Gerardo a David tras un abrazo—. Esto es una especie de caos organizado, estoy intentando que nadie se entregue al saqueo.

—¿Sabes algo de mi hermano? —preguntó el forense encendiendo el cigarro que llevaba tiempo esperando en su boca.

—Pelayo se marchó a Campomanes.

— ¿Le mandaste tú? —inquirió David.

—No tuve más remedio, teníamos casi dos mil mineros desorganizados y con escasez de armas, estaban actuando por su propia iniciativa.

—¿Y Pelayo es capaz de arreglar eso?

—Tu hermano es un buen líder, le escuchan, según el primer informe que ha llegado consiguió que novias y mujeres se volvieran a sus casas.

—¿Mujeres?

—Sí, las mujeres de los mineros son bravas y tienen mucho coraje, al igual que tu madre o la madre de Luis, pero ante un regimiento de tropas eran un problema e impedimento. Por cierto —sonrió con ganas Gerardo—, tu hermano es un tirador fantástico.

—Lo sé, siempre lo ha sido, mucho mejor que yo.

—Ahora le llaman *míster Máuser*, lo lleva a todas partes desde que le quitó el rifle y el correaje a un guardia en la primera escaramuza.

—¡Un máuser! —exclamó David— Pelayo nunca deja de sorprenderme.

—Más te sorprenderá cuando te cuente lo del convoy de víveres.

—¿Cómo?

—Pelayo, tu hermano, además de ser un hombre con coraje, está bendecido por la suerte, llegó a la estación decidido a la lucha armada por un tren lleno de comida. Pero cuando sus hombres entraron en la estación solo les esperaban algunos ferroviarios. Gracias a *míster Máuser* la revolución tiene ahora harina, legumbres, conservas de todo tipo e incluso buen vino y cerveza.

Un grupo de mineros entró en el salón gritando entre ellos, estaban semidescalzos, con los pies mojados, algunos en alpargatas y, sin embargo, reían de forma ruidosa.

—Pobres infelices —murmuró Gerardo—. Están alegres desde el desconocimiento placentero de la ignorancia, porque hoy el sol le ha ganado la partida a la constante lluvia y la espesa niebla de los últimos dos días. Pero no entienden la terrible noticia que es para nosotros. Un día soleado invita a la aviación, las bombas y los obuses, algo que nosotros no tenemos. La lucha es demasiado desigual en los días de sol.

El Guaje miró por la ventana y vio la mañana que se presentaba magnífica, llena de luz y claridad, estaba seguro de que lo que decía Gerardo era correcto, por lo tanto, y con la tranquilidad de saber que Pelayo estaba bien, se centró en el trabajo.

—Necesito ver al capitán Turón. En Mieres me han dicho que lo tenéis aquí.

Gerardo miró al Guaje y sin decir palabra sacó unos papeles del primer cajón de la mesa.

A los prisioneros los habían recluidos en diferentes edificios, cualquier espacio era válido dentro del desorden y caos reinante. Dispersaron a los apresados: unos, al teatro del Principado, otros en la universidad, pero todos ellos, después de ser capturados durante los enfrentamientos eran llevados al Ayuntamiento, y era allí donde el comité registraba su entrada y el edifico adonde lo llevaban tras su detención.

Gerardo repasó la lista con el dedo, se había despreocupado por completo de la situación del guardia civil y ahora lo lamentaba. El capitán le caía bien, era un hombre culto y decente en su trabajo, esperaba que no fuera uno de los muchos que había sido fusilado por las turbas tras el bombardeo del primer avión. El aparato había lanzado solo dos bombas, pero habían provocado mucho daño y originando con su explosión una confusión que llegó a desatar escenas de pánico. Algunos mineros saltaron en pedazos, con miembros diseminados y cráneos rotos. La gente se lanzó a la calle para refugiarse en los soportales, y tras la calma y el recuento de las víctimas llegó la revancha y los fusilamientos.

—Aquí está, Guaje —suspiró aliviado el maestro—. Estamos de suerte. El capitán está en los calabozos que se han improvisado aquí mismo.

Gerardo levantó una de las manos y casi al instante un minero se presentó a él.

—Lleva al forense a los calabozos y ayuda en todo lo que él necesite.

El Guaje estrechó la mano de Gerardo y siguió al hombre escaleras abajo. Le miraba extrañado y algo receloso y cada pocos pasos volvía la vista atrás y miraba a David. Los mineros con los que se cruzaba en el camino también se paraban y lo señalaban. No comprendían bien la relación entre aquel hombre elegantemente vestido y todo lo que ocurría a su alrededor. Llegaron a un largo pasillo, oscuro y sin ventilación; el hedor era espeso y golpeaba la nariz como un puño. El minero se paró ante una enorme puerta de metal que custodiaban dos mineros con fusiles al hombro, y a la señal del hombre que había guiado a David la abrieron, no sin cierto esfuerzo. El Guaje entró en el habitáculo, apenas había luz y se estremeció al escuchar cerrarse la puerta tras él. Miró a su alrededor y lo primero que le chocó fue no encontrar camas por ningún lado. Sintió un escalofrío. La estancia era húmeda y fría. Tampoco vio mantas. ¡Deseó salir cuanto antes de aquella ratonera!

Sus ojos fueron acostumbrándose poco a poco a la exigua luz.

—¡Capitán! ¿Está aquí capitán Turón? —Un lento movimiento en una de las esquinas atrajo la atención de David.

—Guaje, ¿eres tú? —Le llegó el sonido de una voz.

—¡Capitán! —Se acercó el Guaje viendo al hombre que estaba sentado en el suelo e intentaba ponerse en pie. Se dieron un abrazo largo y silencioso sin importarles las miradas curiosas y extrañadas de las más de veinte personas que se apiñaban en la habitación.

—No tenemos colchones —sonrió el capitán—. Los utilizan como parapeto en el combate, tendremos que sentarnos en el suelo.

—¿Cómo se encuentra, capitán?

—Nos dan de comer dos veces al día algunas unas conservas y un poco de pan.

—Y de vez en cuando alguna galleta tan dura que casi se me caen los pocos dientes que conservo sanos —El Guaje giró la cabeza hacia aquella voz inconfundible y gritó de alegría.

—¡Piru!

Tras otro abrazo interminable el Guaje se sentó junto a los dos guardias civiles en un suelo sucio y frío, dando la espalda a los demás presos. Solo ellos debían oír lo que tenían que hablar.

—Cada vez que se abre esa puerta nos morimos de miedo —comentó Piru—. Tememos que nos van a fusilar en cualquier momento. Mira allí Guaje —dijo señalando al otro rincón de la habitación—. Aquel hombre es un sacerdote preso.

—Cállate Piru —le cortó con un susurro el capitán, sin embargo, el guardia civil por vez primera desde que estaba en el cuerpo hizo caso omiso de una orden de un superior y continuó.

—Nos bendice y todos rezamos en silencio, pero yo cada vez estoy más convencido de que Dios no existe, Guaje.

Piru, permanecía lívido y con los ojos enrojecidos, una evidencia de que el guardia civil estaba en continuo llanto.

—Cálmate *home*, cálmate *non* son tan malos.

—*Trajeronme* malas noticias, Guaje. Esta turba desalmada ya no respeta ni amigos ni *rapaces*.

—*Probin* —susurró moviendo la cabeza—, no creas todo lo que aquí dicen.

—¡Capitán! —cortó David que empezaba a preocuparse por los derroteros que tomaba la conversación—. De todos los informes que me dio el otro día solo uno parece asemejarse al homicidio de la Cueva de la Peña.

—¿Cuál?

—El del vagabundo de la Bocamina de la Baltasara —contestó—. Piru —se dirigió al guardia que todavía estaba cabizbajo—, tú hiciste el informe; amigo cuéntame todo lo que sepas.

Piru restregó los ojos, cada vez más rojos, e hizo el gesto de pensar brevemente.

—Poca cosa te puedo decir, Guaje, sino que hablamos con todo el mundo y nadie vio ni oyó nada. En la bocamina solo estaba el cadáver —El Guaje decidió mantener en secreto la nueva información que había conseguido junto a Diana—, y sigo creyendo que el asesino fue el compañero de fatigas de Cancello —así se llamaba el muerto.

—¿Qué te hace pensar eso? —preguntó David.

—Eran casi uno en todo lo que hacían. El *Bruxes* llamado así porque siempre está hablando de seres fantásticos de los bosques o las montañas, es minero, pero nadie quiere trabajar al lado de él.

—¿Dónde puedo encontrarle?

—Supongo que, en la revuelta. Es un hombre violento, le hemos metido en el calabozo en numerosas ocasiones por peleas y borracheras. Está a gusto en el conflicto, dudo que deje pasar todo este caos para luchar y pegar tiros. No pudimos relacionarle con el asesinato, ninguna prueba le acusaba

—Por ese motivo no aparece en el informe —Sentenció el forense pensativo.

—¿Por dónde suele parar *el Bruxes*?

—Suele parar por Mieres, estoy seguro de que Oli puede ayudarte.

De pronto la puerta se abrió de golpe y los dos mineros que vigilaban la entrada con fusiles entraron en la estancia.

—¡Ciudadano a declarar! —gritó uno de ellos.

Se hizo el silencio, la preocupación se marcaba en los rostros.

—¡Tú, figurín! —dijo uno de los guardias dirigiéndose al Guaje— Tu tiempo ha terminado, largo de aquí.

David se levantó en silencio, abrazó a sus dos amigos y susurró en el oído del capitán.

—Cuídate amigo, no te preocupes por tu hija está atendida. Come todo lo que puedas que estás en los huesos.

Luego se volvió al otro guardia civil. Intentó animarlo otorgándole una fortaleza que realmente no tenía.

—Cuídale, Piru. Ya solo se le ven pómulos y barba.

Cuando aquel portón metálico volvió a cerrarse a su espalda sintió que algo agarrotaba su corazón, y pensó que lo mejor, dentro de aquella locura, tener su mente ocupada era una bendición.

2

Cuando el Guaje llego al *chigre* de Oli, este estaba de espaldas a la puerta y alfombraba con serrín el suelo empapado de sidra. David relajó los músculos tensionados tras un día vertiginoso y estresante. El olor del lugar le llenó los pulmones como una pastilla tranquilizante, aquello le trasportaba a su niñez, a su casa, era el olor tradicional a sidra.

—¿Cómo va el trabajo?

Oli se giró mirando al cliente que entraba por la puerta, a pesar de ser media tarde. El forense seguía impoluto, limpio y con los zapatos brillantes.

—Cómo quieres que me vaya con todos los hombres dando tiros por Oviedo y sin tiempo para gastar el dinero que no tienen en sidra.

—Anda deja eso y abre una botella de las buenas para los dos.

El tabernero pasó tras la barra y sacó una botella, la colocó en el mecanismo fijado y la descorchó.

—Toma, haz tú los honores —dijo tras tender la botella a David.

El Guaje agarró la botella con su mano derecha la levantó sobre su cabeza todo lo que pudo y empezó a escanciar la sidra. El líquido caía recto sorteando el sombrero del forense y dentro del vaso especial para la sidra, grueso bajo y corto. Ni una sola gota cayó sobre el serrín. Oli admiró su destreza, recogió el vaso que le alargaba su amigo y bebiendo de un trago largo y profundo dejo el *culín* para tirarlo en el recipiente de aluminio que tenía para tal menester en el suelo.

—Algo quieres *Roxo* de los cojones.

David sonrió dando una calada al bisonte que había encendido. Cuando el dueño del *chigre* estaba molesto o quería meterse con él utilizaba el apodo por el que todo el mundo le había llamado de niño.

Se abrió la puerta y tres mineros entraron gritando y abrazados. Desprendían alegría, pero también inconsciencia con lo que pasaba a su alrededor.

—Una botella, Oli —gritó uno—, pero de las caras que nos vamos para Oviedo a pegar tiros.

El Guaje sentado en la mesa más esquinada del local empezó a degustar su vaso de sidra mientras observaba, caló más su sombrero y solo el rojo incandescente del cigarro iluminaba, de vez en cuando, el inicio de su rostro. Repasaba mentalmente los acontecimientos que a todos ellos le estaban tocando vivir, el mundo caminaba rápido, cambiando demasiado deprisa, era imposible que todo siguiera igual cuando aquella locura acabase, estaban por venir momentos duros. Su preocupación tenía un nombre... Pelayo.

Pero ¿qué pasaba con él? Rio en la penumbra, era un forense metido a detective en el centro de un caos destructivo. El año 1934 pasaba vertiginoso y loco. Estaban solo en el principio del siglo XX y ya llevaban demasiadas revoluciones y guerras. La humanidad no se encontraba a gusto consigo misma.

Oli se sentó frente a él mientras limpiaba sus manos con el trapo de siempre.

—El día que lo laves —dijo señalando el trozo de tela— me avisas para presenciar el acontecimiento.

—No me toques los huevos Roxo y dime qué quieres. Esos de ahí se van a beber lo que no hay en los escritos —dijo señalando a los mineros que seguían cantando abrazados.

—*El Bruxes*.

—¿Qué pasa con ese?

—Cuéntame lo que sepas de él.

—Buff —resopló Oli—, le he tenido que echar de aquí en demasiadas ocasiones, borracho, mal herido, inconsciente y entre Piru y yo más de tres o cuatro veces le hemos remojado en el pilón de la plaza para quitarle la tajada y el mal olor.

—¿Cancello?

—Era un buen hombre, solitario, pero bueno. Se dejaba llevar por *el Bruxes*, pero era un buen minero y todos le querían a su lado en la mina.

—¿Vagabundo?

—Había perdido años atrás a su familia y la casa en la que vivía. Todos le dábamos comida y ropa y algo de cobijo, pero poca cosa puede dar un pobre a otro más allá de la amistad.

—¿Cuándo fue la última vez que viste al *Bruxes*?

—El otro día nada más marcharte tú entro él, se pasó largas horas aquí, observando todo y a todos, bebió mucha sidra y empezó a faltar a los clientes, lo más fino que soltó por la boca fue su famoso *cagondios* cuando uno de los mineros empezó a cantar flamenco. Yo ya le conozco y sé cuándo va a explotar, siempre es el mismo proceso, bebe a *sorbinos* y termina con el recuerdo al Altísimo.

—¿Qué pasó?

—Acabó en la enfermería, el minero cantor era un *rapaz* fuerte y sobrio.

—Gracias por la ayuda Oli —dijo David posando un billete sobre la mesa—, me has ayudado amigo.

—¡Guaje! —gritó el dueño del *chigre* cuando el forense ya abría la puerta para salir—. Él no le mató; al Cancello. Él no le mató, era su única familia. El *Bruxes* es todo boca y bravuconería, nada más.

David se tocó el sombrero a modo de despedida y partió en busca de la única pista que tenía. La revolución, Pelayo, su atracción por Diana y el loco al que debía parar. Con una agria sonrisa en la boca exclamó

—*Cagondios.*

3

Estaba cansado y algo desanimado. La ilusión y el ímpetu habían dado paso a una sensación inquietante de caos. Pelayo iba pasando los pueblos dirección a Oviedo. Quería recorrer toda la zona, miraba desde el borde de la carretera y de vez en cuando se paraba para hablar y escuchar el sentir de los hombres y mujeres. Buscaba con los ojos sus miradas y encontraba recelo en ellos, mineros y paisanos de cada pueblo rehusaban el encuentro de aquella mirada y Pelayo no sabía si era por miedo, sospecha o decepción. Detenía el convoy en cada casa cuartel de la Guardia Civil y hablaba con los prisioneros, sin olvidar a las mujeres, hijos y madres que esperaban noticias fuera, aunque de estas últimas solo conseguía gemidos y maldiciones llenas de desesperación. Todo aquello era demasiado para el minero, él no estaba preparado para liderar vidas y decidir sobre ellas, todo iba a ser una labor demasiado lenta y extremadamente dolorosa.

El convoy llegó ruidoso al pueblo de Peñaflor, habían cruzado entre las gargantas de Trubia y Grado y el humo negro y blanco, las llamas altas y sólidas y los escombros y los esqueletos de las casas fueron su único recibimiento.

El camión paró el ruidoso motor a la entrada del pueblo y Pelayo bajó mirando con atención todo lo que le rodeaba. La columna de mineros siguió su ejemplo. Peñaflor era un esqueleto deforme y nada hacía indicar que había sido un bello y alegre pueblo. Ahora la perfecta puerta del infierno que era lo que les esperaba.

Un hombre lloraba desconsolado y arrodillado en medio del camino, estaba completamente cubierto por el polvo en suspensión y solo el surco que abrían sus lágrimas dejaban entrever su juventud. Pelayo se plantó ante él y le tendió la mano, el hombre alzó la cabeza y le miró indeciso, aceptó la ayuda y se incorporó. Era casi un muchacho imberbe y le observaba con temor, presentaba un evidente estado de trauma y no apartaba su vista de la columna de mineros que poco a poco se iba bajando de los camiones y carros.

—¿Tienes hambre? —preguntó Pelayo.

El joven seguía observando a los mineros con los ojos abiertos y parecía no haber comprendido.

— ¿Tienes hambre, muchacho? —volvió a preguntar.

El joven afirmó con un ligero movimiento de la cabeza, todavía asustado e indeciso, sin embargo, relajó los hombros en un suspiro lleno de sollozos.

—Dadle algo de comer y beber —ordenó a los mineros que estaban junto a él y luego caminó despacio sorteando los escombros humeantes de las casas que todavía ardían, aunque devastadas carecían del calor humano.

Un fuerte tumulto obligó a Pelayo a girarse y centrar su atención en lo que ocurría a su espalda. El muchacho recién recogido se encontraba entre cuatro mineros, y estos, le increpaban entre gritos y empujones.

—¿Qué ocurre aquí? —dijo llegando al lugar mientras apartaba a los hombres que empezaban a arremolinarse en torno al joven.

—Tú me dirás Máuser —contestó irritado uno de los mineros, mientras agarraba por el brazo al joven y le limpiaba de polvo con la mano el cuello de la camisa.

El asombro cambió el gesto de Pelayo y acercó despacio su mano al alzacuellos.

—Bienvenido a la revuelta padre —dijo mirando intrigado a los ojos del aterrorizado sacerdote.

Sin previo aviso y sin que míster Máuser pudiera intuirlo, un puño impactó en la nariz del cura.

—Amén —rio uno ante la algarabía general.

Pelayo se giró raudo y levanto los brazos, las sonrisas se cortaron y volvió el silencio.

—No voy a permitir linchamientos —gritó Máuser—. Asturias está quedando arrasada y la tendremos que levantar entre el hedor de los cadáveres en los pueblos y ciudades y los cuerpos que se pudren al sol en senderos y montañas.

—Es un puto cura —un grito ahogado surgió de la masa que rodeaba al sacerdote.

—Es un muchacho, casi un *rapaz*, poco mal ha podido hacer, mirar a vuestro alrededor, estamos en una guerra que debemos de ganar, la revolución es un mal necesario —Pelayo calló y empezó a deambular entre todos los mineros que le observaban en silencio—, pero no dejemos que nadie pase los umbrales de la barbarie, ya tenemos demasiados muertos.

El grupo de mineros se fue disgregando poco a poco, algunos escupían al suelo mirando al cura, los más callados miraban a Pelayo y afirmaban con la cabeza. El minero que había golpeado al sacerdote lo levantó del suelo ayudándole a incorporarse.

—Lo que tú digas Máuser.

***

El cura se lavaba la cara intentando parar la hemorragia de su nariz y bebía levantando la cabeza largos tragos de agua para aplacar la sed.

—¿Eres el párroco de Peñaflor?

—No, llevo aquí un par de meses, el padre Benito era el párroco y me enseñaba los oficios.

—¿Está muerto?

—Sí.

—¿La revuelta?

—No —negó gesticulando con la cabeza mientras daba un mordisco a un gran trozo de cabrales—. Todo fue una venganza personal.

El silencio del minero indicó al joven sacerdote que esperaba el relato de la historia, mordió un poco de pan y volvió a beber agua.

—Todas las mañanas —empezó— la parroquia recibía la visita de una joven feligresa, embarazada de su primer hijo y muy devota, era de confesión diaria, su marido minero de la cuenca era todo lo contrario

—¿Era? —inquirió Pelayo.

—Llegaremos a eso —contestó el cura con la boca medio llena—. El último mes del embarazo fue terrible, el médico diagnosticó que habría problemas y recomendó que la mujer no saliera de la cama. El párroco, don Benito, la visitaba a diario, la oía en confesión ante la desaprobación del marido y saltándose la recomendación del doctor. Yo intenté hacerle ver que se apartase un poco del tema, el marido ya se mostraba hosco y casi violento. Pero el anciano párroco era tozudo por lo que empecé, a acompañarle para que no fuera solo y llegué a pasar verdadero miedo, cada día recibíamos más insultos y empujones por parte del joven minero, pero él insistía que la joven era un alma que sufría y que su oficio y deber ante Dios no le permitía dejarla de lado. Un día llegamos a la casa y el silencio ya nos avisó de que algo sucedía, el médico salía de la habitación de la mujer moviendo la cabeza y sin reparar en nosotros espetó al marido:

—Hay que decidir, no tenemos mucho tiempo.

El joven minero restregaba nervioso sus manos entre sí, caminaba deprisa por la pequeña y estrecha habitación, era un león enjaulado nervioso y fuera de sí.

—Sálvela doctor, no puedo perderla, se lo suplico ella no puede morir.

—Habrá que sacrificar a su hijo —dijo el médico mirando al minero.

—Eso es un atentado contra Dios —dijo don Benito ante mi incredulidad.

El minero se lanzó contra el anciano sacerdote y solo mi intervención y la del médico calmó un poco los ánimos. El joven lloraba y repetía una y otra vez.

—Sálvela, sálvela doctor.

En eso la muchacha llamó a don Benito gritando confesión y el párroco sin dudar cogió la biblia se colgó la estola e hizo ademán de entrar en la habitación.

—Don Benito —le dijo el médico— no tenemos mucho tiempo.

El minero en dos zancadas se aproximó a él y a dos centímetros de su rostro le susurró.

—Como meta ideas raras a mi mujer en la cabeza le juro por su Dios que le mataré. Don Benito hizo caso omiso al marido y tras entrar en la habitación cerró la puerta.

—Fueron los cinco minutos más largos de mi vida, el médico miraba el reloj mientras el marido caminaba furioso y blasfemando. Hasta que por fin la puerta se abrió entre los gemidos de la muchacha y la aparición del párroco quitándose sudoroso la estola. Lo que observé no me gustó, nada bueno presagiaba, en este ambiente que vivimos de violencia y casi crueldad, los instintos más bajos salen a la luz, y llamarlos es peligroso. El médico entró corriendo, pero observé la sonrisa de don Benito mientras miraba al joven marido.

—Todo está en manos de Dios —exclamó con una sonrisa abierta.

El joven sacerdote interrumpió su relato, dio un profundo sorbo de agua fresca y calló. Pelayo dejó que tomara aire y calmara el ansia y los nervios, mientras tanto, sus hombres estaban estirando las piernas en el último receso antes de llegar a Oviedo.

—Todo esto sucedió el sábado por la mañana y a medio día teníamos misa, el pueblo seguía en calma y como cada primera misa del fin de semana, en la iglesia no seríamos más de treinta personas. El oficio comenzó con normalidad. Hasta la primera lectura todo transcurrió conforme al rito, era yo el que leía desde el púlpito. He intentado recordar varias veces qué lectura era y es curioso cómo funciona la mente humana, soy incapaz de recordarlo, pero sí puedo describir como se abrió la puerta de la iglesia de golpe y como entraron los rayos del sol del mediodía hasta la mitad del templo. Tardé en comprender lo que sucedía y cuando reconocí al joven minero, dejé de leer. En el presbiterio estábamos don Benito y yo, el párroco detrás del altar con las ofrendas para la consagración, hasta donde llegó el joven y empezó a gritar.

—Tenía veinte años y apremió al médico para que salvara a la criatura —el minero rodeó la mesa llevando al sacerdote hasta la sede, la gran silla del presbiterio donde don Benito cayó de golpe. Los feligreses murmuraban, pero nadie se movió, solo yo entendía lo que ocurría e intuía lo que podía pasar.

—Veinte años y rogó al médico para que salvara al bebe, la tuve entre mis brazos —lloraba el minero— y no la pude convencer para que peleara por su propia vida por que iba a entrar en el paraíso.

—¡¡Tú le metiste esas ideas en la cabeza cura de mierda!! Y tu Dios se ha reído de todos nosotros, todavía puedo oír su risa miserable, cura. ¿Sabes que ha pasado calaña negra? —Don Benito no podía moverse atrapado entre la escopeta en el pecho y la silla, y yo tampoco pude, incapaz y completamente petrificado por la escena—. El médico intentó salvar a la criatura ante la insistencia de Isabel. Jajajajajajaja —carcajeó fuera de sí—, pero tu Dios decidió entretenerse con estos mortales hechos de barro, y ¿sabes que pasó cura? Isabel murió y cuando el medico deposito a mi hijo en mis brazos ya no respiraba tampoco.

En ese instante fue cuando reaccioné, pero tarde y mal, el disparo resonó por todo el templo fuerte y limpio, pero solo fue el prefacio de lo que vendría después. Don Benito quedaba muerto en la sede y una enorme explosión devastó la nave central donde los fieles estaban colocados para escuchar la misa. Aquel era el momento elegido para empezar vuestra revolución. Recuerdo el techo caer, el polvo, el fuego y las llamas para pasar a la oscuridad.

Pelayo estaba callado y observaba la lucha interior de aquel joven. Llevaba días dándole vueltas a todo lo que estaba ocurriendo, pensaba que no estaban bien dirigidos. La vida era lo único que tenían y la ofrecían con demasiada alegría.

—No sé el tiempo que pasó —continuó el cura—. Pude salir entre un mar de escombros, desorientado y con un tremendo dolor en los oídos. Recorrí el altar y encontré a don Benito muerto, un enorme agujero perforaba su pecho. Recuerdo haber rezado una plegaria y darle la extremaunción. A su lado escuché un leve gemido, aparté piedras, escombros del techo y la pared lateral completamente derrumbados por la explosión —el sacerdote levantó la cabeza, lloraba, el reguero de lágrimas caía mientras intentaba mirar a Pelayo— y no le ayude, le deje morir sin hacer nada, me suplicó y yo no hice nada.

—¿Quién?

—El joven minero —contestó entre lágrimas el sacerdote—. Se ahogaba con su propia sangre, y yo le ignoré, salí de aquel infierno y llevo deambulando días sin encontrarme a mí mismo.

Pelayo comprendió los sentimientos y las dudas que sufría aquel joven cura, él estaba atravesando algo parecido, ¿valdría de algo todo lo que estaban haciendo? Una vez asaltados cuartelillos y dinamitado iglesias, veía impotente como los revolucionarios se quedaban en las plazas de sus pueblos, esperando a no sabía qué. Lo único que el gobierno revolucionario hacía nuevo era distribuir los famosos papelitos con los que la gente hacía cola en tiendas. Nadie estaba mirando más allá, eran las primeras horas del movimiento, las tiendas estaban bien provistas de género, y de momento había pan, zapatos y leche. Pero él no conocía plan alguno de los comités para dar de comer a todos los pueblos y ciudades cuando en las tiendas se acabase el género.

Pelayo levantó al joven y le abrazó, aquel era el tipo de historias con las que su hermano gustaba lidiar. David siempre sabía qué hacer, sin embargo, él siempre era un mar de dudas por eso nunca había salido de la mina. Sonrió al recordar al Guaje con su traje y su sombrero, ¿cómo de una misma madre podían salir dos seres tan diferentes?

—Marcha tranquilo amigo, todos luchamos contra nuestros fantasmas, que tu Dios te acompañe a ti y a todos nosotros.

El joven sacerdote se abrazó a Pelayo emocionado y agradecido.

8 de octubre de 1934

«Son seres misteriosos que ocupan cuevas, bosques y mares, alrededor de ellos hay historias aterradoras. Son personajes que nos permiten explicar tormentas, enfermedades y desapariciones».

El Guaje cerró el *Gran libro de la mitología asturiana* y despacio intentó masajear sus ojos cansados. Necesitaba un poco de calma, había recorrido de arriba abajo lo que quedaba de la ciudad de Oviedo, no sabía qué buscaba a ciencia cierta, pero creía que un libro le daría una cercana idea de a lo que se iba a enfrentar. Cuando ya desistía de su empeño y solo ambicionaba volver a Mieres e intentar dormir, vio una vieja y casi destrozada librería abierta, era pequeña y el librero sentado en una sencilla silla miró algo incrédulo a David, no esperaba a nadie. El forense intentó explicar al anciano lo que buscaba y necesitaba, tuvo suerte había dado con un buen profesional.

—La mitología asturiana es popular y es la gente la que ha plasmado los mitos —dijo el anciano y sacó un libro pequeño e ilustrado en azules brillantes y luminosos, parecía como si el librero mantuviera aquel libro esperando a un dueño—. Este libro está bien ilustrado, le ayudará a comprender lo que está leyendo.

Ahora, tras horas hojeando y observando cada ilustración, necesitaba dormir. Sacó el reloj del chaleco y comprobó que eran las cuatro de la mañana del día ocho de octubre, el cansancio le podía, demasiadas emociones y largos días por delante iban a exigir lo mejor de él.

No tardó en caer profundamente dormido. Se movía inquieto, no entendía nada de lo que pasaba alrededor suyo, ni la extrañeza por aquel ser femenino, de apariencia humana que lo llamaba con la mano, llena de luz, con su cabellera larga y rubia y que se cubría con una túnica blanca que suelta llegaba a sus rodillas.

Él se acercaba embelesado con la eterna sonrisa de la *Xana* no podía apartar la mirada de aquella belleza, y, sin embargo, el terror y la oscuridad le envolvían y cuando intentaba tocarla, la *Xana*, de pronto, cambiaba la forma, y se volvía pequeña, delgada, oscura y mordía de forma violenta su mano, y cuando asustado huía vuelta a empezar, llegaba siempre a la misma cueva escuchaba el sonido relajante del agua y parado miraba desconcertado cómo dentro de la fuente brillaban los objetos de oro y plata. Volvía a perder el miedo a lo desconocido, aquel era un sitio sagrado y la *Xana* su guardián, el oro y la plata como excusa, porque la diosa alta y rubia era la fuerza que guarda la naturaleza.

La dama encantada se peina y teje a la puerta de la cueva, el peine de oro y como siempre la bella hembra le llama y también como siempre él va, pero esta vez la *Xana* para de devanar y el hilo se rompe, el Guaje se detiene, el ser femenino que le llamaba y le atraía hacia ella, ya no está, pero su voz le llega del interior de la fuente clara y angelical.

«Cien años va que nací, pero nunca vi un hombre con un final tan vil».

***

Un sudor frío que entre escalofríos corría por su frente y el cuerpo, empapaba la colcha de la cama. La misma pesadilla de cada noche. Se levantó y se lavó dejando que el agua fría le despertase por completo. Entonces escuchó el ruido, alguien estaba metiendo un papel por debajo de la puerta. Tardó un momento en reaccionar, lo justo, para ponerse unos pantalones y descalzo abrir la puerta. La Xana doblaba la esquina y solo dejaba ver su túnica plateada. El Guaje corrió aguantando el dolor de cada trozo de gravilla que se clavaba en sus pies descalzos. Le había dado tiempo a ver cómo se metía en el viejo almacén, forzó la marcha, tenía que saber quién o qué era. Traspasó la estrecha puerta y le recibió la oscuridad impregnada en toda la nave. Un ruido breve llegó escaleras arriba. David subió todo lo deprisa que pudo hasta la segunda planta, solo la luz de una enorme luna llena entraba por la ventana marcando de forma débil el espacio de los pasillos llenos de material de la mina y habitaciones repletas.

—¿Quién eres? —gritó David.

El silencio dejó que la pregunta se desvaneciera en la oscuridad y el sonido de sus palabras no obtuvo respuesta. Siguió pasillo adelante y vio el breve movimiento de una sombra

—Te tengo. ¡Alto ahí!

El Guaje se movió rápido hacia el lugar donde algo se había movido, sin embargo, no encontró a nadie tras separar una gran caja de cartón. Por el ventanal contempló la luna hermosa más allá de los bosques y abajo creyó volver a ver a la Xana que huía hacia el río. Giró rápido para bajar y continuar la persecución y no lo vio venir. Un fuerte golpe en la cabeza le sumió en la más profunda oscuridad.

**

Primero intentó abrir un ojo, notó la cabeza pesada, el dolor le taladraba las sienes, incluso mucho más que aquel día que siendo un crío cayó en lo profundo de la mina, y cuando recuperó la consciencia, Lilibet, su madre, le reconfortaba las heridas sonriéndole, mientras le ponía paños mojados en la frente.

El rayo de sol se encontró con su rostro y penetró directo en su cerebro, llegó punzante y dejó el efecto de mil cristales rompiéndose en su interior. Despacio fue tomando conciencia de dónde estaba y qué era lo que había pasado. Intentó, sin conseguirlo, ponerse en pie, y por fin cuando pudo dominar su pesado cuerpo, se incorporó mareado y desorientado. Se llevó la mano a la cabeza y notó una masa viscosa y pegajosa un poco más arriba de la nuca. La sangre ya seca y sólida le marcaba el lugar donde le habían golpeado. Alargó la mano como un reflejo instintivo donde debía de estar el chaleco, y con él su reloj, pero recordó mientras visualizaba todo lo que había pasado, que estaba descalzo, con solo unos pantalones y la camiseta interior con la que dormía. Caminó despacio intuyendo cada paso que daba. Inseguro llegó a la ventana. La claridad le dañaba los ojos, pero aun así miró el cielo azul completamente desprovisto de nubes con el sol fuerte en todo lo alto. Comprendió que llevaba mucho tiempo allí, era más de mediodía y nadie se había preocupado en buscarle. Demasiadas horas en el almacén tirado inconsciente.

—La revuelta —susurró para sí mismo, mientras llevaba de nuevo la mano al gran chichón en su cabeza. Nadie trabajaba, todos estaban imbuidos en la lucha y, por lo tanto, almacenes y minas permanecían vacías.

Con las manos apoyadas en las paredes del viejo pasillo caminó hasta llegar a la escalera de metal. Debía, sin pausa, ir a casa, lavarse y, lo más importante, leer el papel. Con la confusión había dejado el mensaje sin leer y había algo que le inquietaba y mucho. Mantenía la certeza de no haber avanzado nada en la investigación de aquellos asesinatos, es más, estaba seguro de que la población minera, imbuido en sus problemas sociales, ni tan siquiera debía tener noticias de ellos. Pero la aparición del papel demostraba que estaba equivocado, alguien quería que dejara de remover las cosas, ¿Por qué? Estaba claro, el asesino pensaba que se estaba acercando a la verdad. Pero él no conseguía ver el camino por donde avanzar.

Salió del almacén y oyó la algarabía de unos niños jugando y varias mujeres que hablaban a gritos mientras gesticulaban, sobre la implicación de sus maridos en la revuelta minera. Una de ellas, que lo vio caminar despacio, a tumbos, hizo un gesto y todas callaron, nunca pensaron que podían vivir aquel momento, ni viéndole desde cerca estaban seguras de que aquel desaliñado y sucio hombre pudiera ser David Suárez, el Guaje.

—¿Eres tú? —preguntó incrédula la mujer que intuyó su figura acercándose a ellas. Lo habían visto crecer, jugar y llegar a la adolescencia, pero hacía muchos años que nadie había visto al Guaje sin su sombrero, su traje y sus zapatos impolutos.

—Estoy bien gracias, no se preocupen —Hizo ademán de llevarse la mano a donde solía estar el sombrero, pero renuncio a mitad de gesto.

Las mujeres recogieron raudas a sus hijos y fueron abandonando la calle. Era mala señal, algo pasaba y estarían mejor en sus casas.

La *Colomina* era la barriada obrera de la cuenca del Caudal. Las cuarenta viviendas estaban a media ladera distribuidas en tres hileras, planta rectangular alargada, con dos alturas y un pequeño y oscuro corredor de madera. Un portal daba acceso a los pequeños apartamentos. El Guaje transitaba por ella dubitativo y con la mano en la cabeza, sentía como un gran martillo le golpeaba a cada paso que daba. Abrió el portal e inició el ascenso por la estrecha y vieja escalera. Por suerte su apartamento estaba en el primer piso. Con cierta dificultad abrió la puerta y atravesó el comedor que le llevaba directo al aseo. Cada contacto con el agua fresca aliviaba su pesadez y agilizaba su mente.

—¡El papel!

Recorrió en pocas zancadas el pequeño espacio que le separaba de la puerta. Allí estaba, doblado e insolente. Ya casi restablecido David recogió el medio folio del suelo y lo desdobló

«Es la estupidez y la presunción lo que provoca el castigo por la falta de respeto a las costumbres».

Un colorido dibujo plasmaba el mito, el Guaje lo había visto en el libro y allí firmaba sobre el dibujo: *Pesadiellu.*

La imagen era clara y estaba muy bien ilustrada. David recogió el libro, que definitivamente estaba siendo un tesoro, y comparó la imagen con la del dibujo del papel.

—Son iguales —susurró y volvió a mirar en el libro y leyó con avidez.

—Espíritu maligno relacionado con el diablo, se presenta en las noches mientras duermes y te oprime el pecho para no dejarte respirar. Su representación es confusa pues una enorme mano peluda y llena de garras sale de un diminuto ser humanizado parecido a un macho cabrío.

Cerró el libro intrigado y miró el papel arrugado y que sin darse cuenta apretaba en su mano, ¿Cuántas noches llevaba el despertándose en la oscuridad y entre gemidos con la sensación de terror y ahogo?

2

Pelayo mandó repartir todas las mercancías que habían requisado al tren. Aquellos productos eran solo un pequeño parche que paliaba la escasez por unos días en cada pueblo y aldea que encontraba, pero ya tenía comprobado cómo la gente se aglutinaba y fomentaba el desorden que terminaba en peleas por ocupar un lugar en las colas donde pasaban horas para recoger alimentos, y todo por valor de no más de tres pesetas.

—Hay que impedir los saqueos —le había dicho a César su enlace con los comités y los casi dos mil hombres que iban con él. César era un hombre ingenioso, alegre y resuelto, que había llamado la atención de Pelayo desde el primer día por el parecido físico con su hermano David, era pelirrojo y blanco como la leche, pasaría por hijo de Lilibet más que el mismo. En los pocos días que duraba la revolución minera, se había convertido en imprescindible para Pelayo. El pelirrojo tenía la habilidad de adelantarse a sus deseos y resolvía con naturalidad anticipada todo lo que como jefe del grupo le iba a demandar. César había nacido en Gijón y tenía para su orgullo un hermano gemelo, la relación entre ellos era difícil, pero llena de amor, tres días hacía que no sabían nada el uno del otro y César estaba preocupado, y aunque el minero no dejara entrever su nerviosismo, Pelayo lo notaba en la expresión de su cara cada vez que llegaban noticias desde Langreo. El hermano de César estaba en primera línea de fuego al igual que ellos, pero era guardia civil y todo lo que sabían era que, si fue relativamente fácil rendir a los guardias de Mieres, en Langreo no sucedió lo mismo.

—Seguro que ha peleado como un tigre —sonreía con tristeza César—. Es igual de terco que yo.

El río Nalón que normalmente corre sucio y casi espeso por los residuos de la mina, ahora lo hacía por la sangre que caía camuflada con el agua y derramada por guardias y mineros en los túneles de la falda de la montaña.

—Los mineros somos solidarios —le había dicho aquella noche al fuego de la hoguera—, nuestra pobreza fomenta el odio de clase y nos hace ser unos rebeldes cabezotas y duros de pelar.

—Y comunistas —dijo Pelayo mirando absorto como el fuego consumía la poca hojarasca que lo alimentaba.

César se había presentado como alguien imprescindible a la hora de tomar cada taller y cada almacén, y fue capaz de saber organizar la construcción de las bombas y los blindajes para los camiones que más tarde entrarían en Oviedo. Ahora el pelirrojo había recibido del comité una misión importante para Pelayo.

—Mañana entraremos en Oviedo —comentó.

—No será sencillo —respondió Pelayo apurando el cigarro antes de arrojarlo al fuego—. Las tropas que protegen el cañón dominan una posición ventajosa y fácil de defender, pero muy peligrosa para nosotros.

—Según el comité de Oviedo ese cañón tiene perfecto dominio de todo el frente.

—Demasiados compañeros han caído ya en estos días de asedio, lo que unido al vuelo de los aviones —dijo Pelayo— nos hace estar en una ratonera mortal —Movió la cabeza y arrugó el entrecejo—, pero César, no será eso lo que nos va a llevar a la derrota —el pelirrojo giró raudo su cabeza y miró sorprendido a su compañero. Era la primera vez que le oía hablar de aquella forma e instintivamente miró para ver si alguien podía oírlos.

— ¡No me jodas, Máuser!

—Demasiados días sin comer César y una desastrosa organización. Mira a tu alrededor. ¿Qué es lo que ves?

—Ilusión toda —respondió rápido el minero al que no le estaba gustando ya aquella conversación.

—Sí, amigo, mucha ilusión, pero la ilusión no te tapa del frío que baja por la montaña y que nos atraviesa en la noche sin mantas ni abrigos.

Pelayo puso la mano en el hombro de su compañero.

—Mira tus pies, están casi descalzos cuando llueve tus dedos se mojan, y tienes que luchar contra un enemigo entrenado, bien vestido y alimentado.

—Ganaremos Máuser y tú nos conducirás a Oviedo —susurró César excitado agarrando a su superior por los hombros.

—Lo haré César, lo haré, pero y luego ¿qué?

9 de octubre de 1934

La mañana los sorprendió llegando a las casas cercanas al frente y lo que vieron no les extraño mucho, todo era desorden y una especie de caos organizado. Un grupo de mujeres, para hacerse escuchar, gritaba mientras repartía raciones escasas que hacían la vez de un desayuno; pero reinaba una confusión generalizada y grotesca. Demasiadas mujeres y críos pequeños merodeando en calle destrozada por la dinamita de los mineros y las bombas de los aviones.

Luis Monje les estaba esperando con algo más de una veintena de hombres, era la patrulla que había enviado Gerardo. Tras un largo abrazo Pelayo señaló al grupo de hombres que, amarrados al grueso tronco de un árbol, estaban siendo increpados e incluso golpeados.

—Han estado emboscados sin participar en nada, se han movido por su propia cuenta buscando solo alimentarse bien para luego esconderse —César escupió en el suelo mirando fijamente hacia ellos—, han saqueado todos los depósitos —continuó Luis— mermando el poco potencial que el resto pudiéramos tener.

—¿Y luego huían a esconderse del fuego de los guardias sin ayudar en la pelea? —preguntó Pelayo.

—Sí.

—Eso merece un castigo ejemplar.

—En eso están. No dejaremos que el movimiento de esta revuelta se nos escape de las manos.

81

***

El sol rompía por las montañas y se preparaba para ser un espectador de lujo, la niebla había ido perdiendo terreno, disipándose despacio, sin prisa, con cada paso que ganaba la luz brillante. Pelayo se preocupaba por algo más. Las ametralladoras tendrían tiros limpios, objetivos nítidos, y el cañón, su gran desasosiego, podría alternar sus mortíferos saludos con el vuelo de los aviones.

Sería Gerardo quien comandaría el ataque desde el interior de la ciudad que era la parte más segura, pues todos estaban bien parapetados y protegidos. Luis y él tomarían el mando de todos aquellos mineros que exhaustos y hambrientos habían llegado hasta Oviedo con la misión de hacer callar a aquel maldito cañón. Su situación era de lo más comprometida, la bajada del Puerto de Pajares por su lado derecho estaba completamente libre de vegetación, y allí diseminados y escondidos entre bajos arbustos y pedruscos o simplemente tumbados en el suelo, los mineros se preparaban para soportar la caída de las bombas.

Pelayo dispuso en vanguardia al grupo de mineros que habían abusado de la revolución y por tanto de todos los camaradas, con sus robos de alimentos y la total falta de combatividad en el frente. Nadie se ponía de acuerdo en el castigo a infringir; había mineros que pedían a gritos que los fusilaran como en el ejército, otros querían dejarles encerrados en una de las casas de la primera línea del frente, el acuerdo no llegaba y la noche caía. Pelayo, que hasta ese momento no había intervenido, se puso en pie mirando a los cientos de hombres que esperaban justicia.

—Vendrán conmigo —gritó—, a la vanguardia abriendo camino.

—Huirán como ratas —un minero puesto en pie les señalaba fuera de sí—. Yo tengo el estómago vacío y estos canallas están comiendo como señoritos. —Los mineros aprobaban el discurso de su compañero con exclamaciones de apoyo.

—Ellos nos abrirán el camino y al más mínimo gesto de cobardía tenéis orden de disparar a matar —el silencio se apoderó de la masa de mineros, momento que Pelayo aprovechó para girarse a los prisioneros, subió el tono de su voz, necesitaba que toda la congregación le escuchara—. Vosotros iréis los primeros, facilitareis a vuestros camaradas de revolución el avance, ellos tienen orden de disparar a matar si observan en vosotros cualquier acto de vacilación o deserción —miró de reojo al grupo extenso de mineros que escuchaba con atención y elevó todo lo que pudo la voz—. Yo iré detrás de vosotros y no tengáis ningún tipo de duda, seré el primero en disparar, a veces ser el jefe tiene esas cosas, para mí seréis un enemigo más —Pelayo había aprendido rápido, sabía que si quería mantener el respeto del grupo tenía que ser justo y dar ejemplo.

Ahora estaban allí y la contienda empezó nada más comenzar la subida al puerto. El silbido agónico de las bombas al caer rompía los nervios e instituía el terror en los mineros. Los ocho castigados se comportaban con decisión y valentía, su determinación les estaba llevando al éxito de ir tomando posiciones, disparaban y corrían, volvían a disparar y corrían de nuevo. Sin embargo, dos de ellos cayeron, la metralla les había alcanzado de manera mortal. Luis había organizado voluntarios para cargar a los heridos y llevarlos a retaguardia, pero aquel era un mal sitio y la aviación ya había descubierto sus lugares estratégicos, los aviones pasaban, daban la vuelta y volvían a pasar, cada vez más bajo, cada vez más certeros, el frente minero era para ellos una diana donde afinar la puntería, además de poder leer desde el aire la cantidad de hombres a los que se enfrentaban y sus posiciones.

—Los hombres están tumbados a tierra y escondidos entre los escasos árboles —gritó Luis sobre el sonido de la aviación enemiga.

—Hay que apoderarse del dichoso cañón, hemos perdido un tiempo precioso estos días —La resignación y la amargura llenaban las palabras de Pelayo.

Cuerpo a tierra, la cabeza metida entre los brazos escuchando impávidos como el silbido agudo rompía el viento, rasgándolo hasta caer en una destrucción mortal. Esa era la forma de presentarse de un obús.

—Uno, dos, tres —contaba César en alto y, tras ese conteo, otra vez la sorda explosión levantaba la tierra en una furia de cascotes y metralla que volaba sobre sus cabezas.

—¡Hijos de puta! Me cago en el cañón. ¡Les sirve de guía¡ —gritó Pelayo— Observad la secuencia, siempre es la misma, se repite una y otra vez. Cuenta César —exclamó.

—Uno, dos, tres —el minero gritó en alto y el obús destrozó todo a su alrededor.

—Ahora la explosión de las granadas — un reguero de pequeñas detonaciones les rodeaba, Pelayo levantó la cabeza y gritó a sus compañeros—. Y mirad de esta forma los aviones pueden apuntar de manera certera.

Todos se refugiaron en tierra.

—No podemos hacer nada más que agachar la cabeza y el que crea en Dios que rece.

—¿Dónde está nuestro cañón cojones? —preguntó incrédulo César.

—Jajajajaja —La risa de Luis era intensa casi se atragantaba de los espasmos—. Me encanta este tío Pelayo es gracioso, nuestra munición no tiene espoleta, si quieres ayudar dispara tu fusil contra esos cabrones —gritaba el minero mientras puesto en pie disparaba el suyo al cielo y volvía tirarse cuerpo a tierra ante la llegada de un segundo avión. César furioso, se encontraba ya fuera de sí, empezó a disparar, el bombardero pareció encajar algún daño, pues el piloto tuvo que hacer algún malabar para estabilizar el aparato y desaparecer con humo en la cola.

—Parece que mi fusil sí tiene espoleta, ¿eh? Luis.

Era más de mediodía y las bajas de los mineros aumentaban, esparcidos los cuerpos por la carretera y campos adyacentes. Le daban un respiro, parecía que los aviadores también tenían que descansar, era el momento de tomar aire. Pelayo, César y Luis empezaron a recorrer todo el espacio que abarcaba aquel campo de batalla para comprobar el estado de su gente. Con el fusil en mano, sucios, la ropa medio desgarrada, intentaban insuflar ánimo y fuerza, los mineros los miraban con respeto porque los tres tenían heridas, sangraban y habían luchado junto a ellos. Sentados en el suelo los que podían seguir luchando; tumbados e intentando recobrar la calma los heridos menos graves.

—¿Todo bien camarada?

Luis intentó poner una sonrisa sin conseguirlo mientras se agachaba junto a un minero herido, este apretaba fuerte uno de sus brazos sin queja alguna a pesar de que la sangre goteaba entre sus dedos.

—Tengo el brazo derecho roto e inútil camarada, no creo que pueda volver a coger el fusil.

—Eres un hombre valiente.

—Es más fácil morir en la mina que aquí, señor.

Siguieron andando. Todo era confusión en la tierra que querían colmar de libertad. Dos mineros agachados atendían a otro tumbado que profería gemidos. Le tenían sujeto mientras intentaban sin éxito hacerle un torniquete. El herido había sido alcanzado en las piernas. Una de ellas había desaparecido por completo, la otra era un trozo de carne que apenas se sujetaba al tronco.

—Máuser, Máuser —empezó a gritar cuando vio a Pelayo—... Me muero y tengo mujer y un *guaje* en Mieres, tú vigilarás para que la revolución se encargue de ellos —La palidez de su rostro indicaba los estertores de la muerte, el final le llegó sin casi escuchar a Pelayo.

—Tranquilo minero, tu *guaje* sabrá quién fue su padre y sabrá que todo lo que tiene fue gracias a tu sacrificio.

Los sentimientos de ver a un compañero morir de aquella forma se mezclaban entre el fervor, la rabia y el pánico de que todo aquello no tuviera sentido.

—Un valiente que jamás saldrá en los libros de historia —César notó como se le encogía el pecho.

***

—Tenemos que atacar esta noche, si esperamos al nuevo día vamos a perder todas las posiciones, no aguantaremos mucho más con los aviones sobre nuestras cabezas —Pelayo tenía razón y todos eran conscientes.

—Que nadie deje su posición, ni un paso atrás —gritó Luis. Pero la fuerza contra la que luchaban era profesional y sabía leer cada escenario que se les presentaba. A las cinco en punto, con el sonido de la última campanada que venía de la ciudad, el cañón empezó a disparar sin tregua y como siempre un, dos, tres... y las granadas estallaban e indicaban a la aviación los lugares donde debían de ser certeros, y los aviones pasaron una y otra vez.

—Cuerpo a tierra, cubrirse y esperar —Pelayo intentaba poner orden, nada habían podido hacer mientras veían como las tropas avanzaban, todos esperaban la orden de míster Máuser y cuando ya casi podían ver el color de los ojos de los guardias, Pelayo gritó alto y fuerte.

—¡Ahora! ¡Duro!

Las descargas de los mineros doblegaban a los soldados sorprendidos por la furia y la seguridad de los disparos. Las fuerzas se paraban y cedían el terreno con la certeza de que si seguían desplegándose iban al encuentro de la muerte.

—De momento salvamos los muebles —exclamó Gerardo cuando se encontró con Pelayo y Luis—, pero esta noche hay que acabar con el cañón. Estratégicamente nos está matando

—Domina toda la ladera del monte.

—Y lo peor de todo —señaló César— es que los hombres hablan del puto cañón y se extiende la creencia de que no podremos con él, está mermando la moral de todos.

—Por estas que son cruces —dijo Luis llevando su dedo pulgar a los labios y dando un sonoro beso— que de esta noche no pasa.

Luis y César salieron cubiertos por la noche oscura, con ellos veinte hombres cargados de dinamita hasta los dientes. El compromiso entre ellos era claro, había que enmudecer aquella máquina infernal. La revolución había dejado aparcado todo lo demás, cualquier otra cosa no tenía importancia, sin acabar con aquel maldito cañón nunca podrían avanzar seguros, las fuerzas estarían siempre tras ellos. Seguir adelante dejando aquella arma tras de sí no tenía sentido, cuando llegara el alba o se apoderaban del arma o la destruían.

Durante dos horas Luis y César habían estudiado junto a Pelayo y Gerardo cada tramo de camino y parecía claro todo lo que se iban a encontrar. Los informes que manejaban afirmaban que una ametralladora defendía la posición desde lo alto de la loma.

—Tendremos que desactivar esa ametralladora, yo me encargo —Luis miraba serio el plano.

Avanzaron en la noche, sin ruidos, ocupando todo lo ancho del terreno, cada cien metros se lanzaban cuerpo a tierra y esperaban, tras comprobar que todo estaba en calma volvían a recorrer otros cien metros. Tenían que acabar aquella misión y hacerlo antes de que la más liviana luz del alba diera vida al cielo en el horizonte.

***

—Mi teniente, tenemos compañía.

El teniente era joven, su cara aniñada confundía al principio, pero era inteligente e intuitivo en todo lo que hacía, se ganaba el respeto de sus tropas comiendo y trabajando en el campo de batalla como ellos. El teniente Enrique Cases se levantó de un brinco, había intentado en vano descansar unas pocas horas, pero siempre había intuido que en aquella oscura noche tendrían problemas, problemas que él tendría que solventar, y no se había equivocado. Acabó de vestirse con rapidez y salió a la pequeña sala que congregaba en el bunker al grupo de soldados que le esperaban.

—¿Lo que habíamos previsto? —preguntó.

—Sí, mi teniente, tal y como usted dijo —contestó el sargento.

—¿Los hombres en sus sitios?

—Sí, mi teniente, los hombres que hemos dejado apostados ya han dado la voz de alarma: un grupo de mineros se aproxima.

El teniente era un hombre inteligente, por eso, a pesar de su juventud escalaba rápido en la cadena de mando, y cuando Juan el Cabrero, como todos llamaban al cabo por su antiguo oficio, le aseguró que, en su experiencia, tras muchos años en los montes con las ovejas y cabras, aquella noche iba a ser oscura sin luna y con un cielo vacío de estrellas, se puso en la posición del enemigo, él atacaría aquella noche para intentar aniquilar el cañón que les estaba destrozando.

El teniente Enrique Cases tenía dos cosas que agradecer a su difunto abuelo, una que lo que llenaba su espíritu era el amor por la música; la otra, lo que le hacía ser un hombre calmado y racional, era su pasión por el juego del ajedrez.

El abuelo Antonio era un hombre dicharachero, alegre y bebedor de sidra, sus amigos eran de *chigre* cuando no tocaba el clarinete en la banda de la Guardia Civil de Oviedo. Todos los recuerdos de su niñez, agradables, estaban relacionados con los días en que agarrado de la mano del abuelo lo acompañaba a las plazas de los pueblos donde en fiestas tocaba la banda. Antonio le hacía rabiar hasta que le compraba la manzana de caramelo rojo que tanto le gustaba, dulce que él degustaba sentado en una de las sillas que la banda llevaba con ellos y mientras el sentido del gusto se le desbordaba con el azúcar, dejaba que la música invadiera todo su cuerpo. Aquellos días habían marcado su futuro, lo que era ahora, lo que sentía, lo que amaba.

El ajedrez los unió más, pues día tras día el juego fue un lazo irrompible sustentado en el esfuerzo de un niño en pensar las mil maneras de defenderse y ganar al maestro. El abuelo pensaba que no había mejor forma educativa que aquella que se hacía frente al tablero de ajedrez.

—Enrique —le explicaba a menudo con su cigarro en la boca y mientras echaba humo— con el ajedrez tendrás que aprender a priorizar, para salvar piezas deberás sacrificar otras, en una constante amenaza que te obliga a pensar y encontrar el camino, y cuando encuentras ese camino ¿sabes cómo se llama eso Enriquín?

Enrique movía la cabeza pensando en la suerte que tenía al estar con la persona más lista del mundo.

—Estrategia, Enriquín, se llama estrategia.

Enrique fue creciendo y los años y el juego le enseñaron a conocer al rival, sus reacciones, virtudes y defectos. Leyó libros, estudió el juego y una tarde fría asturiana encontró «la clavada». Era una táctica sencilla pero eficaz. Atacaba una pieza haciendo que esta no pudiera retirarse al estar rodeada y si decidiera hacerlo, otra pieza más valiosa quedaría amenazada. El día de su victoria sobre el abuelo este le contempló con una mirada que siempre lo acompañaría, y siempre llevaría con él, una mirada que llena de orgullo dejaba lugar a la nostalgia de saber que el niño comenzaba su tránsito al hombre.

El teniente Enrique Cases en aquella oscura noche había situado a sus hombres fuera de la posición para envolver al enemigo, solo él y unos cuantos más custodiaban el cañón.

—Ahora —fue el escueto grito del teniente.

Ellos debían de atraer la atención del ataque minero, era importante que los revolucionarios no pensaran que estaban siendo emboscados, era la «clavada» perfecta.

Luis y diez mineros más eran la vanguardia del ataque y todo parecía perfecto, a pocos metros de ellos podían ver la ametralladora en silencio y más allá, junto al bunker, el brazo largo y mortífero del cañón que, como si fuera el mismísimo diablo, mermaba la moral de todos los mineros. Todos escucharon el grito del teniente de las fuerzas e instintivamente se pararon, Luis hizo un gesto con la mano tratando de reconocer la situación y dar órdenes, a pocos metros de ellos estaba la ametralladora, sola y al descubierto. Entonces Luis comprendió, los estaban esperando, era una trampa y si no reaccionaban con rapidez sería mortal para todos.

—¡Compañeros! ¡Fuego!

Lanzó su dinamita contra la ametralladora y la vio volar por los aires destrozada y ya inservible, los disparos empezaron a silbar a su alrededor, llegaban desde todas las posiciones, los guardias tenían cubiertas cada una de ellas, estaban realmente rodeados por el fuego enemigo; no le quedaba otra, se volvió en un giro rápido, debían retroceder con la mayor presteza y dar la orden de volver a las posiciones de inicio y entonces ocurrió. César que estaba metros atrás nada pudo hacer, el disparo fue limpio y certero e hizo que Luis rodara por el suelo. Luis Monje, el hijo de doña Clara, tuvo la certeza de morir en ese segundo de dolor tras el impacto, y murió, con el orgullo de ser minero y de ver cómo sus compañeros, cuando a él se le caía el fusil de las manos herido de muerte, defendían su posición y derribaban a un cabo y dos soldados. César vio como Luis caía desplomado, sin queja, el balazo le había atravesado el pecho, nada podía hacer por su amigo. Miró a su alrededor y todo lo que podía ver eran mineros muertos o mal heridos, no lo dudó más y dio orden de retirada. Luis Monje había acabado con la ametralladora y ese sería su pobre legado.

Pero el cañón continuaba allí, altivo por encima de sus cabezas, risueño e intocable, preparado para guiar los aviones que soltarían las bombas y doblegarían a los pueblos y aldeas de Asturias.

10 de octubre de 1934

Tenía que encontrar al *Bruxes* y el hospital era tan buen sitio para empezar como otro cualquiera; su hospital, donde hacía días que no aparecía, desde el cinco de octubre todo era una locura. Sorteaba con el coche los baches y agujeros de la carretera y pensaba en el siguiente movimiento, apretó fuerte el volante del vehículo, la carretera era estrecha y las huellas de la reciente lucha hacía el camino más difícil. Dejó atrás la barriada de *la Colomina* con la mente puesta en el mundo de las *Xanas* llevaba medio trayecto cuando vio un control revolucionario en la carretera, aflojó la marcha y maldijo su suerte.

—Baja del coche —le ordenó un minero a través de la ventanilla mientras le apuntaba con el fusil.

—Soy médico y voy al hospital de Mieres.

—Las manos sobre el capó del coche —le espetó el minero haciendo caso omiso a su respuesta.

—No tienes mucha pinta de médico —le dijo otro de los mineros acercándose a él. Mientras tanto, el control se iba llenando de revolucionarios con la algarabía de los más jóvenes que gritaban alegres que se iban a alistar, y de mayores que regresaban tras requisar víveres de pueblos vecinos. David contemplaba todo con resignación sabía que no debía pestañear, todos eran enemigos implacables de los guardias y le miraban con recelo.

— ¡Avión! —El grito llegó lejano de algún minero que distanciado de los demás, avistó el punto negro en el cielo que se iba haciendo más y más grande. Antes de que el ruido del aparato llegara, David, al igual que el resto del retén revolucionario, se lanzó a tierra. El avión erizaba la piel con el sonido de sus motores, que conforme se acercaba acrecentaba un funesto mensaje, que aumentaba con la disposición de su morro angulándose cada vez más con el claro propósito de ser lo más certero y mortífero posible en la pasada que iba a acometer sobre la columna de mineros. Los disparos cruzaron con una rapidez desproporcionada la quietud del aire rompiendo el armónico silencio con un sonido silbante. El forense se había tirado bajo el coche, y resguardado por la carrocería fue testigo de la masacre. Un niño cayó mal herido cerca de una de las ruedas y le miraba desde el suelo con un gesto de incomprensión reflejado en sus ojos abiertos y asustados. Un minero cayó abatido por una bala que perdida le había atravesado la cara. David salió de debajo del coche y cogió al niño del suelo. Estaba muy mal herido, la metralla le había perforado el estómago dejando como testimonio de aquel horror un enorme cerco del que manaba sangre oscura. Abrió deprisa la puerta trasera del coche y metió al niño en su interior.

—¿Qué haces? —El minero del control le apuntaba con el fusil— Baja del coche.

—Este rapaz se muere camarada como mucho en dos horas, tengo que llevarlo al hospital —un grito rasgó la secuencia de gemidos que se oían entre la columna revolucionaria.

—¡Mi hijo! ¡Mi hijo!

Un minero fusil al hombro apartaba a la gente hasta llegar al vehículo del Guaje, estrechó al niño entre sus brazos, y entonces se percató de la grave herida en el estómago.

—Hay que llevarle al hospital, ¡rápido! —gritó.

David miró al revolucionario del control que mantenía el arma apuntando a su pecho.

—Soy médico camarada hay que llevar a este rapaz al hospital, se nos muere —El minero bajó el fusil y empezó a gritar.

—¡Rápido, dejad sitio, quitaros de en medio!

El Guaje arrancó el coche con el niño herido y su padre fuera de sí, sentado detrás. El forense no había ido por el hospital desde que la revuelta minera había empezado, y el capitán le asignara la misión de buscar al asesino, pero sabía que todos los heridos del frente y la cuenca serían llevados a Mieres. Los sanitarios, enfermeros y médicos como él, por lo general, eran neutrales no distinguían entre los ideales de los enfermos, eran voluntarios en una labor humanitaria.

Nicolás vio aparecer al Guaje, y con él, un minero dando gritos con un niño herido en brazos. Nicolás organizaba el hospital desde muchos años atrás, era un jefe razonable, enérgico y con una orden clara desde que empezó la revolución: allí se atendían tanto a guardias como a mineros. Los niños en estos casos eran una preferencia.

—Qué culpa tienen estos ángeles del horror de sus padres —repetía continuamente.

David explicó brevemente al médico jefe lo que había sucedido y este a gritos informó a todos los sanitarios.

—Dentro de poco estaremos desbordados... Un avión... Preparad quirófanos y camas. ¡Rápido!

—Minero ¿qué edad tiene tu hijo? —le preguntó al padre una vez dejado al niño en manos del cirujano que le iba a operar, mientras este nervioso jugaba con el fusil que llevaba al hombro.

—Ocho años doctor —respondió llorando.

David no podía olvidar aquella triste mirada en los ojos brillantes del niño, no se había quejado ni una sola vez.

—El fusil fuera de aquí, este es un sitio de paz —indicó Nicolás al minero con rostro pétreo. El padre se marchó murmurando resignado a la suerte y las manos de los médicos, lo único que tenía en la vida, por lo que estaba luchando, estaba en aquel triste quirófano.

Nicolás era un hombre mayor, moreno de piel oscura y acento marcado a pesar de los años, era canario de Telde y el amor le había llevado a Asturias.

—Necesito ayuda, Nico —el médico jefe detuvo al forense en una clara señal para que callara y le siguiera hasta el despacho, el canario cerró la puerta tras de sí e indicó a su amigo que se sentara. El forense sacó un bisonte y se lo llevó a los labios, no lo encendió, tampoco ofreció uno al médico jefe, sabía que solo fumaba puros de su tierra.

93

—¿Sabes quién es el *Bruxes*? —preguntó.

—¿Debería saberlo? —respondió Nicolás.

—Supongo que no, yo tampoco tenía noticias de él a pesar de merodear por Mieres, es un chalado que va hablando de *Xanas y Cuélebres* tiene pinta de vagabundo, pero es un minero y, generalmente, lleva siempre una sidra de más. Necesito hablar con él y pensé que podría haber estado aquí en estos días. Es conocido en toda la cuenca y según me han dicho tiene barba blanca.

Nicolás miró en silencio al forense. Recordó que él lo había admitido pocos años atrás cuando era un joven lleno de ilusión y ganas de trabajar, intentó reconocerlo debajo de aquel sombrero y solo encontró al David de siempre.

—¿Tu interés es médico?

El Guaje sonrió. Conocía bien al canario, demasiadas veces había sido su protector, era recto y profesional. La línea recta con el era la verdad.

—Es sospechoso de al menos dos asesinatos.

—¡Joder Guaje! No sabía que ahora eras detective —sonrió Nicolás.

Instintivamente se llevó la mano al sombrero y retuvo el amago por encender el bisonte.

—En estos momentos difíciles, ya sabes, tenemos que hacer de todo. Tú conoces al capitán Turón —Nicolás movió la cabeza afirmativamente— Pues bien, nuestro amigo está preso en Oviedo y me pidió que siguiera con la investigación, la guardia civil está ahora ocupada en otros menesteres.

—Por desgracia, lo sé, lo veo todos los días, el hospital está lleno —David recibió el impacto de la indirecta de Nicolás, dos manos más en el hospital eran importantes y él estaba faltando a su deber como médico para dedicarse a perseguir a un psicópata. El médico jefe se levantó de la butaca con decepción en el gesto tras un impávido silencio.

—Ven conmigo —El Guaje avergonzado por la situación metió la mano y sacó una cerilla— y no se te ocurra encender ese cigarro. Si vinieras más a menudo por aquí sabrías que no se puede fumar.

—Joder, qué intenso eres Nico. No aflojas nunca.

Caminaron en silencio mientras la luz del día azulado y brillante entraba por los ventanales del pasillo, era un día luminoso en contraste con la oscuridad que reinaba en los corazones, personas convalecientes, con amputaciones y con diferentes heridas de metralla estaban tiradas por aquel pasillo y el personal sanitario intentaba con ánimos y energía paliar la difícil situación de la falta de espacio, incrementado por el continuo llegar de mineros y guardias medio moribundos. Nicolás daba órdenes, se paraba, hablaba con los heridos mientras caminaba entre ellos e indicaba a David que le siguiera. En una de las esquinas el médico jefe se detuvo, un hombre estaba tumbado con la cara hacia la pared y solo una manta medio roída le separaba del suelo. Nicolás se agachó junto al enfermo y dejó entrever una escueta sonrisa.

—Pedro, este hombre quiere hablar contigo —dijo señalando a David.

—¡Me duele mucho la pierna, doctor!

Nicolás miró al Guaje y este asintió con la cabeza, sabía lo que su compañero le quería decir. Aquel hombre tenía la pierna amputada pero todavía permanecía en él, la sensación de la extremidad en su cuerpo.

—Tranquilo Pedro se te irá pasando amigo, te dejo en buena compañía.

Nicolás dejó a David con el herido, su presencia era requerida en numerosos sitios de aquel hospital.

—Pedro —empezó acercándose al minero herido—. Soy David Suárez, el hermano de Pelayo —el enfermo se incorporó con dificultad y le observó con atención, ante él estaba un hombre elegantemente vestido y un sombrero que apenas dejaba entrever su rostro.

—Máuser —dijo en un hilo de voz.

—Sí, Máuser —el Guaje dio gracias a su beligerante hermano por facilitarle la tarea—. Necesita encontrar al *Bruxes* y tú le puedes ayudar, Pedro.

—¡El avión! En Langreo, estábamos en Langreo.

—El *Bruxes* ¿está contigo?

—Si, si, el *Bruxes* —balbuceó—... llega el avión demasiado bajo, en el *chigre* tras el escarceo.

—¿Qué escarceo, Pedro?

—En Langreo contra los guardias, nos fuimos a beber —el minero temblaba la fiebre subía—... estaba todo tranquilo, pero llegó el avión... ¡Dios mío! —Pedro respiraba deprisa y seguía temblando—... la metralla, mi pierna...

David puso la mano sobre la cabeza del minero, estaba ardiendo de fiebre, demasiada fiebre, para sacar algo de información. Debía darse prisa, aquel hombre rozaba ya el delirio.

—*El Bruxes* ¿Dónde está?

—Si, el *Bruxes*, Máuser —Pedro cerró los ojos y guardó silencio, David esperó, pero el minero parecía haber caído en un sueño agitado.

—¡El avión! —gritó— Mi pierna.

David lo intentó por última vez.

—¿Dónde está?

En el pozo de María Luisa murieron doce mineros mirai Maruxina, mirai como vengo yo.

Pedro empezó a cantar entre escalofríos de la calentura, repetía el canto una y otra vez, ya no estaba con él, había caído en la frontera de lo irreal arrastrado por la alta fiebre. El Guaje llamó a una enfermera y desistió. Fue en busca de Nicolás quería saber algo sobre el rapaz que había llevado en su coche, no necesitó buscar mucho. En una cama, entre biombos, el minero serio, con el rostro empapado de lágrimas y preocupado, estaba sentado en la cabecera de una cama. David se acercó, el niño le miró con dulzura en un semblante pálido, su estado era muy grave y el médico junto a él —compañero de David—, lo confirmó con un movimiento en su cabeza que negaba toda posibilidad.

—¡Papá! ¡Papá! ¡Ponte aquí conmigo! ¡Acuéstate a mi lado! —El niño señaló un sitio junto a él, y cuando el padre empezó a tumbarse, el niño cambio el gesto, ahora mucho más sombrío, sus ojos se pusieron en blanco ajenos y turbados. El médico, presto, le tomó el pulso y se dejó caer despacio negando.

—Ha muerto.

El padre se levantó, de su boca no salió palabra alguna, estaba petrificado, miró a su hijo sin vida y salió de la sala, agarró el fusil andando por el pasillo hacia la salida sollozando. Entre los ayes de los enfermos, el ruido de los camiones que llegaban con los heridos que había dejado el avión, sonó un disparo. El Guaje corrió hacia el sonido que le llevaba a la entrada del hospital, sabía lo que se iba a encontrar y al llegar frenó su carrera. Tres sanitarios rodeaban al padre del muchacho muerto, no había posibilidad alguna de salvarle la vida. Sencillamente el minero se había volado la cabeza.

Se montó en el coche impresionado y confuso, dejó las manos en el volante sin arrancar el automóvil, respiró hondo y pensó: la única forma de aislarse de la toda la barbarie que asolaba su tierra y le rodeaba allí donde fuera o mirase, era centrarse en el caso. Giró las llaves y encendió el coche sin tener claro adónde dirigirse. El *chigre* de Oli no era una opción, si el *Bruxes* pasaba por allí él lo sabría rápido, por el hospital ya había pasado, había dejado a su amigo Pedro y se había marchado. Mientras conducía, sin tener claro su destino, tarareó una vez tras otra, la canción que el minero había introducido en su cabeza.

Y freno en seco.

—¿Cómo he podido ser tan obtuso y *babayu*?

En el pozo de María Luisa murieron doce mineros…

Cogió el desvío dirección a Sama, a su derecha dejaba, aumentando la velocidad por la incertidumbre, los talleres de Santa Ana, disminuyó la velocidad y miró por la ventanilla, pero no vio a nadie. Allí diariamente se reparaba toda la maquinaria, pero no había ni el más mínimo asomo de vida. Aceleró y llego a la rotonda, un cartel en mal estado y difícil de leer indicaba: «Les Cubes» aminoró la marcha mientras subía por la estrecha carretera vecinal, vio la pequeña pala de barrenistas y al lado en color oscuro y unas letras que en su momento fueron blancas, un pequeño cartel que decía:

«Minas de María Luisa»

Se bajó del coche, no sin antes coger de la guantera la botella de sidra que se había parado a comprar. El silencio y una brisa ligera fue lo único que le recibió; un castillete gastado y dañado por el uso fue todo lo que vio. La revolución había cambiado el ajetreo y los ruidos del trabajo por aquella calma llena de malos presagios.

—¡*Bruxes!* —gritó— ¿Estás aquí?

Caminó despacio a su derecha, una especie de socavón interrumpía el camino de grava y piedras. Llegó hasta el borde y miró sorprendido la altura que desde allí tenía era una especie de camino albergando raíles para las vagonetas, anduvo hasta el principio del raíl y por la zona más baja de un salto se encontró en las pequeñas vías.

—¡Mierda! —exclamó cuando uno de sus zapatos se llenó de barro al entrar en uno de los charcos de agua que había.

Eran solo doscientos metros de recorrido hasta llegar al túnel donde empezaba la mina.

—¡*Bruxes!* —repitió— ¡*Bruxes!*

Llegó al túnel cerrado con una gruesa reja metálica e intentó mirar dentro, todo estaba oscuro y más allá de la espesa negrura no intuía nada.

—¿*Bruxes, estás* ahí? —gritó todo lo fuerte que pudo.

Esperó unos minutos y cuando ya desistía del intento, desilusionado, observó que el grueso cerrojo no estaba echado del todo y la reja estaba entreabierta. Un poco de fuerza y mucha habilidad fue lo que necesitó para descorrer por completo aquel enorme candado y abrir un poco más la reja para poder entrar. El sonido del hierro pesado al deslizarse sobre el raíl se propagó más allá de la oscuridad del túnel como si de una especie de gong se tratara.

—¡*Bruxes!* Necesito hablar contigo —gritó mientras se adentraba en la oscuridad. Esta vez no llevaba linterna, no lo había previsto, encendió un fósforo, pero la visibilidad que le permitía era escasa, casi nula.

—¿Tienes sidra? —David se giró con todo el cuerpo hacia su derecha, la voz ronca como desgastada que le llegaba desde el suelo, un bulto se hizo presente para él entre las sombras escasas de la cerilla que ya moría en sus dedos.

—Siempre tengo bebida para un amigo o si prefieres podemos ir a ver a Oli.

—¿Qué quieres de mí, señorito? —gruñó.

—Nada que no podamos hablar con una buena botella —dijo alargando la bebida al minero, ahora se alegraba de haber perdido esos diez minutos en el pueblo para comprar la sidra soportando las miradas llenas de curiosidad y desagrado.

—Cancello. —El Guaje soltó el nombre mientras escuchaba como corría el líquido por la garganta. El silencio se prolongó y David empezó a sentirse verdaderamente incómodo.

—Es una *Xana* mala, se mete por la noche en las casas, no tiene amigos y él no me hizo caso.

—¿Qué pasó?

—Cancello la buscó un día, porque él sabía dónde encontrarla y la descubrió dándose un baño. Estaba en el río y cantaba en asturiano —El minero guardó silencio pensativo— sentada en la roca bellísima, túnica blanca y piel brillante.

—¿La viste?

—Cancello estaba enamorado, la buscaba, no entendía —El *Bruxes* dio un gran eructo y tiró la botella contra la oscuridad del túnel.

—La *Xana* todo lo escucha. Te perseguirá, guapito, y la verás hecha neblina a través de tu puerta, llegará silenciosa y te atrapará.

— ¿Eso es lo que le paso a Cancello? —preguntó poniéndose en pie mientras seguía al minero hacia la luz.

El *Bruxes* salió tambaleándose y con una risa fuerte y grosera se volvió.

—Cuando la *Xana* descubrió que Cancello la observaba en su baño se convirtió en una gran *Cuélebre.*

Cantaba y andaba sin rumbo incapaz de ir en línea recta, poco más podría sacar de aquel hombre engullido por el alcohol y una mente trastornada. Se dirigió al automóvil mientras la brisa que bajaba de la montaña le llevó el triste canto del minero.

Latina Diana llévame en brazos y bésame, así dejaré de ser, dejaré de ser, el Cuélebre de ayer.

11 de octubre de 1934

La conversación con *Bruxes* le dejaba con muchas dudas y ninguna certeza, empezaba a desesperarse al no entender nada, tenía que empezar por el principio y no creía que ese inicio fuera el asesinato de Cancello en la Bocamina de la Baltasara. Tampoco el homicidio de la cueva de La Peña. Llevaba media mañana metido de lleno en los informes de los numerosos casos resueltos y sin resolver, pero no encontraba nada que pudiera servirle de cierta ayuda, todos eran crímenes pasionales, asesinatos con robo o peleas callejeras, nada se acercaba a lo que él necesitaba encontrar. Decidió empezar por «su» principio y ese no era otro que el asesinato de la Peña. Miró el reloj y se relajó satisfecho, le daba tiempo para ir a la Peña y luego a la Baltasara.

Vicente Castro estaba nervioso. La guardia civil le había llamado en demasiadas ocasiones, a su entender, la última vez el hombre, al que ahora esperaba, le había obligado a subir a lo alto de la pared, por eso ahora esperaba intranquilo al forense y estrujaba la boina entre sus manos. Maldecía el día que había descubierto el cadáver, desde entonces su vida no era normal, él era un hombre tranquilo y necesitaba la estabilidad del trabajo y su casa, y ahora hasta su mujer le apremiaba.

—Cuenta lo de la *Xana* —le había repetido muchas veces. Clara era una mujer intuitiva y muy racional.

Le vio llegar, inconfundible, aquel era el hombre de sus miedos, desde el día que le vio por vez primera no olvidaba la figura de David Suárez, pulcro en el vestir y con aquel sombrero al que parecía pegado y que apenas dejaba ver su rostro. Aquel hombre le ponía nervioso.

—Buenas Vicente —dijo el Guaje mientras se limpiaba los zapatos con un pañuelo que dobló y guardó en un bolsillo—, espero que esta sea la última vez que tenga que venir hasta aquí —El guía pensó lo mismo mientras doblaba nervioso la boina con las manos agachando la cabeza.

—Buenas, señor.

Vicente iba primero y mantenía en alto el farol, el haz de luz dejaba ver cada recoveco del camino. David caminaba pensando en el personaje mitológico que el asesino había elegido para aquel crimen y sintió un respingo por todo el cuerpo, era superior a él, desde muy niño había sentido verdadero pavor por las serpientes, y ahora, iba detrás de un *Cuélebre*. El libro había sido muy instructivo. La mitología relacionaba aquel ser con muchachas encantadas. Ahora él se hacía una pregunta lógica ¿existen en la actualidad? No, le costaría mucho encontrar a alguien en 1934 que creyera en todos esos seres míticos. El *Cuélebre* era una serpiente enorme de gran fuerza y con escamas, pero él caminaba con respeto y aprensión observando cada rincón de la cueva, pues era allí en las grietas profundas y en el agua de fuentes y ríos donde habitaba amenazador.

La galería de la cueva se iba estrechando y eran casi doscientos metros. Al contrario de la última vez no se paró a contemplar las muestras de arte rupestre que desde años ancestrales reposaban en aquellas piedras, sus pensamientos estaban en el enigma que tenía que resolver. Eso y el temor de lo que vería en cada grieta le hacía estar inquieto. Llegaron a la división de las galerías y el Guaje siguió al guía. Las sombras se inclinaban ante el farol y su rayo de luz iluminaba el interior y, por un breve momento, el balanceo del haz de luz hizo que los animales representados parecía que cobraran vida en la pared. Sus pisadas eran lo único que rompía el silencio cuando llegaron a la gran amplitud de la cueva.

—Hemos llegado, señor.

—Guaje, llámame Guaje, Vicente.

David arrebató de las manos del vigilante el farol y llegó al sitio donde se había encontrado el cadáver, aquellas columnas geológicas parecían señalar el lugar.

—El cuerpo no tenía signos de violencia, y el de Cancello tampoco —susurró—, eso indica que previamente fueron envenenados —empezó a recorrer con el farol en alto todos los rincones de la amplia cavidad. Diana le había enseñado que el cuerpo era una representación dentro de un contexto, el *Cuélebre* no mata mordiendo, si no, estrujando a la víctima hasta ahogarla. El asesino ya había demostrado en la muerte del primer minero ser cuidadoso en los detalles, y en todo crimen hay una transferencia y en este caso estaba claro, el criminal no reaccionaba con ira y sin pensar. El sujeto que buscaba era inteligente y controlaba sus emociones y sentimientos, claramente el *Bruxes* estaba descartado.

—El asesino tomó la vida de la persona y dejó algo relacionado con el mito.

Movía lentamente la luz, desplazaba el farol sin saltarse ni un solo milímetro de tierra y moho que por la humedad llenaba el suelo y las paredes, llegó a la estalactita más grande y un reflejo llamó su atención, parecía que le estaba marcando el sitio.

—¡Lo encontré, Vicente!

El guía se acercó asombrado y con algo de reparo por lo que pudiera encontrar.

—¡Es una muda de serpiente!

Escamosa y grisácea parecía que el tiempo la había vuelto más opaca.

—La humedad de la cueva la ha mantenido intacta. Normalmente el asesino borra toda huella que pueda incriminarle, sin embargo, en este caso ha interactuado con el cadáver y le da igual mandar un claro mensaje de por dónde llevar la investigación.

Vicente sin disimular su desconcierto mira a David.

—Y eso ¿qué quiere decir?

El Guaje dio un golpe afectuoso en el hombro del guía y sacó un bisonte del paquete

—Que hoy como fabes.

***

No sabía si estaba más cerca de entender algo, pero la intuición le decía que el siguiente paso era la Baltasara. Aparcó el coche y divisó la maleza que tranquila y quieta tapaba la bocamina. Como asturiano estaba orgulloso de aquella joya industrial. Volvió a pasar el castillete de madera hasta el lavadero donde se baldeaba el carbón, todo estaba vacío nadie atendía las instalaciones, pero eso no importaba, para él lo importante es que el *chigre* estuviera abierto. Llegó algo inseguro mirando alrededor ante la puerta cerrada, la empujó fuerte y repetidas veces, pero no cedió, con el puño intentó hacer el mayor ruido posible; llamaba y miraba por la ventana cercana, pero también por allí era todo inútil y el visillo tampoco le dejaba ver el interior. Sin embargo, escuchó ruido, unos pasos se acercaban, llamó de nuevo y esperó.

—¡Voy, voy! ¡Deja de picar la puerta, *babayu*! El Guaje reconoció en la enjuta mujer que abrió la puerta la misma que le había servido el día que fue con Diana, se secaba las manos con el delantal, y cuando terminó, y tras mirar de arriba abajo a David, se colocó el moño con el que sujetaba el pelo negro.

—Yo te conozco —dijo.

—El otro día comí aquí los mejores fabes de la cuenca —dijo David sabiendo como debía empezar aquella conversación.

Angelines, la dueña del local, abrió del todo y con media sonrisa volvió a repasar el aspecto del forense. El Guaje se sentó en una de las sillas de madera que rodeaban una larga y baja mesa, la mujer llegó con dos botellas de sidra, abrió una y la escanció sin derramar gota, alargó uno de los vasos a David y se sentó junto a él.

—El *chigre* está cerrado *guapín*.

—Gracias por atenderme Angelines.

—¡Vaya, sabes mi nombre! —dijo dando un gran trago a su vaso— Ahora que recuerdo tú eres guardia. ¿Y tu compañera?

El forense sonrió mientras también bebía despacio y miraba a la mujer, que era de mediana edad y de constitución fuerte.

—Ni soy guardia, ni tengo compañera.

— ¡Vaya ahora sí que empiezas a ser interesante *guapín*!

—Es imposible que alguien como tú no haya visto o escuchado algo del asesinato dentro de la bocamina.

Angelines tiró el *culín* del vaso y lo volvió a llenar.

—La revuelta no había empezado —dijo.

—Eso ya lo sé, cuéntame algo que no sepa.

—Esto estaba lleno de mineros, sobrios y borrachos.

El Guaje sacó un pequeño cuaderno, pasó unas series de hojas, y miró a su compañera de mesa.

—Según el informe Eloy, un joven minero, fue el que encontró el cadáver —dijo cerrando el cuaderno—. ¿Qué sabes de él?

—Es un muchacho, creo que amigo del finado y salió gritando de la bocamina ya en desuso.

—Sigue.

—Ya le expliqué a la guardia civil que acompañaba de vez en cuando al muerto, creo que eran del mismo pueblo.

—¿Sabes dónde puedo encontrar a Eloy?

Angelines negó con la cabeza, mientras mirando su reacción el Guaje depositaba un billete sobre la mesa.

—Por mucho dinero que me des *guapín* no te puedo decir lo que no sé. Estará dando tiros por Oviedo como todos.

—¿No le has vuelto a ver?

—No, y además salió algo trastornado, le trajeron aquí y los compañeros le invitaron a una sidra, lo que más recuerdo eran sus ojos abiertos llenos de pánico diciendo: *Nuberu, se lo llevó el Nuberu.*

***

Angelines miró por la ventana y vio como el joven forense se alejaba, la palpitación de su pecho nunca le fallaba y en ese

104

momento le advertía. Sus ojos se fueron achicando poco a poco, sin luz ya casi sin brillo, su sonrisa femenina de coqueteo se había borrado de su rostro. ¿Tendría problemas? Había creído que allí estaría segura, pero demasiadas visitas del guardia en pocos días la ponían nerviosa. Se quitó el crucifijo que le quemaba del pecho, y lo guardó en uno de los bolsillos del delantal. Ella era asturiana creía en las fuerzas de la naturaleza y las fuerzas que nos protegían, seguramente el *chigre* ya no era un lugar seguro

—El *Sumiciu* me hará desaparecer, nadie me encontrará.

2

Era principios de primavera. La luna llena muestra su esplendor y su luz dirige el camino al sitio elegido, pasado el bosque tras el claro. La niña va de la mano de su abuela, se ocultan de las miradas ajenas, de los que no comprenden y les juzgan, la población asturiana más cercana queda lejos.

La abuela quiere que ella vea el ritual, y aunque es joven, casi una niña, tiene que aprender, será la futura guardiana. Su abuela le ha dado una vara del mejor avellano para el camino, pequeña, para su estatura. La abuela cada día da las gracias al agua, la tierra con sus hierbas y plantas, el sol y los animales. Ella es una de las últimas por eso la lleva de la mano, es su esperanza, deberá aprender a ser la guardiana del saber, conjurar las normas míticas que los seres del bosque obedecen, que las aguas siguen y los de las montañas aceptan.

Guarda el saber de tiempos remotos, de todo lo que es trascendente. La cueva era imponente, el tiempo y el agua la habían esculpido. El cauce de un arroyo dividía el túnel en dos galerías, la niña siente que le recorre la piel, el misterio se apodera de ella. Es un sentimiento profundo imparable.

La familia lleva toda la vida viviendo en la aldea. Su existencia está al margen de hombres y mujeres que han abandonado los ancestrales dioses de la tierra por el crucificado. La nueva sociedad no les acepta, los vecinos rechazan su presencia y actúan cada vez con más fuerza para condicionar su libertad.

—Hija mía los seres de los que te hablo solo pueden ser conocidos y comprendidos por aquellos que creen.

Aquella niña creció desgarrada, con sentimiento de abandono, la abuela había sido la fuente de transmisión de la naturaleza y sus seres, y aquel amor por todos estos entes también fue el drama para la familia, amenazada y humillada.

Y la plaga llegó, y con ella la enfermedad que se llevó a hombres, niños y ganado, y cuando la Iglesia no supo dar explicación a lo que sucedía y tampoco responder a las plegarias, todos pensaron en la familia que vivía en el linde del bosque.

La niña los vio llegar, con antorchas, cantando y orando al Dios que habla de amor y al que ellos tampoco comprenden.

La abuela salió de la casa, valiente, sin miedo, y habló. La niña tiene la sensación de que le está hablando a ella, aunque de la espalda a la casa donde ella se esconde.

—Podéis llevarme y acabar conmigo, pero otra vendrá, y tras ella otra. La madre perdurará más allá de vuestros intentos de usurpar la verdad de arrasar todo lo divino y sagrado.

Observó cómo se la llevaban al río, donde tantas veces habían hablado de les Xanes mientras se bañaban. El calor de la casa en llamas la hace salir y perderse en el bosque. No mira atrás, no debe hacerlo, solo correr a los brazos seguros de la madre. No vería más a la abuela.

Años después esa misma niña crecida en el odio y la venganza preparaba al futuro guardián caminando de la mano, por el mismo bosque, por el mismo río, conjurando los ancestros ritos en la misma cueva...

3

Cada trueno de cañón les encogía el corazón y les recordaba su fracaso, le seguían los disparos de fusil, la resonancia de las ametralladoras y todo eso, mezclado con las explosiones a las que de inmediato acompañaban derrumbamientos de casas y edificios, todo junto era un himno cercano al infierno.

—No aguanto el olor, me desarma y me vuelve loco —César llevaba desde hacía horas con un pañuelo que tapaba su nariz y su boca.

—Eres un señorito —respondió Pelayo, aunque el pelirrojo tenía razón; al olor de la dinamita se le unía la mezcla callejera de suciedad, cadáveres esperando sepultura y sangre estancada.

—Supongo que este olor viene pegado a la guerra.

—Peor César, esto es peor. En la guerra los ejércitos están preparados, ejecutan planes —Pelayo dejó su fusil apoyado en la pared que les servía de apoyo para la espalda—, aquí no tenemos organización y sí mucha improvisación, ninguno sabemos qué puede ocurrir mañana.

Un minero llegó corriendo y dando gritos. César y Pelayo se levantaron del suelo y pidieron calma.

—Tranquilo camarada no se te entiende, toma aire. —Se detuvo, respiró profundo y, estuvo con las manos en las rodillas un momento hasta incorporarse colorado por el esfuerzo.

—Es el banco, Máuser es el banco, ha caído.

—Bien, un paso más —respondió César.

—¿Cómo ha sido? —Pelayo recogió el fusil de la pared.

—Tuvimos que subirnos a la torreta y disparar desde allí.

—¿Pérdidas?

—Han caído cuatro camaradas, Máuser —El minero bajó la cabeza apesadumbrado—. Tuvieron que exponerse, eran disparos sencillos para los guardias.

—Continúa —dijo César viendo que el minero se emocionaba ante la pérdida de sus camaradas.

—Tiramos latas de gasolina por las ventanas del banco y tras ellas unas cuantas bombas, cuando explotaron una columna de fuego y llamas se propagó por toda la manzana. Los guardias se han retirado hacia el Gobierno Civil.

—¡Dios mío! ¡Oviedo está ardiendo en llamas! —Pelayo levantó la cabeza y primero fue el olor lo que inundó sus sentidos, luego pudo observar la columna enorme de un humo negro—. Entre todos estamos destrozando la ciudad.

—Nosotros queremos tomarlo —respondió César incómodo.

—Sí, pero había quedado claro que era con el menor daño posible.

—Hay que tomarlo, cueste lo que cueste —César miró más allá un horizonte devastado—. Por desgracia, lo sé, lo veo todos los días, el hospital está lleno Es el poder y la opresión la que se está quemando.

Caminaron despacio entre los mineros que retornaban de la lucha y reposaban sentados, sucios y casi todos heridos. Los que llevaban en la ropa o el cuerpo sangre ajena se dejaban caer al suelo cansados, y fumaban y todos con el miedo marcado en sus caras más allá de la ilusión.

—¡Joder con el cura, es el único que ha quedado en pie! —dijo uno entre carcajadas generalizadas, Pelayo se paró y se interesó.

—¿Un cura, camarada?

El minero se puso en pie al ver a su lado al hombre que todos seguían.

—Una estatua, Máuser, era la estatua de un cura y el fuego la rodeó sin tocarla, parecía que la repelía.

—*Arzobispo Valdés gran inquisidor*, eso es lo que ponía —dijo otro minero.

—¡Normal que el fuego no la dañara! Menudo *Felpeyu* —sentenció otro de los mineros, la risa se propagó por el grupo de revolucionarios mientras Pelayo y César seguían su camino, la reunión del comité era en el ayuntamiento y Gerardo debía de estar nervioso ya esperándolos, quería verlos antes.

—Hemos distribuido fusiles, mosquetones y rifles de todo el armamento requisado a los soldados —Gerardo parecía orgulloso, pero cambió el gesto y mirando a sus dos compañeros de reunión dio un golpe sonoro sobre la mesa.

—Hay algo que debemos de dejar claro ahora en el comité, los hombres se están comportando como críos al que le das un juguete, es increíble, pero con la misma rapidez estamos quedándonos sin munición.

—Es el mismo problema que tenemos con los víveres y los medicamentos —César parecía resignado.

—¿No sabemos nada de refuerzos?

—Todo es confuso, las noticias de Cataluña son buenas, creo que siguen nuestros pasos, pero la radio dice que en Madrid unos tiritos y poco más.

—Si los refuerzos no llegan, duramos días —Pelayo reflejaba el desánimo que sus compañeros intentaban desterrar—. Y mientras en Asturias las balas silban sobre las cabezas de los mineros.

Llamaron a la puerta y la conversación cesó de golpe. Un joven imberbe asomaba la cabeza. Miguelín no tenía estudios, al igual que la inmensa mayoría de sus compañeros mineros de la cuenca, pero era intuitivo, avispado y con una valentía que rallaba la imprudencia. Casi en la infancia se había quedado sin padres. Estos se dejaron sus vidas dentro de la mina. Miguelín, también desde muy joven, había dedicado todo el dinero ganado en sus largos turnos de trabajo, en construirse un *horru*. Así, cuando sus compañeros se gastaban el dinero en el *chigre,* él invertía en aquel símbolo asturiano que vino a ser para el joven cumplir un sueño, el mismo que sus padres le habían transmitido. Miguelín dormía y pasaba el poco tiempo que le dejaba lavar el carbón en el *horru* y despacio lo levantaba con sus manos sin clavo alguno.

«El hierro corroe el *horru* al ser de madera *hijín»*, le decía su padre con la luz en los ojos. Cuando acabara aquella revuelta ya tenía decidido desmontarlo pieza a pieza y llevarlo a Villaviciosa, el pueblo donde reposaban los recuerdos de su madre.

—Siento interrumpir, pero me han dicho que hablara con usted señor Gerardo: tengo un mensaje.

Gerardo, sin mirar al minero observaba el escueto mapa del centro de Oviedo, su preocupación por todo lo que estaba ocurriendo en la calle Uría iba en aumento y las noticias que le llegaban desde la plaza de la Catedral tampoco eran muy buenas.

—Dame el mensaje minero —dijo extendiendo la mano.

—Creo que usted debe de escucharme, lo que traigo es un mensaje, pero también información, y creo que debo de contar la historia entera por...

Gerardo le hizo callar levantando el tono de su voz.

—¿De verdad crees que tenemos tiempo de historias? Dame el mensaje y vete minero.

—¿Por qué crees que es tan importante lo que nos vas a contar minero? —intervino Pelayo.

El minero volvió la vista hacia Pelayo y por vez primera se le ilumino el rostro.

—Máuser, el mensaje es de un oficial de los guardias.

Gerardo, Pelayo y César se miraron, tomaron asiento mientras indicaban al joven minero que se sentara enfrente de ellos.

—Te escuchamos, camarada.

—Las fuerzas del campo de San Francisco me capturaron cuando estaba escondido casi al lado de su vanguardia.

—¿Cómo? —dijo incrédulo César.

—¿Quién te había mandado hasta allí?

—Nadie, señor.

—Entonces ¿qué demonios hacías desgraciado?

—Una apuesta, señor. Mis compañeros me retaron y apostaron conmigo de que no era capaz de ir hasta las barbas de la *Gandaya* —Pelayo se movió en el asiento con desagrado.

—Y te capturaron claro, sois unos locos, pensáis que estáis en las ferias de los pueblos cuando peleáis por ver quién es el más valiente por unas sidras o un puñado de monedas.

—Me descubrieron efectivamente señor, y entre golpes me llevaron ante un oficial —el joven tenía un ojo hinchado y rasguños en manos y cara.

—¿Te interrogó? —preguntó Gerardo mientras el joven se mostraba inquieto cada vez que aquel hombre se dirigía a él— Continúa.

—El oficial me preguntó a qué había ido.

—Ahora entiendo por qué no te han fusilado. Dijiste la verdad —dijo sonriendo Pelayo.

—No, Máuser, me dio vergüenza y conté que me habían enviado para enterarme de cuántos eran.

—¡Dios mío que atrevida es la inocencia! —exclamó Gerardo.

—En este caso la ignorancia —dijo Pelayo— Eres consciente de que lo normal es que te fusilaran ¿no?

—Les dije que ellos también se estaban jugando la vida y que si me mataban sería vengado.

—Debiste de acojonarles del susto, será *babayu* —rio César.

—¿Siempre eres así de desenfadado y sereno? —Pelayo cada vez apreciaba más la compostura y entereza del muchacho.

—Eso mismo me preguntó el capitán de los guardias. Me dijo que sabía que teníamos cañones y yo se lo confirmé, le dije seis y también le hablé de las ametralladoras, y de las armas que hemos ido recogiendo. Yo noté cómo el oficial se preocupaba con la información, por supuesto no le dije que teníamos problemas con las espoletas —Pelayo rio para sí, definitivamente el muchacho era vivo— el capitán se rio en mi cara y me soltó: «Esos cañones no sabéis utilizarlos».

—Entonces mentí y les dije que habían venido unos obreros que eran unos buenos artilleros y que además llegarían refuerzos de otras provincias —Miguelín miró a Gerardo directamente a la cara—. Cuando escuchó esto se rio a carcajadas y llamó a dos tenientes, y estuvieron discutiendo un buen rato, uno de ellos gesticulaba en desacuerdo con lo que el capitán decía y me señalaba. Al rato el capitán me dijo:

«—Estas libre, puedes irte, no te voy a fusilar porque eres valiente y porque vas a llevar un recado a tu comité, escucha bien, la revolución ha fracasado en toda España, así que no nos hagamos más daño. Esto lo hago porque creo que vosotros no tenéis ni idea de lo que está aconteciendo en el resto del país.

—¿Qué pasará si no paramos la revolución? — siguió contando el joven.

—Moriréis por nada».

—He venido lo más rápido que he podido, Máuser.

—Ni caso —gritó Gerardo—. No seas *Babayu* nos quieren engañar, la revolución esta triunfando.

—El capitán estaba preocupado por todo el armamento del que disponemos —a Miguelín se le iluminó el rostro.

—¡Claro que sí! Come algo camarada, te lo mereces.

Pelayo había intentado ocultar su rostro a los avispados e inteligentes ojos del joven minero, no quería dejarle ver su escepticismo ante el futuro. Miguelín era un hombre curtido en la mina y en la calle, la agudeza y la intuición del *rapaz* leyeron la cara de aquel al que admiraba, y en ella encontró la inquietante verdad.

4

La garganta le quemaba... Estaba seco necesitaba algo que aliviara esa necesidad apremiante de beber. Recordaba vagamente la conversación en el socavón de María Luisa, un hombre elegante con sombrero, le había dado una botella... Sí, eso lo tenía en el recuerdo, y mientras le preguntaba una y otra vez... ¿Qué era? Le costaba mantener la atención mientras el hombre le había hablado, pero era importante, sí, tenía que hacer algo, pero no recordaba el qué... tenía miedo, los seres mágicos, ¿era eso? No lograba centrar sus pensamientos... Necesitaba ese trago que le calmara la ansiedad.

Bruxes se había criado fuerte y sano siendo el nexo entre un padre severo y solitario cuando estaba sobrio, y una madre trabajadora con poco tiempo para dar amor a su vástago. En la montaña la vida no era sencilla, la ganadería trashumante era un modo complicado de vivir, en sus recuerdos de infancia aparecían sus padres y el ganado, se crio con una cultura propia, con tradiciones y folclore de la comarca, jamás visitó una iglesia no recordaba haber pisado aquel suelo, y el Estado no se había preocupado por su familia. Sus días de felicidad eran aquellos que con el sol en el rostro salía del mar, andaba montaña arriba corriendo por los valles exuberantes de vegetación hasta llegar a lo más alto, donde el aire frío le curtía la piel y la montaña era el salón de su casa.

—Nosotros somos una raza Pedro —le decía su padre en aquellas noches de hoguera bajo el manto de las estrellas. Su padre era contrario a la exogamia, pero los cambios de los tiempos también les habían alcanzado a ellos.

Pedro creció sintiéndose distinto porque así lo había vivido y también se lo marcaba la sociedad que le rodeaba. Cuando sus padres murieron la aldea le obligó a separar las sepulturas, ellos no pertenecían a la comunidad, no eran dignos, y entonces les odió, el rencor llenó su joven corazón de violencia y venganza.

Él no sabía de rentas ni impuestos, nunca los pagó y, llegado el momento, tuvo que abandonar su casa, la casa de sus padres en la que había nacido. Aquel día se enfrentó a los vecinos, fue agredido mientras, como un perro herido, abandonaba sin mirar atrás, llevando consigo la religión del campo, la naturaleza y la vida cotidiana.

Pedro Feito, ese era su nombre, llevando la trashumancia en el corazón cambió el ganado vacuno por el carbón.

—Ya se quién calmará mi sed y podrá responder las preguntas. —El hombre que le había apremiado a contestar quería que le condujera a respuestas, y eso era peligroso, sí tenía que hacer una visita.

—Iré allí. Debe de saber.

5

—¡En grupos de cuatro! —gritaba César— ¡Cada grupo una ametralladora! ¡Primer grupo tras el camión blindado!

Los mineros corrían por la calle Uría, las balas acompañaban a la metralla y solo el camión que había venido de la fábrica de Trubia les servía de escudo. La calle después de continuas reyertas era un cúmulo de cascotes que tenían que sortear, y los pocos árboles que habían sobrevivido a los incendios y las bombas, ahora tirados en la calle, servían de parapeto.

La algarabía de los gritos fue lo primero que escuchó César, los revolucionarios volvían fusil en alto, cantando y dando consignas de victoria.

—¡Hemos tomado el campo de San Francisco!

Tras ellos, desarmados, heridos y maniatados venían soldados y oficiales de la guardia. El joven Miguelín que estaba cerca de César enseguida se percató: allí estaba «su capitán» el oficial que le había interrogado y también el que le había salvado la vida. Era uno más de los presos, sus miradas se cruzaron, el reconocimiento fue mutuo y ambos sostuvieron la mirada, pero ninguno pronunció palabra.

—Encerrarlos en el teatro Principado —gritó César.

Entre cánticos de alegría de todos los mineros, la columna de prisioneros enfiló la calle directo al teatro.

A Pelayo la noticia le llegó rápido, ahora les tocaba a ellos, tenían una zona de Oviedo, pero ese era el momento de seguir, y no sería sencillo, llevaban horas intentando impedir que los guardias de Asalto reconquistaran el parque.

—Son más o menos cien soldados Pelayo —dijo uno de los mineros que venía de reconocimiento—. Les doblamos en número y empuje.

—Nunca olvidéis que luchamos contra profesionales venidos de cuarteles, jamás les perdáis el respeto.

Los mineros escuchaban en silencio y resguardados esperando la orden de ataque, la ansiedad les podía, algunos movían el fusil sin parar, otros jugaban con la dinamita en la mano, pero todos con la vista al frente y deseando encontrarse con su destino. El primer soldado apareció indeciso y mirando a todos los lados por una de las esquinas del parque, vieron aproximarse al resto, se desplegaban en abanico mientras iban saliendo de la Plaza de la Escandalera. Máuser no movía un músculo, sabía que tenía todas las miradas puestas en él, pero también era consciente de que esos soldados con sus oficiales tendrían que atravesar la calle Uría y las noticias que le mandaba César eran muy buenas. Era el momento de probar si aquellos soldados poseerían la preparación para salir indemnes del fuego cruzado.

—¡Rápido, nos movemos! —gritó.

Los soldados se defendían bien organizados y valientes, pero el empuje de los mineros que venían por su retaguardia con César al frente los llevaba a un camino sin salida, las balas silbaban cercanas y la dinamita les echaba definitivamente para atrás. El capitán de la guardia intentó un último movimiento y reorganizar a los soldados que en cada explosión se separaban más, pero según se puso en pie y empezó a dar órdenes, un disparo en el pecho le mató. La salida era regresar al cuartel más próximo que era el de Santa Clara.

Los soldados que podían llevaban compañeros muertos sobre su espalda, otros ayudaban a los heridos, y mientras César por detrás y Pelayo en vanguardia animaban a los mineros para no perder la oportunidad de desequilibrar la balanza. Los soldados supieron defender la retirada y el empuje minero los metió en el cuartel, los dos grupos grandes de mineros se unieron, tenían que acabar la faena y tras aquellas paredes los soldados eran más inabordables.

—Ya son muchas horas las que llevamos con el asedio del cuartel y no rinden la plaza —César se inquietaba más y más con cada minuto que pasaba.

—Debemos de entrar con todo lo que tenemos.

—Ya lo hemos intentado hasta con dinamita y nada ha cambiado: ellos están dentro y nosotros aquí fuera —contestó Pelayo.

—Tienen a los mejores tiradores en ventanas y tejados, cada vez que atacamos para entrar sufrimos demasiadas bajas —Pelayo dudaba del siguiente movimiento y César lo intentó de nuevo—. Deja que lo haga saldrá bien y es mi vida la que arriesgo.

Pelayo le abrazó y volvió a negar la petición del amigo.

—Además hay camaradas dispuestos a venir conmigo.

—No, César. Todos arriesgamos la vida desde que salimos de Mieres, pero lo que me pides es un suicidio, entregarás tu vida para nada.

—¿Por nada Pelayo? De verdad ¿lo crees? La revolución…
—Máuser le interrumpió.

—La revolución no tiene recorrido amigo, desde el primer día que empezó íbamos a un sinsentido. En Andalucía los campesinos no han seguido nuestro criterio, Madrid nos ha dejado tirados y Cataluña —Pelayo negó con la cabeza— es Cataluña. ¿Qué ganaremos entregando tu vida y la de buenos mineros? No voy a permitir que conduzcas un camión cargado de dinamita y explosivos para estrellarlo contra el cuartel.

—Funcionará —César miraba el suelo mientras su amigo le agarraba por los hombros.

—Es una muerte cierta César, la revolución perderá un buen soldado y yo un amigo.

Pelayo tenía la certeza, más que la intuición, de que la revolución había fracasado en España y ellos eran los últimos en mantener aquella ilusión. En el conjunto del país no había llegado a juntarse una alianza obrera que abarcara toda la península. Estaban solos. El minero soltó a su amigo, otro frente le llamaba, otra situación de violencia desbocada. En la Plaza de la Catedral los artilleros llegados del Naranco tiraban una y otra vez el grueso de las fuerzas que se habían posicionado en la Catedral, y desde allí, intentaban ganar el Gobierno Civil. Cuando Pelayo llegó a aquella posición una furia de fuego y balas se cruzaba entre ambos bandos.

—Máuser, no querías que disparáramos contra la Catedral —le increpó uno de los mineros al verlo llegar—, pero la Catedral sí tira contra todos los mineros que se acercan. La Guardia Civil ha instalado en las torres varias ametralladoras.

Pelayo sabía que tenía razón. Los mineros solo veían guardias que los mataban a balazos. En aquel maremágnum la memoria le jugó una mala pasada y recordó cuando algunos años atrás, acompañó al Guaje en una escapada a Oviedo. Su hermano resultó ser un buen guía y tras una magnífica comida recorrieron aquellas mismas calles, ahora devastadas, por las que también caminara Clarín. Aquel paseo acabó en la catedral.

—¿Tienes amigos curas? —le había dicho Pelayo a su hermano.

—¿Qué *falas, nenu?* Esto es historia de nuestra tierra.

Recordaba cómo, en silencio, habían recorrido la nave central y él, poco interesado, instaba a su hermano para marcharse.

—¿Sabes quién fue el Cid?

—Algo he oído —respondió con esa soltura que da la juventud llena de insolencia.

—El Cid vino aquí —el Guaje le agarró dándole un golpe en la cabeza— a por doña Jimena, hija del Conde de Oviedo.

—Máuser, Máuser, ¿qué hacemos? Pelayo miró a los mineros y volvió a la realidad del momento, tenía que tomar una decisión, elegir entre la historia y la mala reputación que les daría en todo el país la destrucción de la Catedral, y por otro lado la vida de aquellos hombres ilusionados en la revolución y que le habían seguido hasta allí.

—Lanzar una bomba contra la nave de la Cámara Santa, justo aquí —señaló con el dedo en el mapa.

La sangre corrió, en las losas de la nave se amontonaron los cadáveres y la Cámara Santa del siglo IX con las reliquias cristianas voló por los aires. Aquel fue el primer día que Pelayo lloró de verdad.

6

Su carácter se había ido puliendo con las imágenes místicas dentro de la fantasía que creaban en su voluntad la forma de entender las cosas, muy apartada de la realidad de una familia humillada y expulsada. Su faro, su luz, su guía al igual que por generaciones era una anciana con ropaje amarillo, el cabello largo y plateado y que, en las limpias noches de primavera, danzaba descalza al compás de los sonidos de la naturaleza. Sus noches eran tranquilas cuando de su boca escuchaba las leyendas de los bosques lejanos que acompañados con el canto del búho fatídico avisa de que algo presiente, y sombrío, espera al que le acecha.

Su voz es alegre al contar historias, pausada y llena de amor bajo el cielo en el bosque, pero también es lúgubre acompañada con el brillo sombrío de sus grandes ojos ante los hombres, los incrédulos.

Sueña constantemente con ella, idealizada más allá de la neblina de los tiempos y la ve sobre los ríos y los manantiales, la melena al viento, blanca como olas espumosas que sortean peligrosas rocas hasta llegar a la fuente junto al remanso de los grandes árboles, donde está la paz.

La abuela siempre habla de sí misma como una *Llavandere* feroz cuando debe, pero benéfica en sus actos. De todos los seres y entes con los que se ha criado, *les Llavanderes* son sus favoritas por cada una de las abuelas de la familia.

—¿Entonces el abuelo fue un Nuberu? —preguntó un día entre las risas y carcajadas de la abuela.

—No, hija no, nuestras arrugas las hace el tiempo como a una manzana sin morder que se vuelve seca, solo en nuestros ojos de fuego somos como un *Nuberu*, pero nosotras aprovechamos la tempestad del *Nuberu* para con su agua ir saltando de peñasco en peñasco por cauces improvisados hasta los ríos rebeldes.

***

El ruido de la puerta le saca del sueño de los tiempos antiguos. Alguien viene a molestar, a dejar que la realidad gane terreno a su locura por el pasado, el presente no importa, el presente le inquieta.

Los golpes apremian, cada vez son más fuertes, insistentes. El sonido estridente es molesto. Se levanta y se dirige a la puerta, en su cabeza imagina una serie de frases disuasorias por si la visita no le interesa.

No era así.

Una cara conocida aguarda, apoyado de mala manera en la pared.

—*Bruxes*, ¿qué te pasa?

—Preguntas… preguntas en mi cabeza, demasiadas… me hacen preguntas.

—¿Quién te hace preguntas?

—Los guardias y el señorito bien vestido, muchas preguntas.

—Pasa, cuéntamelo —dijo con un nuevo brillo en los ojos.

12 de octubre de 1934

El Guaje se repetía una y otra vez lo que *Bruxes* le había dicho antes de separarse de él. Su cabeza trabajaba sin parar y acelerada, dudaba del siguiente paso a dar y el instinto le decía que era importante.

—¿Tú avisaste a Cancello?

Bruxes que ya se alejaba del socavón se había detenido girándose casi sin poder tenerse en pie. Oli ya le había dicho que aquel hombre tenía el extraño poder de beber sin control y pasar el día moderadamente lúcido.

—Él me advirtió a mí —dijo riendo con ganas.

—¿Por qué? —David se había acercado a él.

—No quería que hablara de *les Xanes*, decía que era peligroso. Cancello quería a su aldea, sabes, su historia recuerda a la mía.

Eructó fuerte y se giró empezando a cantar mientras seguía su camino, el forense corrió y le agarro por el brazo.

—¿Por qué ese miedo a hablar?

—Busgosu, les Xanes, la aldea.

***

Aquello fue lo último que consiguió y ahora tenía que recomponer aquel acertijo inconexo y darle sentido a la investigación. Cuando nacía en su cabeza lo dejaba madurar y constante en el desarrollo de la idea se puso en movimiento. Llegó a los archivos de la mina, estaba en el centro neurálgico de todo el carbón del valle del Nalón. Fue descartando papeles y libros, no encontraba el dato que le podía dar un hilo del que poder tirar. La revolución no había ayudado al orden y los despachos vacíos aparecían con un desastre descorazonador. Fue encontrando cosas curiosas esparcidas por el suelo como fotos de la visita del Príncipe de Asturias a la cuenca en 1925. En ellas, aparecía don Alfonso con la Brigada de Salvamento.

Los libros de registros se desparramaban por el suelo y entre ellos vio un abultado cuaderno, sucio y mojado por la humedad provocada por algún líquido vertido durante el atropello a las oficinas. Lo limpió como pudo y leyó en el lomo: Bajas.

Pasó deprisa las hojas, la ansiedad por encontrar lo que buscaba le sobrepasaba. La muerte de Cancello había sido pocos meses atrás. Despacio, nombre a nombre, buscó la reseña. Cesó su búsqueda. Allí estaba. Esperaba encontrar el dato que necesitaba, siguió la línea con el dedo, y lo vio.

José Cancello Nubiana, muerto en extrañas circunstancias el día 2 de agosto de 1934 natural de Nubiana.

Tuvo claro adonde le llevaba el siguiente paso.

El coche parecía ir solo como si el camino estuviera marcado y simplemente rodara disfrutando de cada curva, de cada elemento nuevo en aquella ruta asturiana que le transportaba a la fantasía. El Guaje pensaba y conducía inquieto, creía empezar a entender el porqué, pero seguía teniendo demasiadas preguntas sin respuesta y presentía lo que se iba a encontrar. En numerosas ocasiones había decidido perderse en aquel paraíso en el que se fusionaban sueños y realidad. El coche subía con esfuerzo la carretera estrecha y llena de baches que se empinaba intentando alcanzar las lomas verdes, y al fondo un valle perpetuo, y tan solo partido por la línea plateada de un río. Aquel recorrido invitaba a vivir las sensaciones que transmitía el paisaje, dejarse llevar latente de aquel, pero él no contaba con ese tiempo.

El cuento en el que estaba embutido tenía más negros que verdes. Vio la aldea al doblar una cerrada curva y paró el vehículo. Estaba en el corazón de la montaña. El lugar era pequeño y transmitía la autenticidad del paso del tiempo, la edad más oscura de la humanidad, aquella que renegó de la ciencia y en aquella mínima comarca salía al encuentro del visitante en su ambiente rural. Desde la lejanía a David le pareció dormida, la paz del tiempo que no pasa, el tránsito de los siglos detenido.

Dejó que el coche le llevara y solo cuando el susurro del río le llegó claro, quitó el contacto. Las calles sin asfaltar estaban vacías y él no quería tener que llamar a ninguna puerta. El sonido del hierro al golpearse le llamó la atención, dobló la esquina y vio a un hombre golpear con ritmo y con un martillo, una barra de hierro. Se acercó despacio, pero haciendo todo lo posible para que aquel hombre centrara la atención en él.

—Buenas tardes —saludó.

—Buenas —dijo sin dejar de golpear el hierro.

—¿Estoy en Nubiana? —preguntó.

—Así es —respondió.

—¿Quién puede darme información del pueblo y las familias que lo habitan?

El hombre enjuto y fuerte dejó de golpear y, por vez primera, prestó verdadera atención al Guaje, pareció dudar mientras le examinaba con un claro gesto de desaprobación en su rostro, se volvió y contestó antes de empezar a golpear la barra de hierro.

—El cura podrá ayudarle.

David se tocó brevemente el sombrero a modo de saludo mientras salía en busca de la iglesia que había visto al llegar. Era un recinto pequeño con una mínima vidriera por la que entraban los pocos rayos de sol que la montaña cercana permitía atravesar, una hilera de diez bancos de madera desgastada cubría la parte central y en una de las esquinas, junto a la pila bautismal, el Guaje encontró al párroco. Era un hombre alto y delgado con el pelo canoso y unos ojos ágiles que raudos se percataron de la presencia del forense.

David se presentó y el cura le hizo pasar a la sacristía. Una escueta mesa de madera con dos sillas delante de un gran aparador era todo el mobiliario que se disponía aquel espacio. David se sentó frente al cura y empezó a hablar.

—Necesito información, padre.

Aquellos penetrantes ojos miraron al forense y brillaron. Aquella era una aldea apartada y solitaria y la inesperada visita era lo más emocionante que le había pasado en casi un año.

—¿Policía? —preguntó.

David sabía cuándo la persona que tenía delante era más fácil ganársela con la verdad, y ese era el caso.

—No exactamente padre, pero estoy investigando una serie de crímenes que están sucediendo por toda la cuenca.

—Malos tiempos —dijo el párroco— y en qué le puedo yo ayudar.

—Busco a una familia que vivió en este pueblo.

El párroco se levantó y abrió una de las dos grandes puertas de la que constaba el gran aparador a su espalda, cogió un enorme libro depositándolo en la mesa.

—¿Nombre? —preguntó.

—Cancello.

—La familia Cancello ha vivido aquí muchos años, generación tras generación.

—José Cancello ha sido asesinado.

—Siento oír eso, yo le bautice hace muchos años y le he visto corretear por aquí, los Cancello perdieron poder, pero muchos años atrás fueron muy importantes en Nubiana, aquí se cuenta la leyenda de que fue una de las familias involucradas en la historia de *Les Xanes*.

David sintió que el pulso se le aceleraba e intentó que el gesto no delatase la importancia de aquella información.

—¿Dónde puedo encontrar esa información? —preguntó.

—Aquí en el pueblo solo algunos viejos se la podrán contar, a su manera y con el paso del tiempo añadiendo algo o simplemente coloreando la historia.

—¿Entonces?

—Tendremos que ir a la Colegiata.

—¿Tendremos? —dijo David con media sonrisa.

—Además de la curiosidad, yo le facilitaré las cosas. Abriré puertas con más facilidad —comentó el párroco mientras se ponía el abrigo.

La colegiata de Santa María la Real estaba al borde de una gran masa de agua y rodeada por lomas verdes, un pasillo de árboles enormes los llevó hasta la puerta de la fachada principal. El párroco de Nubiana empujó con fuerza y se introdujeron en la nave rectangular de la planta principal, el interior ornamentado los condujo por columnas adosadas hasta una bóveda de crucería.

—Por aquí, sígame.

El cura parecía tener claro el camino a seguir por lo que David continuó tras él en silencio, llegaron a la cabecera y desde el presbiterio se asomaron a una pequeña sacristía que estaba totalmente cubierta con crucería. En un pequeño sillón orejero, sentado y con un libro abierto entre sus manos, un anciano sacerdote leía tranquilamente.

—Padre Carlos —saludó el párroco.

—¡Qué agradable visita, padre Ángel!

—Le traigo un amigo —dijo señalando al Guaje—. En verdad es una visita oficial que necesita de tu ayuda —volviéndose al forense le aclaró—. El padre Carlos además fue maestro aquí en la Colegiata.

El cura le miró con atención y cerró el libro depositándolo en una mesita que tenía a su lado. Llevaba muchos años en la Colegiata y nunca nadie se había interesado por la historia de la pequeña aldea que está a escasos kilómetros de allí.

—Tranquilo, ha venido al lugar indicado. ¿Algo en especial? —preguntó.

—Estoy buscando reseñas de una familia y algún suceso especial, como acusaciones de brujería.

Con esfuerzo y la ayuda del padre Ángel, el anciano sacerdote se levantó del sillón.

—Lo que usted me pide hace muchos años que quedó dormido, olvidado por el tiempo, y no lo encontraremos en estos libros de aquí —dijo mientras señalaba la extensa librería que había en la sacristía.

Fue hacia la librería y de un cajón sacó una enorme llave de hierro corroída por el tiempo y la humedad. Salieron de la sacristía y siguiendo al padre Carlos llegaron a la nave. El cura dobló a su izquierda hasta el coro de madera, volvió a girar y llegó a una bella capilla donde los dos curas hicieron una genuflexión ante la antigua imagen de Jesús Nazareno.

—Esta es la parte más antigua de todo el edificio —dijo el párroco de Nubiana.

En una de las esquinas había una casi inapreciable puerta de hierro, el anciano se dirigió hasta ella, y no sin esfuerzo, introdujo la llave en la cerradura y la abrió. El cura, parsimoniosamente, encendió tres velas y alargó una a cada uno de sus acompañantes, bajó la cabeza ante la poca altura de la puerta y entró en la oscuridad. Fue prendiendo todos los cirios que había y la luz, poco a poco, se fue adueñando del lugar. Allí el tiempo se había parado, sin luz eléctrica, en aquella sala circular todo estaba repleto de libros antiguos.

—Estos manuscritos tienen muchos años y son un tesoro, aquí encontraremos lo que buscas —le dijo al Guaje.

La escasa luz que proporcionaban las velas daba al momento el ensueño y la fantasía que merecía la misión; libros antiguos en castellano, latín y bable, David pasaba la mano con respeto y admiración por los volúmenes alineados en los anaqueles.

—¡Creo que aquí está! Esto es lo que buscas.

El maestro y cura de la Colegiata tenía en las manos un volumen en piel oscura y de bastante grosor, el forense pudo leer en el lomo del libro simplemente una palabra:

—«Nubiana».

David colocó el libro en uno de los tres atriles que había en la estancia y lo abrió con devoción, y, con sumo cuidado, empezó a pasar las hojas. El añejo olor que desprendían las páginas le llevaba a tiempos remotos, a historias antiguas olvidadas llenas de amor u odio, de venganza o de pasión. La aldea de Nubiana se remontaba en los tiempos, se perdía en la memoria y volvía a aparecer, era un relato de calma y sosiego, pero también de ira y furor.

Y allí lo encontró.

Corría el año 1747 cuando en la aldea la familia Lavandera es acusada de brujería, misticismo y robar niños con fines oscuros, o para cambiar el niño por el de otra mujer. La abuela de la familia dice que quiere que su nieto sea bautizado por la otra mujer, ya que ella no va a la iglesia, lo alimente y cuide, porque en su familia todos están delgados y las mujeres no tienen leche. La mujer que acusa a la abuela de la familia Lavandera dice que por la noche la escuchaban cantar:

Devuelve mi niño hermoso y toma el tuyo sarnoso, devuelve mi niño rechoncho cuando esté sano, toma tu cría dame la mía.

La abuela de la familia Lavandera devolvió al niño y recibió diez latigazos en la espalda. Años después, y acusada de brujería y de aparecer en forma de Xana, «nada tiene que ver la brujería con los seres místicos», se podía leer al margen en el libro, la anciana es ahogada en el río y la casa es quemada sin tener noticias de los demás miembros del clan Lavandera.

Las familias firmantes de la denuncia eran: Parrondo, Barrero y Cancello.

2

El día estaba siendo intenso y pensaba que productivo, y eso proporcionaba calma a su conciencia. El mundo que le rodeaba estaba en llamas y él perseguía sombras jugando a detectives. Mientras conducía, aquel párrafo se presentaba una y otra vez dentro de su cabeza; la familia Cancello había sido importante en la aldea y se había visto involucrada en los disturbios de Nubiana, ¿la muerte del minero tendría algo que ver con lo sucedido más de cien años atrás? Estaba excitado, aquello era nuevo para él y la adrenalina del misterio le hacía tener sentimientos encontrados y desbocados. En aquella tierra de fantasía y pasión por lo oculto era raro la familia que no tenía alguna historia que guardar, y mientras el coche bajaba por las laderas verdes y brillantes acariciadas por el sol, sorteando una curva tras otra, David se dejó arrastrar por la nostalgia, por el estado donde los recuerdos mezclan lo idílico con lo real, trasladándole hasta ese lugar donde la memoria restablece los más nobles y mejores momentos. Lilibet era una mujer fuerte, rotunda en sus formas, pero de cintura estrecha, robusta y formada, la irlandesa era una hembra voluptuosa a vista de todos aquellos que compartían con ella el recinto cerrado de la mina. Con un cigarrillo siempre entre sus carnosos labios, y comiéndose el mundo con aquellos verdes y grandes ojos, nunca se amedrentó por la dureza del trabajo, ni le importó realizar las duras tareas que le encomendaban. Lilibet tenía importantes razones para mostrarse siempre activa y las explicaba sin tapujos a todo aquel que quisiera escucharla:

—Sacar a dos polluelos del gallinero no te deja tiempo para majaderías.

Los recuerdos del Guaje se presentaban difusos porque eran los de un niño que ve el mundo del color del sol y el cielo de cada mañana. Pero el transcurrir del tiempo los embute con las historias escuchadas y que la necesidad de afincar la felicidad las encaja en la mente hasta convertirlo en real, David había intentado protegerse de ellos cubriendo su mente con una tela fuerte de responsabilidad y procurando cerrar la puerta al recuerdo, pero ahora se fortalecían con las circunstancias y, sin poder evitarlo, se hacían presente.

Como cada mañana Lilibet había ido a la negra sala del carbón, que se mostraba, en esas horas, excesivamente candente por la aglomeración de mineros y mujeres que esperaban, aquel día, la apertura de la mina. Dentro de la estrechura del acceso, el capataz, sentado junto a una mesa, vigilaba y tachaba en el libro de registro a cada uno de los mineros y mujeres que entraban al trabajo.

El ascensor llegaba lentamente entre el ruido del motor que lo elevaba de la profundidad de la mina, y todos como si de ganado se tratara, esperaban su llegada y la orden para poder iniciar el descenso al infierno por aquella abertura odiosa. Mientras aguardaban para cumplir aquel ritual diario —cada uno con sus lámparas ya encendidas—, la irlandesa era la única que reía y bromeaba, su vitalidad le llevaba a disfrutar de cada instante del día, y hacer de la tarea más dura y desagradable un momento para sacarle partido a la vida.

—Tú tranquilo capataz que ya bajamos nosotros. —Le solía decir entre las miradas de los demás, todavía despertando del sueño o más bien queriendo olvidar la pesadilla a la que se dirigían.

El caso fue que aquel día fue uno de los pocos que la irlandesa no sonrió ni tuvo ganas de bromas.

—Quédate un momento —fue el inesperado mensaje que recibió cuando sus compañeras se dirigieron a sus respectivos puestos de trabajo.

El rostro de la mujer mudó de color, el blanco casi enfermizo de su piel, transparente como le decía su marido, empezó a enrojecer y no era capaz de distinguir si era de ira o preocupación.

***

—Tengo que cargar los vagones en la galería —dijo con precaución, mientras señalaba con la mano en la dirección por donde se habían ido sus compañeras con signos de extrañeza y preocupación por ella.

El hombre no dijo nada y siguió con su monótona tarea de tachar con el lápiz, con una parsimonia y lentitud que puso más nerviosa a Lilibet y después de que el grupo desapareciera, y el silencio oprimiera el pecho de la irlandesa, el empleado hizo una señal para que la mujer se acercara más.

—Lo siento, pero tengo orden de disminuir el personal.

El miedo se adueñó de su ser y mil ideas recorrieron por la cabeza de Lilibet.

—¿Por qué yo?

El hombre cerró el libro y la miró con seriedad. Lilibet era inteligente y en el pasado había vivido situaciones similares, conocía esa mirada, llena de deseo y presagio de situaciones difíciles.

—Sobra gente —le decía mientras la miraba de arriba abajo.

—¿Por qué yo? —volvió a decir con incipiente furor.

—Porque tú puedes ganarte un dinero extra, las otras no —dijo escupiendo en el suelo.

La miró con sonrisa pícara y tan elocuente en sus propósitos, que la repulsión se apoderó de su cuerpo y un pequeño temblor le subió por las piernas. Pero Lilibet se había criado entre hermanos varones y peleas, no era fácil amedrentarla, la ira le corría por las venas, su marido era un buen trabajador y también un borracho. «La mina te mata y si no bajas, el hambre» decía cuando se refugiaba en el alcohol, «la cabeza de la irlandesa solo la comprendo yo» era el continuo mantra del padre de Pelayo y el Guaje.

Lilibet se había trasladado a Asturias cuando una madre religiosa dejó de creer en Dios y cuando a su padre y a dos de sus hermanos los desenterraron con la boca llena de tierra. «Los enterraron vivos», gritaban los mineros y las mujeres mientras se tapaban la boca con trapos por el olor. La comunidad de vecinos y compañeros de mina empezaron a llegar al lugar, muchas mujeres buscando a sus maridos e hijos y rezando para no encontrarles allí.

Los guardias ingleses tenían miedo ante la multitud que se agolpaba y colocaron una ametralladora. La prensa burguesa londinense había estado todo el mes contando historias de las minas irlandesas donde los niños desaparecían y las niñas eran violadas, así que dispuestos a dar un escarmiento y acabar con el problema, los guardias habían elegido de manera arbitraria a cincuenta mineros y tras intentar sacar información con torturas y mutilaciones, se dieron cuenta de que todo era una patraña y aquellos hombres simplemente eran trabajadores del carbón. La muerte para aquellos desgraciados fue una bendición después de tanto suplicio; para sus familias y mujeres una condena. La madre de Lilibet cayó en el abatimiento del dolor roto y en aquellos días, ella conoció al asturiano, al que decidió seguir dejando atrás la miseria de su tierra. Ahora no volvería a lo mismo, no consentiría ninguna falta al respeto de una familia luchadora.

—¿Qué decides irlandesa? ¿Más dinero o el hambre?

El Guaje recordaba a su hermano pequeño en la cuna. Pelayo dormía como un ángel boca arriba y con un sueño placentero; su padre con un vaso de sidra en la mano a pesar de la hora temprana, sentado en una silla silencioso como nunca, y un desfile de mineros entrando y saliendo de su casa, a su madre la felicitaban por algo que él no comprendía y tardó mucho en entender: un hombre había perdido su trabajo y su madre además le había estampado en el cráneo una de las lámparas de la mina.

—Todas las familias tenían sus fantasmas.

La relación entre Cancello y los seres mitológicos era clara. El pasado y la aldea de Nubiana, y según la mujer del *chigre* de la Baltasara un joven iba siempre con él.

—¿Cómo dijo Angelines? «Creo que eran del mismo pueblo».

El Guaje pisó el pedal del freno y el coche, haciendo un pequeño giro en la carretera, en mal estado, paró su marcha, se bajó y fue a la parte trasera del vehículo con cierta ansiedad. Una idea le bullía en la cabeza.

Y si…

Torpemente por las prisas abrió el maletero del coche y cogió el cuaderno que se había llevado de la mina. Sabía que lo iba a necesitar. Se sentó en uno de los tocones que marcaban la antigua carretera, y al calor del sol empezó a buscar el dato que podía darle la esperanza de estar en lo cierto.

No buscaba un nombre, estaba buscando un lugar de nacimiento de todos los que aparecían en aquel cuaderno. Era una búsqueda lenta, no podía saltarse ningún nombre y él no era muy paciente, la ansiedad y los nervios le podían porque en su cabeza se repetía una y otra vez lo que le había dicho Angelines en el *chigre*.

«Eran del mismo pueblo»… «Salió algo trastornado»… «Recuerdo sus ojos llenos de pánico diciendo *Nuberu*, se lo llevó el *Nuberu*»

—¡Sí! —gritó al sol con los brazos en alto— ¡Aquí esta!, Eloy Barrero natural de Nubiana, fallecido en extrañas circunstancias en la cueva de la Peña.

Definitivamente había encontrado la pista. El cadáver que habían descubierto en la Peña era el de Eloy, ligado a Cancello por lugar de nacimiento, amistad y ¿algo más?

David se metió en el coche y arrancó. Por primera vez sabía el camino a seguir, todo se remontaba a la pequeña aldea.

No puede ser casualidad.

***

Ya tenía, o creía tener, la causa del crimen, y tenía dos cadáveres relacionados entre sí por amistad y lugar de nacimiento. Llevaba de detective cinco días, pero tenía una cosa más o menos clara: una vez estudiado el delito ahora le tocaba comprender, meditar e intentar ponerse en el sitio del criminal. El individuo que buscaba no podía reprimir los impulsos que le llevaban a matar, se había criado en un ambiente social inseguro y de ahí le viene la agresividad. El Guaje estaba seguro de que el asesino tenía una carga hereditaria importante, por hechos vividos o escuchados dentro de la familia. Estaba preocupado, el momento convulso en el que todos estaban metidos, el que vivían en cada pueblo, el que respiraban en esa atmósfera asfixiante de violencia, le daba al asesino cierta impunidad, y David rumiaba pesaroso de que el impulso le llevaría a matar otra vez.

—¿Sería él capaz de detenerlo e impedirlo?

Había leído en algún lado que por muy hábil que sea el asesino siempre deja pistas para llegar hasta él.

—¡Dios mío, en qué lío me has metido capitán!

Unos días atrás, se encontraba feliz auxiliando al juez dentro del tribunal, hablaba de las lesiones sufridas por el herido o causa de la muerte. Pasaba horas en aquel sótano del hospital entre muertos y sin luz solar, por eso, cuando salía de allí, después de un buen baño le gustaba vestir bien y disfrutar de la vida.

—¡Estoy todo el día entre carne muerta! —decía muchas veces a su hermano.

—Yo casi —contestaba Pelayo con ironía.

No quería pensar en su hermano pequeño, le conocía bastante bien, era noble pero cabezota, quería a Pelayo, siempre había sido radical y difícil de llevar, la vena materna y paterna estaba muy desarrollada en él, le preocupaba de verdad porque cuando entraba en algo lo hacía hasta el final, y por lo que escuchaba y podía ver, el final no pintaba nada bien para la revolución minera.

Llegó de nuevo a la Baltasara, se miró en el espejo retrovisor y vio el cansancio reflejado en él, se caló el sombrero como siempre, con mimo a mitad de frente y ladeado a la derecha, se olió la chaqueta y torció el gesto.

—¡Joder! Huelo a perros, entre las velas y el tabaco...

Abrió la guantera del coche y sonrió satisfecho, siempre llevaba un bote para aquellas ocasiones, echó en la mano un chorro de agua de colonia concentrada Álvarez Gómez y su olor a limón lo revitalizó.

Tras salir del auto, bajó la cuesta despacio pensando en el encuentro que iba a tener. Se preparó para otro combate con Angelines.

El *chigre* estaba abierto, dos parroquianos estaban sentados en una mesa, y como no, bebiendo sidra. Cuando entró la conversación que tenían elevada de tono llena de risas y gestos cesó, los dos hombres le miraron fijamente y casi como un reflejo tras mirarlo a él, sus ojos se dirigieron a la puerta que daba acceso a la pequeña cocina.

—¡Joder guapín! Tú sabes que espantas a la clientela —la tabernera salía de la cocina, y esta vez su pelo suelto llegaba hasta la cintura.

David se tocó el sombrero a modo de saludo y se acercó a la barra, olía fuerte, no fue capaz de distinguir a qué, la cocina no era su fuerte y había tenido una madre demasiado alejada de su casa como para saber lo que era tener un plato bien preparado y cocinado en su mesa. Desde donde se encontraba podía ver una gran olla de barro calentando al fuego.

—¿Fabes otra vez? —preguntó David mientras la cocinera se hacía el práctico moño para la cocina.

—¡Pobrín!... ¿Tienes hambre? ¿Por eso viniste?

El forense miró a la mujer. Reconocía que tenía en frente a una persona inteligente que sabía dominar el momento, y no tenía nada claro que fuera a decirle algo más que la última vez.

—¿Cancello y Eloy iban siempre juntos?

—Generalmente cuando entraban aquí venían solos. Cancello bebía más, el rapaz mucho menos.

—¿No recuerdas verlos hablar con alguien?

—Yo aquí estoy trabajando guapín no me dedico a observar. ¿Tú ves a alguien que me ayude? Pues eso, no tengo tiempo para cotilleos, Eloy encontró a Cancello y no sé nada más.

—A Eloy lo asesinaron de forma muy parecida a Cancello, ¿lo sabías?

Angelines que estaba lavando unos vasos miraba de forma continua por la ventana y movió negando con la cabeza.

—Y tenías razón eran del mismo pueblo.

—Yo lo único que sé, es que estos días estoy perdiendo muchos clientes y ahora... si no vas a comer guapín me gustaría que te fueras, tengo mucho trabajo.

El Guaje ya había notado el nerviosismo y su continuo observar por la ventana, algo inquietaba a Angelines, y la presencia de David allí la alteraba más.

—Una pregunta importante y me voy. Si sabías que Eloy había descubierto el cadáver de Cancello, que eran de la misma aldea, y que Eloy Barrero era el nombre del muerto de la cueva de la Peña, me pregunto: ¿Por qué no dijiste nada?

Angelines seguía mirando por la ventana, y sus manos arrugaban el mandil que llevaba sobre la ropa y lo estriaba en un gesto de preocupación, pero su rostro seguía firme y con media sonrisa. Salió de detrás del mostrador agarró por el brazo al Guaje y se acercó a la puerta.

—Sabía que llegarías tú solo a esa conclusión, tenías todos los datos babayu. Y ahora, si no te importa, tengo que cerrar.

Escuchó el sonido de la puerta del *chigre* cerrarse detrás de él, y observó como Angelines le seguía con la mirada desde la ventana, se montó en el coche sin mirar atrás y llevó el auto carretera arriba, sabía que a mitad de camino y a la vuelta de una curva, girando a la derecha, había un pequeño sendero de tierra prensada. Angelines no podría ver el coche y tampoco a él cuando se bajara.

Salió del auto y andando llegó hasta la esquina de la carretera, desde detrás del hermoso y frondoso árbol, escondido, miró. Angelines se asomaba, estaba claro que esperaba visita, y no deseaba que él pudiera ver quién era.

David sacó un bisonte, lo encendió intentando mantener el humo detrás del árbol y que la pequeña nube no pudiera delatarlo. Escuchó el sonido de un coche que se acercaba cuesta abajo, se escondió detrás del árbol y dejó pasar el vehículo a sabiendas de que no podría ver quien iba al volante, cuando dejó de escuchar el sonido del motor, se asomó y miró, Angelines estaba parada delante, y en pocos pasos llegó hasta la puerta del conductor, ayudó a abrir la puerta.

El Guaje no podía creer lo que veía, era difícil de entender, y tuvo el sentimiento de estar totalmente descolocado.

Diana se había bajado del coche, abrazaba efusivamente a la mujer y esta le daba besos generosos, y ambas entraron en el *chigre* agarradas por el brazo.

David notó como el cigarrillo se le caía de la boca cuando exclamó:

—¡Cagondios!

3

Miguelín terminó el poco café que le habían dado. En verdad era agua con algo oscuro que sin nada de azúcar estaba horrorosamente malo, pero que una vez mojabas la triste galleta que también le había tocado en suerte, le servía para viajar a una niñez que, a pesar de su juventud, parecía muy lejana.

Los prisioneros estaban recluidos por diferentes lugares de Oviedo, pero él sabía a donde debía dirigir sus pasos. Tenía una importante visita que hacer. «Su» capitán estaba en el teatro del Principado, le habían capturado en la última escaramuza, a pesar del cielo despejado y los abrasadores rayos del sol que permitían a los aviones mantener su ritmo de bombardeo intenso. Los mineros habían resistido en sus posiciones y habían conseguido hacerse con lugares estratégicos. En medio de la lucha fueron detenidos oficiales y soldados.

Miguelín sabía que debía darse prisa, aunque el comité había prometido respetar a los prisioneros, sabía que aquella era la hora de las venganzas personales y el momento era lo suficientemente grave, pues todos estaban acelerados y nerviosos, los aviones les arrojaban bombas y diezmaban el número de mineros en condiciones de combatir, pero, sobre todo, sembraba el pánico. Sabía que el temor hace a las personas incontrolables y, por lo tanto, florece lo peor del ser humano. Tenía poco tiempo para interesarse por el capitán, pues sabía que ya habían llegado órdenes desde el comité, había que hacer el último esfuerzo para apoderarse de Oviedo.

El olor era lo que peor llevaba. Caminar por la ciudad era hacerlo por un estercolero de restos humanos que se esparcían por el suelo entre la basura y el vidrio, las casas estaban reventadas por la dinamita de los obreros y las bombas de la aviación, los tejados de los edificios eran esqueletos esperpénticos derrumbados, formando en el suelo una pasta de humo junto a los hierros retorcidos en formas extrañas. Caminaba errante por la calle, sin orientación, pensando que se había perdido, cuando vio el edificio. La fachada era imponente y sobria, pero estaba dañada por el fuego y de las ventanas salían laminas oscuras de un negro intenso que se alargaba y sujetaban a lo largo de la piedra. El teatro, que tenía un delicioso toque parisino dentro de su sencillez provinciana, ahora quemado parecía levantarse de su propia ceniza.

Caminó asombrado y cauteloso. El espectáculo le resultaba muy extraño y cuando fijó la mirada en el suelo, entre los escombros y los cristales rotos, vio libros esparcidos.

Llegó hasta la puerta entregando un cigarro al minero que estaba de guardia, y le preguntó mientras señalaba al suelo.

—¿No os gusta la lectura?

El minero aprovechó el cigarro de Miguelín para encender el suyo y dando la primera calada respondió:

—Hemos usado los libros para tapar las ventanas que estaban sin cristales, esos cabrones tienen muy buena puntería.

—Que tengas buena guardia compañero.

Entró y se quedó asombrado por el interior del teatro. Era hermoso, retenía la belleza serena de la armonía a pesar de mostrar una cara ruinosa, el esplendor elegante del que había disfrutado se seguía viendo en los asientos, ahora sucios y medio rotos, pero de terciopelo rojo, y con molduras doradas que se sostenían andrajosas. Era como si un sádico hubiera preparado una escena que dañara la sensibilidad del espectador para justificar semejante destrucción.

—¿Qué deseas camarada? —Se volvió raudo al sonido de la voz ruda y ronca; un minero con el fusil al hombro se mostraba frente a él.

—Tengo que ver a un prisionero.

—Debes de ir hasta el final del edificio —dijo el minero señalando a la derecha un estrecho y oscuro pasillo.

Caminó por la zona que debían ser los camerinos y vestuarios del teatro y escrutó con atención el pasillo. En una sala no más grande que su salón, varios guardias estaban atados con las manos a la espalda y apoyados contra la pared. El olor era fuerte y penetrante, pero no dejó que la incomodidad le impidiera mirar con tranquilidad hasta comprobar que el hombre que buscaba no estaba allí, todos eran soldados. No halló a ningún oficial en aquella habitación, y supuso que encontraría al capitán más adelante. Siguió andando y al fondo del pasillo apreció que dos mineros con fusiles estaban ante una puerta cerrada, fumaban y charlaban animadamente mientras el candil que estaba en el suelo les alumbraba extrayéndolos de las sombras. Según se fue acercando, el sonido de sus pasos y la nitidez de su rostro le delató ante los mineros.

—¡Pero si es él! Este es el joven del que te estaba hablando, Miguel, el Apuestas —dijo uno de los guardianes.

—¿De verdad que fuiste hasta la línea de los guardas por una apuesta? —Miguelín afirmó con un gesto —. ¡Joder que cojones tienes rapaz!

Le llamaban el Apuestas por las veces que había ganado dinero y su propia vida desde que había empezado la revuelta.

—Por eso estoy aquí, me cogieron preso, pero un capitán, que seguro tenéis ahí —dijo señalando la puerta— se portó bien conmigo y no dejó que me fusilaran, ahora os pido que dentro de lo que podáis le tengáis respeto.

El joven minero adaptó sus ojos a la poca luz de aquella mínima habitación, el capitán sentado en el suelo, con un gesto corporal de resignación, le reconoció nada más verle, al trasluz de la puerta medio abierta. El minero apartó la ropa tirada por el suelo, imaginaba que era del teatro, y se sentó cruzando las piernas frente al oficial.

—Qué haces aquí muchacho. ¿Vienes a reírte de mí?

Miguelín observó la imagen del hombre derrotado y sin esperanza, las diferentes fases por la que pasaba aquel drama eran difíciles de dominar.

—Solo quiero asegurarme de que le tratan bien.

—De momento no tengo queja, ropa nueva para ponerme no me falta —dijo con media sonrisa señalando las vestimentas esparcidas por el suelo.

El minero le alargó el paquete de cigarros que había llevado y se levantó para irse.

—¿Por qué te has metido en esta locura rapaz?

El joven volvió a sentarse, cogió uno de los cigarros del paquete y alargó otro al capitán, encendió el suyo y esperó que el oficial hiciera lo mismo, dejó que el sabor de la nicotina le llenara los sentidos, y expulsó el humo.

—Es una larga historia, además de triste, capitán.

—Pues date prisa rapaz, yo seguro que no tengo mucho tiempo.

—Mi madre —empezó el joven— nunca será nombrada en la historia de esta revuelta, ni cuando hablen de la minería asturiana. Tampoco le darán nunca una medalla y fue una mujer brava y valiente que luchó por los suyos, pero la historia de Matilde, mi madre, está llena de coraje y amor durante muchos años que le dieron la fuerza, para navegar, a duras penas, con el milagro de vivir la vida dura de tener que sacarme a mí y a mi padre adelante cada día. Cuando empezaron los movimientos obreros de los hombres que se dejaban pulmones y la vida en los pozos, no lo dudó, y empezó a trabajar de noche también.

—¿Por qué no trabajaba tu padre rapaz?

—Mi padre lo intentó, por orgullo, lloraba cada día cuando mi madre salía por la puerta camino del pozo, pero la silicosis fue más fuerte, le ganó la partida llevándoselo por delante.

—Entiendo —dijo el capitán.

—No, por desgracia no entiende nada. Matilde, mi madre, era picadora, lo fue durante diez años, como la paga que obtenía más la poca que me daban a mí, por mi juventud, no llegaba para tres platos de comida, le pidió a su jefe que le diera el puesto de mi padre. Mi madre abortó de mi hermano un día mientras picaba en el pozo y semanas después llegó el problema. Mi madre que todavía tenía el dolor de la perdida en el alma se presentó a cobrar la paga que cobraba a nombre de mi padre, ya sabe usted la normativa, ¿verdad?

—Sí, las mujeres y los niños no pueden trabajar dentro de los pozos —contestó el soldado.

—Pues aquel maldito día mi madre tuvo la mala suerte de que una pareja de la guardia civil, de los suyos capitán, estuvieran en la mina charlando con el jefe de mi madre. Cuando Matilde llegó y pidió el sueldo, a su jefe le dio miedo la presencia de los guardias y trató a mi madre por loca, aquello fue lo último que podía soportar una mujer destrozada en lo físico y medio muerta en el corazón.

—Yo trabajo dentro y fuera de la mina merezco ese dinero precario que me das.

—Mujer ¿no has oído? Ya te han dicho que no, vete a tu casa —dijo uno de los guardias.

Mi madre supongo que no midió las consecuencias, solo pensó en el hambre, y contestó: «Cállate imbécil».

Ese fue el día que Matilde perdió los dientes delanteros, porque la culata del fusil del guardia le rompió las dos paletas, pero eso no fue lo peor, porque el jefe calló sabiendo que a mi padre y a mí nos abocaba a la miseria, y permitió con su silencio que se llevaran a mi madre a la cárcel de Oviedo. Solo pude ir a ver a mi madre tres veces, pero solo en dos de ellas pude estrecharla en mis brazos y besarla mientras le daba las gracias por tantas cosas. La tercera, me llevaron ante el oficial al mando, y cuando me vio entrar, sin mirarme siquiera, siendo yo casi un niño me dio el mayor golpe de mi vida al decirme:

—La roja ha muerto.

La primera visita que hice a la cárcel mi madre estaba demacrada, tenía mal color y su delgadez era extrema, «solo tenemos una pila como lavabo no hay agua caliente, solo fría por lo que muchos no se asean y esto está lleno de piojos» estas muy delgada mama, le dije, y ella me contestó que «nos dan muy poca comida, unas pocas alubias o garbanzos y alguna vez una patata, muchas chicas jóvenes han perdido la regla, pero lo peor es que todo está lleno de tuberculosis». El día que me tiraron a la cara la muerte de mi madre, recuerdo recorrer el patio entre lágrimas, mientras con el pañuelo tapaba mi nariz por aquel olor que me atrapaba, miraba a las mujeres y todavía empeoraba más mi estado de ánimo, eran cadáveres en cuerpo y alma, estaban flacas y sucias, pero sobre todo los ojos, aquellos desorbitados ojos, por el pánico. Una joven en un estado de embarazo muy adelantado, con pómulos hundidos y el pelo lleno de calvas, se precipitó sobre mí, el hambre y la miseria estaban reflejados en aquella muchacha.

—¿Eres el hijo de Matilde?

—Sí —dije y me abrazó mientras me daba besos y con lágrimas en los ojos me dijo:

—Tu madre es un ángel que ahora está en el cielo, los últimos días cuando ya no tenía fuerzas ni ganas de comer insistió en que cogiera su comida. Ponle a tu niña mi nombre, me dijo.

Fue lo último que aquella muchacha me pudo decir porque un guardia con una porra le dio en las piernas y a mí me mando a la calle. Mi madre me había dado su última lección. No recuerdo lo que pasó después, no tengo en la cabeza como salí de la cárcel ni como llegué al pueblo, solo tengo recuerdos vagos de haber estado parado sin moverme a las afueras de la prisión y llorar de forma nueva para mí, un llanto que salía del alma y espesaba todo, como el vómito que no puedes sacar. Un año después empezó la revolución y no lo dudé.

—¿Qué edad tienes *rapaz*?

—Acabo de hacer quince —dijo orgulloso Miguelín.

Lo último que el joven minero escuchó antes de cerrar la puerta de aquella extraña prisión fue:

—Gracias por la historia *rapaz*. Que Dios nos bendiga a los dos.

4

¿Y si...? No, no podía ser, pero era una opción. Él como forense sabía que la herencia no solo era importante en las enfermedades, también a la hora de modelar la conducta. Aquellos crímenes tenían una base de engaño y astucia, las mujeres biológicamente son mucho menos agresivas en lo físico, pero astutas y habilidosas en la violencia psíquica.

En el caso que a él le ocupaba estaba empezando a florecer la amenaza, el instinto de supervivencia del asesino, que se mostraba cada vez más inseguro y eso le podía llevar a la agresividad. Se había arriesgado para dejar una nota en su casa, y le había golpeado porque empezaba a ser molesto; ¿estaba ante un caso en el que el desprecio, la humillación y la injusticia habían estimulado al asesino a responder con desprecio a la vida?

El automóvil volaba por la carretera, tenía la oportunidad y había decidido aprovecharla. Diana no estaba en su casa y no sabía cómo, pero estaba decidido a entrar. Solo una vez, hacía mucho tiempo, ya había estado allí. Motivos muy diferentes le llevaron a degustar una magnifica cena con la arqueóloga. Ahora el corazón le palpitaba y se le retorcía en el pecho, no podía ser, pero no quería dejar ningún cabo suelto. Entró en Mieres y fue directo a la plaza de San Juan o Requexu, iba allí a menudo con Pelayo, siempre directo a una de las sidrerías donde solían parar, y raro era que no acabaran con un par de botellas cada uno, pero esa vez continuó andando, llegó al corredor y las galerías de las casas, dejó de lado sin darle importancia, el fuerte olor que le llegaba desde el mercado de ganado y apretó la marcha. No sabía el tiempo que tardaría Diana en llegar a su casa. Cogió la senda del ferrocarril y vio la imagen de la iglesia, solemne, vetusta y arrogante, allí junto a la casa del Dios cristiano tenía una pequeña vivienda Diana. Sería gracioso, pensó el Guaje. La cerradura era vieja, estaba de suerte, pero así y todo David rogó al Dios que tenía en el edificio de al lado para que le echara una mano. Todo fue bien. La puerta era de muelle estándar de bloque, sacó el trozo de plástico flexible y lo introdujo en el espacio entre la puerta y el marco, empezó a moverlo despacio lejos de la perilla y el mecanismo saltó, la puerta se abrió dejando paso libre al intruso, lo había visto hacer tantas veces a los guardias que no fue difícil para él repetir el proceso.

La tarde había caído pesada, como a plomo, la luz del mediodía había dejado paso a nubes que tapaban como un manto los rayos solares y avisaban de cielos cubiertos, algo que en Asturias era sinónimo de lluvias continuas en poco tiempo.

El piso estaba a oscuras, la poca luz de la incipiente noche atravesaba las persianas a medio bajar, por lo que el Guaje sacó la pequeña linterna que había cogido del coche.

El pasillo era estrecho y decorado en dos colores —azul y blanco— y a lo largo de aquel corredor numerosas fotografías se podían ver alineadas y orgullosas. Diana aparecía en diferentes yacimientos arqueológicos, hasta siete países diferentes pudo contar David. En una de ellas, una jovencísima Diana aparecía con el pelo recogido y una amplia y abierta sonrisa, a su lado una mujer madura miraba la cámara seria, parecía incomoda, tenía la piel cuarteada y tostada por el sol, detrás de ellas dos hombres con vestimenta árabe picaban en un montículo lleno de rocas. El Guaje acercó la linterna y leyó «Próximo Oriente-Monte Carmelo». Al lado de esa, la misma mujer madura aparecía en otra fotografía, esta vez con gafas de montura negra, bien vestida y sentada en un banco de madera sujetaba un perro, en lo que debía de ser el jardín de su casa. La foto era la portada de la prestigiosa revista *Nature*, y en letras grandes se podía leer *Dorothy Garrod*, y entre

140

comillas y letras pequeñas una frase de la famosa arqueóloga: «Diana fue de gran ayuda».

Dejó la pequeña y coqueta cocina a la derecha, abrió la siguiente puerta cerrada y recordó que era el baño, seguía igual, limpio, con una ventana estrecha y una bañera pequeña, cerró la puerta y siguió hasta el espacioso salón, recordó la preciosa velada pasada tiempo atrás, la sonrisa de Diana y la atracción mutua, intentó apartar todas esas sensaciones de su cabeza, tenía que centrarse en encontrar algo, aunque internamente esperaba estar equivocado y que solo el celo por el caso le estuviera engañando.

Diana no parecía ser una mujer muy ordenada en su vida personal. Encima del colchón esparcidas tenía todas las herramientas de su trabajo, todo lo contrario que en su profesión, David había sido testigo con el cuidado que hacía las cosas y ordenaba los diferentes materiales o artículos que sacaba del barro y las piedras. Sobre el colchón de la cama tenía la bolsa que llevaba siempre encima en las excavaciones, lo que le llevó a recordar las palabras de la joven arqueóloga antes de partir a Gibraltar: «Cuando vas a la excavación lo haces con entusiasmo, llevado por la incógnita de lo que puedes encontrar, he limpiado mis herramientas ya mil veces». «¿Y qué llevas?» Le había preguntado el forense. La joven había metido la mano en la bolsa y empezó a sacar uno a uno todos los utensilios que pensaba usar: «la rasqueta, explicó, me dijeron que me dejarían una, pero no me fío, prefiero llevar la mía», sacó rasquetas de diferentes tamaños, la última poco más grande que un lápiz, con la hoja del tamaño de una cuchara y acabada en punta.

¿Para qué sirve? Recordaba David que le había preguntado viendo a la joven tan emocionada. «¡Oh! Sobre todo, para levantar o quitar restos de barro de objetos y para desenterrar huesos». Luego sacó clavos, cuerda, un metro, lápiz, libreta y unas pinzas, «las herramientas más pesadas me las darán en la excavación, pico y pala». David sonrió. «Puedo ayudar, dijo, con mi poca experiencia como forense de campo, creo que donde vas necesitarás, repelente de mosquitos, crema del sol, gorra y guantes». Guaje se estremeció al recordar la sonrisa abierta de la joven y el beso tierno y apasionado que depositó en sus labios. «¡Por eso te quiero tanto!».

Alejó todo eso de su pensamiento e intentó centrarse en lo que verdaderamente importaba en ese momento, ¿Qué esperaba encontrar?

Miró el reloj. Habían transcurrido unos quince minutos desde que abrió la puerta. Tenía que aligerar, la habitación estaba pintada a dos colores, blanco y azul, y unas fotos alrededor de una cama grande, una pequeña alfombra y encima un armario lleno de ropa, camisas, chaquetas y faldas; pasó a la cómoda y solo vio un montón de facturas que revisó rápidamente para no encontrar nada relevante. Se adentró en el salón, ancho y con un techo alto, todo era diferente a como lo recordaba. Un escritorio de madera estaba delante de una pequeña biblioteca, fue directo a los cajones y los abrió uno por uno, y encontró documentos, facturas, recibos y algo de correspondencia. Repasó la larga fila de libros y uno de ellos le llamó la atención. Un volumen idéntico descansaba en la mesilla de noche de su casa *Mitología asturiana*. Lo hojeó y llegó al capítulo de *les Xanes,* su corazón le dio un vuelco y negó enérgicamente con la cabeza, y empezó a leer nervioso: *Les Xanes* del latín Diana, la diosa de la caza y después ninfa.

¿Cómo podía no haberse dado cuenta antes? La canción del *Bruxes* era una señal, pero aquella especie de pista, él no la había sabido interpretar. ¿Podría ser?

Latina Diana llévame en brazos y bésame, así dejaré de ser, dejaré de ser, el cuélebre de ayer.

Un papel salió de una de las páginas y lentamente planeó hasta el suelo, se agachó y lo recogió acercando el haz de luz de su linterna para poder leerlo. Era una reseña del Hospital Psiquiátrico Provincial. Volvió a mirar el reloj, llevaba más de treinta minutos en la casa y una voz interior la decía «vete de la casa ya». La noche había caído y Diana estaba al llegar, dejó el libro en su sitio y se metió el papel en el bolsillo. Volvía con pasos lentos a la puerta de salida cuando más que escucharlo lo sintió, era el ruido de un coche.

«Sal de la puta casa ya».

Abrió corriendo la puerta a la vez que apagaba la linterna. Se había fijado al entrar que un pequeño chiscón estaba al otro lado de la puerta de entrada de la casa de Diana. Si no lograba entrar por aquel hueco estaría atrapado y difícilmente podría explicar a la arqueóloga su presencia allí. Escuchó los pasos firmes y decididos que se acercaban a él y dando un salto cayó al otro lado, reprimió el quejido que le llegaba a la garganta. La rodilla había caído medio doblada dándose un fuerte golpe contra la pared. Aguantó en silencio, casi sin respirar y oyó como Diana abría la puerta de su casa entraba y cerraba tras ella. Esperó un momento, aguantando incluso su aliento, sin hacer ruido, no quería sorpresas desagradables y cuando estuvo seguro de que la joven ya no saldría de la casa dejó el escondite y cojeó hasta la calle. El coche lo había dejado lejos, y aunque le tocara pasar un mal rato con el dolor de la rodilla, se alegró, si lo hubiera dejado en la puerta de la casa Diana le habría atrapado en una situación muy comprometida.

Metió la mano en el bolsillo del pantalón y notó el papel. Sonrió satisfecho, mientras la voz del *Bruxes* se repetía una y otra vez en su cabeza.

Latina Diana llévame en brazos y bésame.

14 de octubre de 1934

Gerardo pensaba, y volvía a pensar. Le costaba llegar al estado donde uno es consciente de que no da más de sí, que todo terminó, y para él, la revolución era ya un fracaso. Tantas vidas perdidas para nada. España había elegido el inmovilismo, el resto del país era un espectador de lujo. En su cabeza la palabra *retirada* había ido conformándose como una opción, algo le forzaba a redirigir su rumbo, todo estaba en contra, no habían sido capaces de silenciar aquel maldito cañón, y la aviación les masacraba. Cada avistamiento de aviones era una ola de pánico creciente que dejaba tras de sí un reguero de humo, lamentos y cadáveres.

El comité estaba dividido entre los que querían dejarlo todo y la facción más comunista, que a cada contrariedad que ocurría se volvía más radical.

—¿Quién detiene a toda esta masa de obreros que creen que la revolución pondrá fin a sus miserias y sufrimientos?

Gerardo movía la cabeza, desanimado, sus sentimientos iban más allá de lo que podía dominar, y repitió como un mantra, yo abandono la lucha.

Pelayo y César se miraron: la sorpresa por una declaración tan clara y contundente no les dejaba reaccionar.

—Os traje aquí para preguntar si queréis venir conmigo, tengo un coche preparado para salir de Oviedo.

—No puedes hacer eso Gerardo, fuiste tú el que ayudaste a levantar a toda esa masa de gente en armas, tú les hablaste de igualdad, tú les convenciste para que lucharan por sus derechos, para que encontraran el respeto que nadie les tenía.

Pelayo miraba asombrado a los ojos llorosos de Gerardo y vio miedo, desesperanza y derrota, pero él no podía juzgar a su amigo, ¿no había pasado él por el camino de aquellos sentimientos también?

—Te fusilarán —dijo César—, si no lo hacen los guardias, lo harán, por traición, los comunistas.

—Por esas mismas razones que esgrimes amigo Pelayo, no puedo engañar a la gente, nuestra gente. Esos mineros entregan su vida con demasiada generosidad, el gobierno no cambiará nada mientras no se levante España y sin eso no hay triunfo posible, nosotros no somos más que un grano en el culo.

—Madrid se ha sublevado —contestó César intentando aparentar una serenidad que ya había perdido.

—No amigo, no es cierto, desgraciadamente para nosotros. Todo lo que dice el noticiero de la radio es verdad. En Barcelona la Generalitat ha dejado de luchar y se ha rendido; en Madrid solo ha habido unos disparos sueltos en la Puerta del Sol y poco más, no queda ilusión posible y por eso Pelayo, amigo mío —le agarró por los hombros— es mejor no alargar esta agonía, los muertos y la catástrofe en la que estamos metidos. Creo que deberíamos aceptar que la revolución minera está acabada.

Pelayo comprendía a Gerardo, estaba de acuerdo con él, más de lo que era capaz de aceptar, era difícil convivir con la sensación de fracaso y mandar gente a morir, por lo tanto, asintió sin voz en la garganta.

—Camarada— dijo César rojo de ira—, no admitimos tus consejos, la lucha seguirá sin ti, estamos todos dispuestos a continuar.

La puerta del salón se abrió de golpe y entró Miguelín, rojo por el esfuerzo y alterado, gesticulaba intentando articular palabra, pero debía de haber subido corriendo los cuatro pisos de escalera hasta encontrarlos.

—¡Por la carretera de Avilés llega una columna de soldados armados hasta los dientes!

Gerardo no hizo ni gesto ni comentario, abrazó fuerte a Pelayo susurrando «gracias, mi amigo», luego se volvió para estrechar la mano de César, pero este se la negó, por lo que sin decir palabra salió escaleras abajo.

Pelayo y César junto al joven minero llegaron corriendo ante el nuevo comité que se había trasladado a la lujosa casa del Marqués de Aledo, en la misma la plaza de San Miguel. En la puerta, esparcidos por el suelo, un montón de papeles con las proclamas mineras tapaban el poco césped que quedaba en el jardín. Entraron entre el desorden y la creciente algarabía, la noticia había llegado ya como un mazazo. Pelayo y César apartaban a la gente que, parada en el vestíbulo, recogían un fusil y municiones, abriendo las pocas cajas que quedaban. En otra fila de aquel improvisado campamento, un grupo de mujeres esperaba entre gritos para hacerse oír en conversaciones cruzadas, pidiendo a voces los vales que luego deberían cambiar por víveres. Mientras, en aquella casa de locos, todo el mundo discutía en voz alta, cogía armas, arrastraba muebles y entraba y salía sin ningún orden. Pelayo empezó a sentir la derrota de la que hablaba Gerardo, allí ante aquel caótico espectáculo se palpaba el fin de sus quimeras.

Demasiados sueños y demasiada sangre se había perdido por un camino entusiasta que los había llevado a ninguna parte. Él no huía de la muerte, no era el miedo a una certera bala, lo que le atenazaba era perder el cariño y el respeto de aquellos a los que ahora miraba, su gente, la misma gente que él, junto con otros, habían llevado a la revolución. Gerardo había querido reformar el mundo usando la palabra, pero sabía que era momento de armas, fusiles y sangre, todo lo demás era frágil e ilusorio.

Empezaron las explosiones, volvieron a escucharse las balas, otra vez entraban en aquel enloquecido bucle.

2

El Guaje recordaba cuando en 1933 la Diputación inauguró aquel moderno y amplio Hospital Psiquiátrico Provincial orgullo de la ciudad y construido en el extrarradio de la capital, al que todos llamaban *La Cadellada*. Desde aquel día su trayectoria profesional se había circunscrito a aquel edificio, y su dedicación convertida en rutina, siempre con la misma sensación de agobio cuando traspasaba sus puertas y las ganas de respirar y llenar los pulmones con aire puro después de dejar atrás aquel lugar.

La revolución minera, que en un principio había pensado en el amplio conjunto de edificaciones como base estratégica y cerco de Oviedo, tomó la decisión de buscar otras alternativas pues el tiempo que deberían emplear en trasladar a los enfermos mentales y la energía para llevarlos a diferentes lugares, suponía una pérdida de tiempo.

El Guaje recordaba como en su niñez un día su madre comentó: «le han tratado como un insano y le han encerrado en la prisión sin que nadie piense un remedio, su mal lejos de disminuir irá en aumento allí dentro». El impacto que hizo en él aquella frase, y la primera vez que escuchó la palabra alienista, y hablar de enfermedades mentales, desarrolló en David una curiosidad incipiente que le llevó a indagar y comprender que aquellos doctores no venían del espacio, no se formaban en otros planetas, se dedicaban a comprender, estudiar, cuidar y ayudar a los enfermos de la mente, nada que ver con sangrías y el terror de las tinieblas que su mentalidad de niño había dibujado fantasiosamente en su cabeza, pidiendo la protección social contra los riesgos de la peligrosidad de los enfermos mentales.

—¡Doctor Suárez! ¡Qué alegría verle!

La madre María era una monja veterana y con recorrido por la sanidad asturiana. De cara redondeada y afable, sus gafas de grandes cristales resaltaban sus ojos inteligentes y su color azul casi cristalino. La monja fue siempre de gran ayuda para David. Sus anteriores colaboraciones en aquel hospital fueron muy fructíferas e importantes.

—Me encantan las novelas de detectives, doctor.

Le había dicho la primera vez que se habían encontrado, con aquella alegría y simpatía con la que desde entonces siempre le recibía, pero el Guaje había tenido que explicarle

147

que él no intervenía físicamente en las investigaciones y ¡cosas de la vida! Ahora allí estaba el «Holmes» de los forenses.

La madre María era la monja jefa de enfermeras y, como siempre, podía ser de gran ayuda, estaban en el inmenso vestíbulo, donde todo era de madera oscura, empezó a encontrarse incómodo, alargó el papel a la monja y esta asintió con la cabeza, le devolvió, tras leerla, la hoja al forense y le confirmó lo que él ya daba por hecho, era de allí.

—¿Qué puede ser madre? —preguntó.

—Cualquier cosa, pero no tiene nombre, ni dirección, yo más bien creo que alguien cogió esa hoja de aquí.

—¿Una enferma?

—Puede ser, pero también una visita o algún trabajador.

—Madre ¿recuerda alguna paciente llamada Diana Lavandera?

La madre María soltó una carcajada de las que contagian, profunda y sincera, cogió a David de la mano y le invitó a seguirla. Cuando las puertas se abrían las cosas cambiaban, del oscuro hall se accedía a los largos pasillos, de un blanco impoluto por nuevos y limpios, donde las enfermeras y pacientes menos graves se cruzaban. Todos saludaban con ligeras sonrisas.

—¿Cómo quieres que recuerde un nombre a mi edad y con más de quinientos pacientes ingresados? —La monja se paró y una sombra de oscuridad borró su gesto amable— Eso sí dijo, tendrás que darte prisa en averiguar lo que quieras saber, lo que está sucediendo en Oviedo es horrible. Hemos empezado a recibir mineros y guardias mal heridos y esto empieza a ser un caos. No creo que podamos mantener nuestro orden mucho tiempo, no queremos mezclar a nuestros enfermos con los que vienen de la capital con heridas de bala o metralla, pero ya nos es casi imposible, estamos desbordados.

Llegaron a una sala sin ventanas y donde unas diminutas luces iluminaban a las dos personas que tras un fornido mostrador trabajaban. Permanecían en silencio intentando oír el sonido de una radio que llegaba del interior de una habitación situada a sus espaldas. Una era otra monja, mucho más joven que la madre María, y la otra un muchacho joven con un fino y casi invisible bigote sobre su labio superior. Estaban sentados tras la tarima, ambos levantaron la cabeza y David vio la misma sonrisa con la que todos recibían a la jefa de enfermeras.

—Madre Sara, este es el doctor Suárez y creo que necesita nuestra ayuda. Está metido en líos detectivescos —dijo mirando a David. Su rostro estaba otra vez radiante y luminoso.

La joven monja era de estatura pequeña y morena de cara, tenía las manos enrojecidas y ásperas, sin duda además de estar entre papeles, la lejía y el detergente eran parte de su trabajo diario en aquel hospital. Miró al forense y el ceño fruncido fue el primer gesto de su cara, estaba claro que era la primera vez que veía en un hospital a un doctor vestido con traje, chaleco, sombrero y unos zapatos tan brillantes que alumbraban más que sus dos lamparitas.

—¿Qué es lo que necesita doctor? —dijo mirándole a los ojos y con dificultad para que la palabra doctor saliera de sus labios.

Desde luego era pragmática y diligente, no demoró ni un segundo su tarea. Mientras la joven madre Sara buscaba el libro de enfermos del hospital, la madre María se había despedido de David, demasiado trabajo y preocupaciones le obligaban a seguir su turno de visitas. El muchacho seguía sin hablar, con la cabeza sobre los papeles que perecía leer con atención. Sara llegó con un enorme tomo que apenas podía sostener entre sus brazos, lo depositó sobre el mostrador con ruidoso estrépito.

—¡Alabado sea el Señor! ¡Cómo pesa!

El Guaje dando las gracias se sentó en uno de los dos grandes sillones que había y empezó a buscar. No tardó mucho. Todo estaba por orden alfabético, pero no encontró nada.

—¿Aquí está todo? —preguntó.

La monja levantó la cabeza y volvió a sonreír, no era guapa, tampoco fea, pero cuando sonreía su rostro se llenaba de luz y su atractivo afloraba de una belleza que llenaba de paz al que la contemplaba.

—Con las obras del recinto nuevo y el traslado desde el antiguo *Asilo de Alienistas* se perdieron partes del archivo.

Por vez primera el joven levantó la cabeza, con el dedo índice se ajustó las gafas que tenía medio rotas sobre el puente de la nariz, miró a su compañera de oficina, nunca a David y declaró algo que puso en alerta al forense.

—Están los expedientes de ingreso y las historias clínicas.

—¡Claro! Y además están por criterios cronológicos.

—Pero no se los puede llevar.

Esta vez sí que le miró y clavó sus ojos directamente en aquel extraño que pretendía invadir la intimidad de los archivos. David comprendió que se autoproclamaba como guardián de todo aquel registro y aquellos ojos negros, profundos y serenos, se lo dejaban ver.

El Guaje pensó en la edad de Diana e hizo los cálculos. Su estancia en Oriente Medio, Israel o Gibraltar.

—Por favor empecemos desde el año 1920.

La madre Sara y el joven se miraron, ella sonrió como siempre, parecía que la jefa de enfermeras había elegido bien y enseñado mejor a la persona que había puesto en aquellas dependencias de cara al público; el muchacho se limitó a encogerse de hombros.

—Creo doctor Suárez que hoy almorzará y cenará con nosotros.

3

Las fugas fueron tan repentinas y tan mal planeadas que muchas de ellas se abortaron casi antes de empezar. Los desertores eran llevados ante el nuevo comité y aunque muchos de los revolucionarios pensaban que había que dar ejemplo con un castigo severo, que era fusilarlos, se decidió otorgarles la gracia del perdón con la condición de coger las armas e ir al frente a combatir.

Gerardo no apareció por ningún lado.

Todo se estaba transformando en un caos. Los mineros se unían por grupos que formaban ellos mismos y entre todos elegían la siguiente acción, a más temeraria e inverosímil posible, con más alegría iban a su encuentro.

El uso de la dinamita dejó de tener un criterio dentro del combate, todo había enloquecido llevado por el miedo irracional que paralizaba el sentido común. En ese estado claro de las cosas, la pregunta que martilleaba una y otra vez en la cabeza de Pelayo era ¿cuál sería el paso siguiente? Y la respuesta no le gustaba nada. La desesperación es peligrosa y aquellos hombres y mujeres no tenían nada que perder, solo sus vidas. Ante el final que se avecinaba el comité estaba permitiendo que se engendrara una idea que para Pelayo era inadmisible. Destruir Oviedo.

Que solo encuentren escombros, había escuchado ya demasiado a menudo cuando paseaba entre los mineros, y nadie alzaba la voz para desterrar esa idea, cada minuto estaba más preocupado.

Decidió presentarse ante el comité e intentar descartar esa forma de pensar, los dirigentes tenían que ver las cosas como él.

—No debemos de dar pábulo a la destrucción de la ciudad

Máuser tenía ante sí hombres vacilantes que jamás habían pensado enfrentarse a una situación semejante, los nervios no ayudaban en nada a la hora de dirigir a la multitud hambrienta y en una época en que el pánico se cruzaba con el terror.

—No hacen caso Pelayo, los grupos hacen lo que creen conveniente en cada momento, no consultan nada, simplemente se dejan llevar, no está en nuestras manos.

Pelayo se paseaba nervioso entre ellos, los miró a las caras, todos tenían la vista perdida y baja, ninguno fue capaz de sostener la suya. Era la derrota y la desesperación lo que veía. Rebuscó dentro de sí e intento sacar lo que tenía en su interior. Algo de razón. Ignoraba las consecuencias que saldrían de aquella determinación.

—Si destruimos Oviedo será un acto de barbarie y por lo tanto dirán que la revolución estaba llevada por unos bárbaros.

Silencio, esa fue la respuesta, conformismo. El comité ya había aceptado su falta de fuerza y aquella habitación estaba tomada por la decepción y aunque nadie fue capaz de verbalizar la idea, aquellos hombres que días atrás con ilusión se habían proclamados miembros del comité ahora carecían de autoridad e iniciativa.

Pelayo hizo una mueca a César para que este le siguiera fuera de allí. Cuando salieron de la casa tomaron camino de la estación. Allí permanecía el grueso de las avanzadillas de la revuelta.

Miró a su amigo y entendió su pelea interna. Él llevaba tiempo aceptando la realidad, Gerardo había reaccionado de la mejor forma que encontró, pero César era diferente, la historia de su amigo era curiosa y un día en aquella hoguera del principio de la revolución se la había contado.

—¿Cómo? ¿es que tu hermano es Guardia Civil?

César sin más preámbulo empezó a contar la triste historia del inicio de las desgracias de su vida. El primer infortunio, más allá de nacer en una familia minera, era el carácter impresionable y cambiante de su hermano, tendente a la acción y con un punto colérico y agresivo. Le daba gran importancia al honor y la lealtad mientras que él había aprendido a hacerse fuerte en su deambular por la vida.

Mi hermano y yo teníamos siete años, como buenos gemelos éramos inseparables —empezó diciendo—. Estábamos con mi madre, hacía días que los guardias buscaban a varios hombres por un altercado en una de las minas, habían intentado robar las nóminas de los mineros y la cosa había acabado con dos guardias muertos. Nuestro padre estaba en el chigre, claro. Recuerdo que alguien dijo que no funcionaba el teléfono en todo el día, el único que había en toda la localidad. Eran las diez de la noche, dos hombres armados entraron en casa, iban sucios y acalorados, entonces el perro ladró y se llevó el primer disparo. Desde ese momento todo silencio se quebró, mi hermano no reaccionó bien, el perro lo estaba criando él y soltó: Voy a llamar a mi padre, *y abrió la puerta de casa gritando:* ¡Hay hombres en mi casa! ¡Han matado a mi perro! *Uno de los hombres le agarró por el cuello y lo metió para dentro y gritó:* ¡Cierra la puerta, rapaz! *Escuché por vez primera a mi madre rezar, algo novedoso para mí. A los pocos minutos los disparos entraban por la ventana y eran el presagio de la llegada de los guardias. El recuerdo que yo tengo de ese día no fue el mismo que el de mi hermano. Yo pasé miedo y vi a una madre brava que nos protegió; mi hermano vio unos guardias valien-*

tes que vengaron a su perro. Le sobrecogió el ruido cuando entraron, le deslumbraron sus botas altas de cuero hasta las rodillas y el fulgor y el brillo de sus armas, fusil y machete corto. A los dos hombres los mataron en la calle y desde esa noche mi hermano solo tuvo una idea.

Caminaron en silencio un tramo, cada uno con sus pensamientos, la idea de algo que había nacido de la ilusión y la razón se había ido muriendo poco a poco, que solos estaban, que sola estaba Asturias.

—¿Qué propones? ¿La retirada? —inquirió César— Y, ¿entonces de qué han servido las muertes? Dime ahora quién propondrá a toda esta gente dejar las armas y volver a casa, cuando todos sabemos que irán a buscarnos y nos matarán como al perro que criaba mi hermano.

—¿Sabes por qué Gerardo decidió marcharse? En el último asalto, en la Plaza de la Catedral, uno de los jefes de escuadra le puso la pistola en la sien cuando Gerardo le amonestó por querer empezar con los saqueos.

César dejó que el silencio le ayudara a guardar en sus adentros aquel mensaje. Intentaba comprender la lucha interior que debía de estar atravesando alguien tan entregado a la razón y la palabra como Gerardo, a fin de cuentas, nunca había sido un hombre agresivo ni violento.

Pelayo, con César a su lado, empezó a hablar del tema nada más llegar a la estación del Norte, nadie les tomó en serio, muy al contrario, la turba se enardeció y reaccionaron con gritos de ¡triunfaremos!, y todo causó un efecto opuesto, y un hombre mayor se levantó y apuntando a César con el fusil gritó:

—Los comités se fugan y las tropas se refugian en los cuarteles, los dirigentes no valen nada.

Cuando los dos amigos se retiraron una idea había calado profunda en ellos: no había manera de controlar a los mineros, el sufrimiento y la pérdida había sido muy grande hasta llegar a dónde estaban ahora.

—No sé a quién escuché —dijo en alto César— que en la guerra lo más difícil es una buena retirada.

Pelayo serio y consciente de que había perdido todo ascendente sobre los mineros, lamentó dar voz a su pensamiento.

—Hay muchos que mientras tengan armas, estén cerca del poder y posibilidad de saqueo, no se retirarán, otros, la mayoría, tampoco lo harán por amor a la revolución y por todo lo que han sufrido en la mina y el futuro de sus hijos, pero por desgracia los primeros aglutinarán a los segundos.

Las calles están silenciosas, un fuego aquí o allí, alguna explosión lejana, solo el sonido de las pisadas, las huellas que dejaban los mineros que empezaban a retornar a sus pueblos, a sus casas, todavía muchos de ellos con fusiles al hombro, pero todos con rostros de derrota.

15 de octubre de 1934

Los sentimientos se agolpaban en su pecho, eran un volcán en erupción, un terremoto que destrozaba todo a su alrededor, que arrastraba y golpeaba con fuerza su corazón; una sensación contradictoria que hacía aflorar la desolación, un río que engullía su alma dejando su cuerpo inerte, pasiones que se reúnen en el interior conociendo que de esa forma todas morirán sin remedio.

No tenía nada, solo las manos vacías. Si acaso, la perspectiva de un camino, de una realidad que le hería, que le mordía, pero que no debía impedirle continuar. El Guaje estaba en la casa de Mieres y repasaba lo acontecido en el día. No había sido capaz de encontrar nada, pero él intuía que tenía que estar ahí. Su raciocinio, la pragmática por la que regía sus actos, le decía que Diana estaba involucrada en todo lo que estaba pasando. Pero no quería aceptarlo. Miró por la ventana y vio la calle vacía donde se percibía el dolor, el mismo que ahora él tenía por dentro.

La vio llegar, hermosa, el pelo suelto, ondulante en su caminar, sereno, desprendiendo seguridad en sus gestos y una tranquilidad en el rostro que traspasaba la confianza de David. Jamás dejaría de amar a aquella mujer, el corazón le advertía y le rasgaba hasta hacerle daño físico, cerró los visillos, sacó un bisonte e intentó calmar la creciente ansiedad, porque estaba sin armas ante ella, y desde el momento en el que sonara el aldabón de la puerta tenía que mostrarse

155

sereno y seguro de sí mismo, no podía mostrar sus cartas, sus debilidades, sus sentimientos.

Él había metido a Diana en la investigación y ahora tenía que navegar entre dos aguas que chocaban, solo él era culpable de la situación en la que se iba a encontrar.

El llamador de la puerta resonó en la estancia tranquila.

David sacó el reloj y miró la hora, era demasiado temprano para que Diana hiciera una visita de cortesía. ¿Qué sería lo siguiente?

Cuando el Guaje abrió la puerta y se hizo a un lado para dejar entrar en la casa a la arqueóloga, ésta no se movió del umbral y miraba al forense con ojos brillantes, llenos de fuego, algo que el hombre no se atrevía a interpretar, pero la noticia que Diana soltó le aturdió como un puñetazo en el mentón.

—Hay otro cadáver.

El Guaje se obligó a moverse, se colocó la chaqueta, se caló el sombrero ligeramente ladeado a la derecha y cerró la puerta de la casa tras de sí.

—¿Dónde?

Preguntó escuetamente, todavía intentando encajar el golpe y calmarse, y procurando actuar de manera que su compañera, durante el trayecto en el coche, no pudiera notar su aturdimiento.

—En el pozo Sorriego.

Conducía despacio y en silencio e intentaba mirar de reojo a Diana. Parecía serena y tranquila, mientras él se estaba volviendo loco. Pasó el puente del Trabanquín y giró a su izquierda, el coche rugió, protestó y se balanceó cuando sin aminorar la marcha pasó sobre las vías de ferrocarril, a la izquierda el esqueleto de una casa vacía les indicaba que aquel había sido escenario de la revuelta.

—¿No te interesa saber de quién es el cuerpo?

David iba a preguntar por qué había sido ella la encargada de venir a avisarle, pero se aguantó, era una pregunta estúpida con mil probables respuestas y todas creíbles y válidas: la Guardia Civil estaba demasiado ocupada en asuntos más urgentes.

—¿Quién? —Fue la escueta pregunta.

—El Bruxes.

Acababan de llegar al castillete del pozo Sorriego y David frenó sin delicadeza, brusco, sin ocultar el impacto de la noticia.

—¡Hablé con él ayer mismo!

Diana bajó del coche y no dijo nada. Unos cuantos mineros estaban a la entrada del pozo y por supuesto ni rastro de la Guardia Civil. Estaban delegando aquella responsabilidad en él. Llegó hasta la sala de máquinas de extracción; la maquinaria, como no, parada, y los pocos mineros que por allí andaban era por mera curiosidad.

—¿Quién encontró el cuerpo?

Nadie respondió, todos se miraban, pero ninguno abría la boca por lo que David repitió la pregunta, esta vez mirando a Diana. Notó que alguien le tiraba de la chaqueta y bajó la mirada. Un niño delgado, la cara sucia de hollín, pantalón corto y una gorra en la cabeza, le miraba mientras se sorbía los mocos.

—Yo, señor.

El asombro del Guaje solo duró un instante, se giró y sonrió al niño mientras se agachaba para ponerse a su altura

—¿Tú solo?

—Sí, señor.

—Cuéntame todo mientras vamos andando dentro del pozo —dijo el forense mientras entraba sin que el niño se moviera del sitio—. ¡Vamos! —repitió David intentando recubrir sus palabras de confianza, pero el niño negó dos veces con la cabeza.

—No, no quiero entrar más.

—¿Tienes miedo?

—Sí, eso no es un hombre es un monstruo. Yo entre detrás de mi pelota, no quería perderla, me la había regalado mi abuela, yo sé que ahora no hay dentro nadie trabajando, mi padre dice que no van a trabajar más —la cara del niño se iluminó— y también dice que aprenderé a leer, que de mayor iré a un colegio de los buenos, donde los señoritos.

El Guaje sentía tener que cortar aquel momento de ternura e inocencia, pero se acercó de nuevo al rapaz y preguntó.

—¿Qué hiciste cuando te lo encontraste?

—Correr, corrí mucho, sabe usted, me caí una vez y entonces volví a perder la pelota de la abuela, pero no he vuelto a por ella.

—¿Qué más?

—Luego grité y seguí corriendo hasta llegar al *chigre* y volví a gritar que había un monstruo en el pozo.

—¿Tocaste algo?

—No, no señor, solo corrí, eso no es malo, ¿no? Yo no soy un cobarde.

—Claro que no hijo, no te preocupes.

Se volvió a Diana y con un gesto de la mano la invitó a entrar en la mina. Sorriego era un pozo vertical con una entrada plana al principio para la extracción del carbón. Al interior del yacimiento, el personal y la maquinaria accedían por aquel espacio. La boca del pozo se veía entre sombras y la jaula estaba arriba parada y junto a ella un vagón vacío y silencioso sobre las vías. El conducto de ventilación era bueno, David notaba, a pesar de estar dentro de la boca, como el aire llegaba limpio. Diana seguía al Guaje que a pesar de los faroles que alumbraban el camino, llevaba su linterna encendida, llegaron hasta el vagón y allí tendido en el suelo y justo detrás vieron el cadáver. Hizo un esfuerzo en poner toda su atención sobre lo que había dentro de aquel espacio del pozo y olvidar quien estaba a su lado. Respiró hondo y noto la ausencia del olor a sangre, cada vez que llegaba a la escena de un crimen o un accidente, lo primero que percibía era aquel regusto que le dejaba en la garganta ese olor metálico incontrolable, pero allí no se detectaba. Abrió bien los ojos y se repitió lo que había escuchado tantas y tantas veces en diferentes escenarios:

«Para conocer a un maestro del arte, solo hay que admirar su obra».

El pozo era de sección circular y sus paredes estaban recubiertas de hormigón para asegurar su sostenimiento, y junto a ese fuerte recubrimiento, a la luz de la linterna, vio el espectáculo más surrealista y macabro de toda su carrera. Tenía que entender bien lo que veía, porque sabía que «aquello» era un hombre. Observó su rostro. Era *Bruxes*, el minero que podía haber tenido la clave de todo aquello, pero más allá del rostro todo era un cuento de terror: el cuerpo estaba lleno de pelo grueso y marrón, pero también de musgo verde, el cadáver parecía semihumano con rasgos salvajes de montaraz.

—*Busgosu* —dijo Diana que se había colocado en cuclillas al lado del forense y con otra linterna examinaba el escenario del crimen.

—El *Busgosu* ataca a las mujeres y suele vivir en las profundidades del bosque, ¡mira! —exclamó señalando con el haz de luz— ¡Tiene cuernos!

El Guaje miró con cierta repugnancia la cabeza del cadáver, era grotesco y dentro del mal que allí se representaba había un aire de melancolía, de la cabeza salía una espesa cabellera, y de ella brotaban dos cuernos de cabra, retorcidos desde su centro hasta la punta. David recorrió con la tenue luz todo el cuerpo lleno de pelo de cabra y musgo, se detuvo en sus piernas pues allí el pelo era mucho más abundante y el cuerpo aparecía sin zapatos y en vez de pies humanos, todo el espeso pelaje que cubría las piernas acababa en unas pezuñas hendidas. Era obvio que el asesino le había amputado los pies.

David miró a Diana y decidió dar voz a sus pensamientos y de esta forma ver las reacciones de la joven ante sus deducciones y conclusiones.

—El asesino se deshizo de él porque pensó que era una amenaza, seguramente supo que yo hablé con *Bruxes*. ¿Temía que fuera a conducirme hasta él?

Diana miraba el cadáver sin vida de *Bruxes* y parecía ajena a todo lo que iba diciendo el forense.

—Es importante poder saber a dónde fue cuando terminó de hablar conmigo, porque está claro que el asesino era alguien al que él conocía.

—¿Por qué sabes eso? —preguntó Diana, esta vez sí miraba a David.

—El asesino tuvo que ganarse la confianza de la víctima, *Bruxes* fue de forma voluntaria a su encuentro y allí le mató, luego movió el cadáver hasta el pozo.

—¿Qué te hace pensar eso? —dijo la joven con asombro en la voz.

—El asesino debió de tener en su poder a la víctima, se tomó su tiempo en un lugar privado y seguro como este pozo. Todo el mundo sabe que ahora los mineros están en la revolución y los pozos están vacíos, pero el *Bruxes* era un hombre violento y fuerte, aquí llegó ya muerto, luego el asesino representó este escenario.

—¿Por qué crees que lo hace? —Diana tenía una expresión neutra y no parecía incómoda con nada de lo que allí había pasado.

—Está mandando un mensaje. Él o ella está ejerciendo el poder de su fantasía. —Era la primera vez que el Guaje admitía la posibilidad de que el asesino fuera mujer y Diana puso cara de asombro— Está haciendo realidad su sueño, no le gustan las personas.

David enfocó la linterna hacia el cuello del cadáver, desde allí empezaba a salir el abundante pelo de cabra y el cuello estaba cortado casi entero.

—Mira la sangre, no está coagulada, no hay hemorragia arterial. En primer lugar, el criminal ha tenido tiempo para eliminar a la víctima que es grande y fuerte; en segundo lugar, para interactuar con el cadáver y, en tercer lugar, se ha tomado la molestia de presentarnos este escenario mitológico y fantasioso. Esto nos ayudará a descubrir las motivaciones y razones —miró directamente a los ojos de Diana— que ahora están ocultos, pero está actuando con más rapidez. Hubo casi tres meses entre el primer asesinato y el segundo, y solo dos o tres días entre el segundo y el tercero.

—¿Qué deducimos de eso?

—El periodo de calma es cada vez menor, no puede resistir o se ve acorralado, no tiene sentido de culpa, por lo tanto, reacciona.

—¿Qué te hace pensar que puede ser mujer?

David sonrió y agarró una mano del cadáver, la observó, y luego hizo lo mismo con la otra. No le había hecho falta, mantenía la certeza de sus aseveraciones, pero quería demostrar a Diana que estaba seguro de lo que decía y hacía.

—No hay señales de defensa, ¿crees que el *Bruxes* no se habría defendido de un ataque así? No hay cortes ni en dedos, ni antebrazos producidos por asir el instrumento cortante que le ha producido este horror, lo normal es protegerse con las extremidades superiores las zonas vitales del cuerpo.

—¿Y? —dijo Diana.

—A este hombre lo envenenaron, todo lo demás fue *post mortem*. A ti amiga mía te hablan las piedras, los diferentes estratos de una excavación; a los forenses nos hablan los muertos.

David se levantó y señaló el suelo alrededor del cadáver, un círculo hecho en la arena rodeaba el cuerpo, ahora fue él quien preguntó.

—¿Qué crees que puede ser eso?

—No sé, las creencias antiguas decían que si te metías dentro de un círculo podías ahuyentar a la *Güestia*, o muerte según el rito cristiano, y pasaría de largo. Pero lo que tú me has dicho no tiene sentido, tendría que ser la victima la que se metiera dentro para protegerse, ¡y si ya está muerto!... Aunque… —Diana dudó un momento.

—Creo que sí lo tiene —dijo al Guaje—. El asesino se ríe del rito cristiano como nueva religión, esta tuvo mucha dificultad para implantarse y los dioses derrotados se resisten a desaparecer. El cristianismo ocupa ahora sus lugares de culto.

—El crimen es la forma con la que el asesino expresa su propio miedo y dolor, estoy seguro de que fue una víctima en el pasado —David sostuvo la mirada y Diana hizo un leve gesto, ¿o acaso le había parecido?— Intenta crear escenas falsas para llevarnos por caminos distintos a su fantasía.

—¿Un loco? —preguntó Diana.

—Puede ser, representa el papel de ciudadano normal en la vida cotidiana.

Diana sonrió esta vez con ganas, y con un gesto casi coqueto apartó el pelo de su rostro y se apartó del cadáver, mientras suspiraba.

—¿Te has planteado la posibilidad de que los dioses derrotados no hayan desaparecido y se refugien en el bosque, las cuevas y los montes? —dijo seria mientras el Guaje observaba cada gesto e interpretaba cada palabra— También en los desvanes de las casas al calor del fuego —se giró y empezó a salir del pozo sin esperar a David quién antes de seguirla escuchó la última frase— Los viejos dioses dan explicaciones a nuestros terrores.

2

Las oleadas de mineros se sucedían una tras otra con el propósito de apoderarse de la cárcel. César tenía decidido apartarse de Pelayo, demasiadas discusiones y malas caras, ya veían las cosas de diferente manera y no podía dejar que su ánimo decayera. El pelirrojo iba en la tercera oleada de mineros, pertrechado con una cartuchera repleta y el fusil preparado; otros llevaban el cuerpo lleno de cartuchos de dinamita y los iban lanzando uno por uno prendiéndolos con el fuego de los cigarrillos, pero todo el empeño fue en vano, no fue posible, la guarnición resistió parapetada tras los gruesos muros de la prisión.

La cárcel, a media mañana, seguía en manos de los guardias.

—Ya no quedan cartuchos César, los jefes de cada grupo empiezan a protestar.

Era el panorama más desmoralizador de todos. César miraba a su grupo y se acordó de Pelayo y Gerardo, los mineros apoyados en las puertas de las casas, sentados por los suelos, los fusiles tirados y una sensación de abandono que les rajaba el corazón como un cuchillo que entra de arriba abajo.

Todo se resumía en el valor personal de cada uno de ellos, cada minero ofrecía su vida a sabiendas de que sería difícil salir vencedor en el envite.

—¿Dónde cojones están los rusos? —dijo uno de los mineros nacido en Cantabria y que no había dudado a la hora de pegar tiros.

—Creo que los barcos que mandan se han quedado encallados en el hielo… ¡Malditos cabrones! Si ganamos, sí vendrán, sí; si no, ¡que nos den por el culo!

En todos había miedo, enfado y preocupación. Llegaban noticias pesimistas por doquier, era un torrente de malos augurios que invitaba a la desmoralización, pero también a la comisión de actos individuales y al desgobierno.

Mientras tanto en la casa del comité Pelayo planteaba abiertamente la idea de la rendición.

—Hemos dado todo lo que teníamos hasta el final y creo que ese final ha llegado, no merece la pena perder ni una sola vida más. Lo que predomina ya son las borracheras, los saqueos, las peleas por el botín.

—Yo he visto —empezó a hablar uno del comité con la cabeza agachada— gente rebuscando entre los derrumbes de la ciudad, robando lo poco que llevaban encima los cadáveres.

—Y lo peor es que todos esos, en su inmensa mayoría, no han combatido, vienen ahora para rebuscar y hacer botín —sentenció otro entre gestos.

—Las noticias de Mieres son también malas, hay peleas entre los nuestros y campa el desorden, mucha gente se ha marchado ya a sus casas —terminó Pelayo.

Miguelín, como siempre, entró lleno de vitalidad, corriendo y sudoroso, miró directamente a Pelayo, aunque el mensaje iba dirigido a todos los allí presentes.

—Se está congregando una masa enorme ahí fuera, el rumor de que vamos a rendirnos corre como el fuego de la mecha en la dinamita.

Se asomaron por las ventanas y vieron como no solo estaban los obreros con sus fusiles, también había mujeres y familias enteras, todos necesitaban información y algo de esperanza para su negro futuro.

El acuerdo entre los hombres del comité fue rápido, todos tenían la mismas ganas y sensaciones, el cansancio era generalizado. Aceptaban dejar la lucha y los fusiles, pero querían la certeza de que el ejército de López Ochoa no entraría en la ciudad ni en la cuenca minera a repartir «justicia».

Tras más de dos horas y media de discusiones y cuando ya la gente estaba cansada y empezaba a protestar, el comité cerró el acuerdo.

Miguelín que había permanecido de espectador de lujo, se atrevió a comentar, pensando en todos aquellos que nerviosos esperaban abajo:

—Si vamos a negociar las condiciones de la capitulación, alguien tendrá que informar a toda esta gente.

Todos miraban a Pelayo, nadie quería ser el que se dirigiera a aquella enardecida masa, y él recordó las veces que había formulado aquel discurso a lo largo de aquellos días empujando a la lucha, y ahora tenía que pedir lo contrario: esa era su responsabilidad. El comité con Pelayo a la cabeza compareció balcón.

—¡Camaradas! —empezó diciendo ante un silencio abrumador que le dolía, desde allí podía ver las caras desangeladas— Hay que ser realistas. Estamos en manifiesta inferioridad, ya hemos perdido amigos, padres, hermanos —La multitud estaba pendiente de sus palabras. De sus ojos comenzaron a brotar lágrimas de dolor, no por el suyo, sino por el orgullo que sentía por sus paisanos— demasiados hogares perdidos —continuó— y niños huérfanos. Creemos en nuestra razón, aunque perdamos la batalla, queremos paz y dignidad, no estéis arrepentidos pues la cabeza agachada es por cansancio físico y mental, es hora de descansar, camaradas, de volver a casa, de comer todos los días tranquilos sin que se oigan los disparos. El comité ha decidido una retirada pacífica a nuestros pueblos y aldeas, y que el ejército lo permita, sin disparos, ni aquí en Oviedo ni en la cuenca minera. ¿Os parece bien?

—¡Sí!

El grito fue emocionado y unánime, pero también de hambre, derrota, miedo, dolor y la esperanza del retorno a la normalidad, la posibilidad de pasear con sus hijos en la calle sin tener que estar atentos al sonido terrible y premonitorio de las bombas.

3

El general López Ochoa había nacido en Barcelona, de padre vizcaíno y también militar, siguió sus pasos y los mejoró, ya que el progenitor jamás pasó del grado de coronel. Alcanzó el generalato en 1918 y había participado en la guerra de Cuba y en la de África. Liberal por convencimiento, Alcalá-Zamora le había encargado sofocar la revolución con el mínimo derramamiento de sangre y ya en el trayecto desde Lugo a Oviedo tuvo problemas con el general Yagüe, al mando de las tropas africanas, que veía las cosas de otro modo.

El capitán Torrens le contaba todo esto a Miguelín y Pelayo mientras este último con la bandera blanca en alto lideraba el grupo hacia el cuartel de Rubín.

Miguelín había aprovechado la ocasión para ofrecer la posibilidad de que «su» capitán les sirviera de enlace, ya que, en una de sus últimas conversaciones, en el teatro Principado, el militar le había admitido su amistad con el general Ochoa.

—Así nos valdrá para que testifique que usted, Máuser, es nuestro emisario y que representa al comité revolucionario.

Todos vieron lógica la propuesta del minero y Pelayo había sonreído por dentro. El joven era listo, leal, predispuesto y todo un tesoro en esos tiempos.

—El general es un hombre recto y serio, le gusta todo en orden y las órdenes cumplidas, de ahí su pelea con Yagüe —le estaba diciendo Torrens mientras caminaban—. Recuerdo que todo empezó cuando un oficial le comentó al general Ochoa que unos legionarios se paseaban luciendo orejas humanas ensartadas en alambres, haciendo las veces de collar, esas orejas eran de víctimas mineras, el general los mando apresar y en la reunión, en la que yo estaba presente —dijo el capitán—, les preguntó por el macabro collar de orejas, uno de ellos riendo dijo que habían cortado pies, manos, orejas y lenguas de los mineros que ya estaban encarcelados en el pueblo de Sama para hacer justicia. Recuerdo al general irritado y alterado por lo que escuchaba, no les dejó hablar más.

—Para hacer justicia con los rebeldes están los tribunales de justicia no los militares, nosotros venimos a Oviedo a mantener la paz de la República. Los mandó fusilar entre las quejas del general Yagüe.

Estaban llegando al cuartel de Rubín y dejaron que el capitán tomara la delantera, y con las manos en alto llegaron hasta las puertas, se abrieron y cinco soldados salieron a su encuentro, sin mediar palabra les desarmaron y a empujones les metieron para dentro.

El general era un hombre muy serio, delgado, con un porte marcial tal que parecía que el uniforme había nacido con él. Llegó andando por el pasillo y sin la gorra puesta, el cabello plateado le hacía parecer mucho más solemne.

El capitán Torrens cuadró sus piernas, saludó con la mano de forma marcial y con la cabeza arriba dijo:

—Mi general.

El general López Ochoa dio dos pasos hasta el capitán y después de responder al saludo militar, abrazó a su amigo.

—Me tenías preocupado capitán.

—Yo también lo estaba, mi general, pero siempre he tenido un ángel de la guarda a mi lado velando por mí —comentó mientras miraba a Miguelín—. Estos dos hombres vienen a discutir la capitulación, mi general.

Por vez primera López Ochoa miró a los dos mineros, su aspecto, su delgadez, pero también estaba acostumbrado a ver, como buen militar, sus gestos de valor, su altivez y los ojos llenos de orgullo.

El general hizo un gesto con la cabeza, a modo de saludo y dirigió sus pasos a uno de los salones, tres oficiales estaban sentados alrededor de una gran mesa de madera, clara y alargada, pinturas con motivos marciales rellenaban las paredes blancas y escoltaban un gran ventanal por el que entraba la luz del día.

El general ocupó la cabecera de la mesa y Pelayo, sin que nadie le dijera nada, se acomodó en frente de él. Miguelín que parecía disfrutar con todo aquello le guiñó un ojo, mientras se sentaba a su lado. El capitán Torrens permaneció en pie.

Pelayo esperó un momento, creía educado esperar a que el militar iniciara el diálogo, pero ante el pertinaz silencio, y tras mirar al capitán que se encontraba serio devolviéndole la mirada, empezó

—Usted general es republicano —afirmó Pelayo.

—Y liberal —confirmó Ochoa.

—Entonces —siguió el minero— espero que reciba lo que le proponemos con la mejor de las predisposiciones.

López Ochoa se llevó la mano al mentón y miró curioso al hombre que tenía en frente. No tenía miedo, a pesar, de estar en un cuartel lleno de enemigos a su causa, lo había confiado todo a su palabra, y lo más importante, no rebajaba el orgullo de su gesto, estaba seguro de que si fuera militar aquel hombre llegaría muy lejos, muchos soldados darían la vida por él.

—La capitulación completa es lo único que puedo aceptar —dijo el general.

—Esa es la que vengo a ofrecerle con una condición o un ruego.

—Le escucho.

Pelayo informó al general de los acuerdos a los que había llegado el comité y a los que la masa de obreros había dado luz verde. Era una capitulación de alto el fuego y retirada. El general escuchó satisfecho, si todo iba bien conseguiría hacer todo lo que le habían ordenado sin disparar un solo tiro, y lo más importante para él, sin arriesgar a sus hombres en combate.

—Entrega de una cuarta parte del comité revolucionario y cese absoluto de todos los saqueos y reyertas que se están produciendo en Oviedo. Y entiendo que con el capitán Torrens aquí presente usted tiene la facultad de hablar en nombre de la revolución.

—Doy fe mi general —dijo Torrens.

—Los prisioneros y autoridades depuestos serán restaurados en sus sitios y devueltas todas las armas —siguió diciendo el militar.

Pelayo no dejaba de pensar, entendía el papel del soldado que tenía delante, le miraba y asentía, pero con el corazón empequeñecido y el alma rota. Cuando el general terminó de hablar, Pelayo ya sabía que había viajado en la montaña rusa de sus sentimientos, miró a Miguelín y vio en el joven minero, que mantenía sus manos agarradas al brazo de su asiento, la sombra oscura de su rostro, la misma que seguramente iba a encontrar en todos los que habían pegado tiros llevados por una idea.

Pelayo cerró los ojos, sin saber si alguna vez se perdonaría a sí mismo, y contestó:

—Acepto en mi nombre y en el de la revolución obrera.

—Perfecto —dijo el general sin cambiar para nada el rictus de su cara—, pero debo advertirles —bebió un largo trago al vaso de agua que tenía junto a él— que no habrá salvoconductos y nadie, ni siquiera usted, podrá eludir la acción de la justicia.

—¿Qué justicia será esa, general?

Pelayo giró la cabeza, le había sorprendido como a todos los allí presentes, escuchar la voz de Miguelín, una lucha muy intensa debía de estar produciéndose en el interior del joven para abrir la boca. El general se levantó serio y desvió la atención que tenía centrada en Pelayo para fijarla en el joven minero.

—La justicia que arbitrará los actos delictivos que se hubiesen cometido.

Miguelín se levantó de la silla y mirando a Pelayo le hizo el saludo militar.

—Con su permiso, general Máuser —dijo antes de abandonar la sala.

Pelayo entendía el proceder de su joven compañero, y seguramente cuando volviera al comité, tendría las mismas reacciones viscerales, algunas más violentas cuando se presentara ante la masa minera.

—Solo una cosa general, como ya le dije no es una condición.

—No acepto condiciones —le interrumpió el militar.

—Es un ruego, general, es un ruego importante. En los pueblos y aldeas mineras no deben de entrar las tropas de Regulares de África.

El capitán Torrens asintió levemente ante la mirada inquisitiva del general.

—Tiene usted mi palabra de que irán bajo mis órdenes a la retaguardia.

Pelayo se levantó, estrechó la mano del capitán, que hasta hacía hora y media estaba bajo custodia del comité en el Principado, y con la cabeza hizo un gesto de despedida al general Ochoa, pero este cuando Pelayo ya estaba en la puerta, le dijo:

—También tiene usted mi palabra de que en el momento de que no se cumplan las cosas pactadas y empiecen los disparos, pondré a las fuerzas Regulares africanas a la cabeza de la columna, con orden de avanzar de forma implacable.

Pelayo escuchó de espaldas al general, parado con la mano en el tirador de la puerta, y sin volverse asintió con un gesto de la cabeza y cerró la puerta tras él.

4

«El delito inmotivado solo se podría achacar a un trastorno mental grave o a alguien con una gran inteligencia y cultura que delinquiera por el simple placer de eludir la vigilancia, o por la tensión psíquica que produce la acción o para probar que es más inteligente que los demás».

El Guaje cerró el libro y apagó el cigarro, aquel era su pequeño delito, fumar sin que el jefe médico le viera. Estaba preocupado, no sabía nada de su hermano, y aunque estaba seguro de que la revolución lo mantenía en Oviedo, las noticias que tenía de la capital no eran muy halagüeñas. A todo eso había que sumar el giro que estaba dando la investigación; se sentía muy incómodo. Que las pruebas e indicios de tres asesinatos apunten a la mujer que amas ya es malo, pero encima la investigación la llevaba él, lo que hacía el asunto mucho peor.

—Bueno voy a centrarme en ti amigo *Bruxes*. Lo primero es dejarte bien limpio.

El Guaje intentaba mantener el buen humor allí dentro, entre la muerte, lo que le hacía hablar cuando trabajaba con un cadáver.

El forense estaba entrando en la primera fase de la autopsia, tenía que hacer el diagnóstico, lavaba, observaba y apuntaba en la pequeña libreta que tenía junto a él, nada se le podía escapar ni en las cavidades del cuerpo, ni en los fluidos. Le gustaba trabajar en aquella espaciosa y moderna sala, atrás había dejado la oscuridad del sótano anterior, y las sensaciones tétricas que le producían, de ahí la costumbre de hablar a cada momento con el cuerpo inerte, ahora la luz solar y artificial le iluminaba cada rincón. El hospital mantenía una de las normas que él había exigido, la limpieza, y a pesar de los momentos por los que todos atravesaban y de que hacía muchos días que no aparecía por allí, la higiene seguía prevaleciendo como dogma. Había colocado el cadáver sobre la mesa de acero inoxidable, que como aquella sala era nueva, ya venía con sistema de evacuación de líquidos. El establecimiento del momento en que se produjo el fallecimiento, en este caso, no era para él muy importante, pues el enfriamiento y la rigidez lo había observado en el pozo y mantenía la certeza de que la muerte del minero se habría producido entre diez y once horas antes de que él lo viera. Era algo relativamente fácil, había calculado que cada hora que pasó desde el óbito hasta el momento de la exploración, el cuerpo, había bajado un grado. Como ya había podido comprobar en el pozo, el cadáver no presentaba lesiones de lucha ni defensa, ninguna de las enormes heridas de las que tenía en extremidades y cuello era premortal.

Empezó a colocar ordenadamente todo el instrumental, lo que le llevó al recuerdo de Diana, y cómo le había explicado lo parecido que eran sus dos trabajos y las herramientas que utilizaban para desarrollarlos; ambos intentaban sacar a la luz enigmas y misterios del pasado, trabajando con indicios sobre escenarios y cuerpos. Ahora rogaba cada minuto del día, que todas las especulaciones que rondaban su cabeza fueran infundadas, pero de momento su investigación le llevaba por un camino oscuro para su corazón.

Sierra, sierra de arco, escoplo en forma de T, bisturíes, cuchillos, estiletes, pinzas y todos los instrumentos de medición —reglas, compás y balanza— estaban preparados sobre la pequeña mesa adyacente, miró que la nevera estuviera cerca y preparada y decidió que no era precisa una disección minuciosa.

—¿Preparado amigo *Bruxes*?

Empezó con el examen externo, pesó el cadáver.

— ¡Uuuuhm! Ochenta y un kilos... Sin pies algo pesado para que una mujer sola te llevara desde el lugar donde te mataron hasta el pozo.

Pero Diana era una mujer fuerte, una atleta con músculos bien desarrollados y acostumbrada por su trabajo a portar con pesos. Midió el cuerpo y anotó 1´78, color de la piel blanca, ojos verdes, sin tatuajes ni cicatrices antiguas. Presentaba las amputaciones de los dos pies y midió la gran abertura en el cuello donde el asesino había colocado el pelo de cabra. Los cuernos del mismo animal estaban sobre su mesa de trabajo, habían estado superpuestos en la cabeza dando aquella horrible apariencia al cadáver. El asesino no escatimaba en recursos para representar su obra y él podía dar fe de que lo conseguía.

—Bueno amigo, de verdad que siento tenerte sobre mi mesa de trabajo, ¡ojalá no hubiera sucedido así!, pero ahora debo de pasar al examen interno.

El Guaje eligió uno de los bisturís que tenía en la mesa pequeña y como siempre le pasaba hizo el esfuerzo de dejar de pensar en el cuerpo como un ser humano, para él ya era una fuente de información. Empezó con la apertura del tórax y del abdomen, con la mínima incisión las efectuó al mismo tiempo, había partido desde las articulaciones para dirigirse hacia abajo en una línea horizontal por fuera de las mamas, hasta que llegó a las crestas ilíacas, toda la gran incisión tenía una morfología ovalada.

Cuando el forense acabó de abrir el cuerpo, de inmediato, como un torrente, le llego claro, rezumaba un olor similar al de la almendra amarga, era el primer y claro indicio. Cogió de la mesa una de las finas y transparentes jeringuillas que había preparado y extrajo un poco de sangre, lo miró al trasluz de la potente lámpara, no había dudas tampoco, el líquido sanguíneo era de un aspecto brillante y muy rojizo, estaba seguro de que cuando mirara el riñón o la vesícula quedarían restos de la letal sustancia que habían utilizado para matar al *Bruxes* : Cianuro.

El efecto había tenido que ser rápido. El minero había muerto asfixiado, pues el cianuro estrangula las células del organismo e impide la llegada de oxígeno. Dependiendo de la dosis, la muerte, no muy dolorosa, es cuestión de minutos desde la llegada al estómago hasta que es absorbido por la sangre.

El forense se quitó la mascarilla y los guantes y repasó el peso y la estatura del minero muerto.

—Cuarenta o cincuenta gramos de cianuro fueron bastantes para ti amigo, y tengo claro donde te los dieron disueltos, en tu caso era fácil.

El Guaje tapó el cuerpo, limpió y lavó todo, utilizó la gran nevera que tenía en la sala y se puso la chaqueta, se caló el sombrero ligeramente ladeado a la derecha, se dirigió a la taquilla personal y cogió el bote de agua de colonia concentrada *Álvarez Gómez* y se echó abundantemente por manos y cuello.

—¡Al final te mató la sidra querido amigo! —dijo antes de cerrar la puerta y apagar la luz.

Tenía prisa, sabía que el asesino volvería a actuar porque en los momentos que vivían ¿quién se iba a preocupar por dos o tres muertes más? Todo lo que estaba haciendo desde que el capitán Turón le había pedido el favor de aquella misión, era irregular, ningún juez dirigía la instrucción, estaban todos escondidos en sus casas por la revolución minera, tampoco tenía secretario judicial, y en el caso reciente de la muerte de *Bruxes* él mismo había decidido el levantamiento del cadáver y el traslado hasta su mesa, sin comisión judicial ninguna, pero sabía que lo que hiciera sería respaldado a ley, por esa razón tenía que hacer las cosas bien desde ese momento. Era el médico forense auxiliado por la Guardia Civil.

Dejar la autopsia a medias no era importante, tenía lo que necesitaba para seguir buscando por el camino correcto, y el siguiente paso era esencial, una vez estuvo claro que la muerte de los tres mineros había sido por ingesta de cianuro.

Era el momento de seguir con su visita al Hospital Psiquiátrico Provincial. Tenía que encontrar la conexión.

Ya estaba cerca.

Había dejado de intentar interpretar todo lo que le estaba pasando, total ¿para qué? Pensó, que las cosas se precipitaban y necesitaba centrar toda la atención en darle sentido a palabras, hechos y gestos. Durante el tiempo que tardaba en fumarse el bisonte hizo un recuento de todo lo que sabía y había ido recorriendo. Frunció el ceño ¡estaba tan cerca y tan lejos!

—Me cuesta trabajo... Y sin embargo...

Tenía los ojos cansados y le dolían. Llevaba muchos informes leídos, ponencias clínicas de pacientes y no encontraba nada que se asemejara a lo que estaba buscando. Leyó informes de enfermos con problemas de narcisismo, trastornos de la identidad sexual, histriónicos, travestismo, pero nada de lo que allí leía le ayudaba. En uno de aquellos estudios encontró una referencia sobre un enfermo catalogado como «enfermo local» y al lado, en el margen, en mayúsculas, la reseña «VER LIBRO», bostezando, con los ojos rojos y secos por el cansancio visual acumulado, se acercó a la madre Sara.

—¿Qué es un enfermo local?

La monja levantó los ojos del cuaderno que repasaba, y con la sonrisa habitual contestó:

—Es un enfermo especial porque viene de la mano o amparado por alguien que trabaja aquí en el hospital.

—¿Podría ver ese cuaderno?

—Solo la hermana María puede darle ese permiso. Esos libros los custodia ella —contestó el muchacho serio como siempre y, algo más antipático. Estaba claro que no le gustaba su presencia.

La madre María tenía un despacho oscuro, sin luz natural, interior, pero en todo lo demás era acogedor y bonito, una gran librería, llena de libros y documentos, reposaba detrás de ella, que sentada en una silla alta leía un informe sobre una mesa de madera robusta. Dos butacas rodeaban a otra mesa de cristal más pequeña con un jarrón azul lleno de rosas rojas frescas. Un cuadro enorme de Sevilla ocupaba una de las paredes y en él se podía ver la Torre del Oro contemplada desde el barrio de Triana, y a su espalda la Giralda, vigilante de la Catedral sevillana.

La monja siguió la mirada de inspección del Guaje y con la cara iluminada sacó al forense de dudas.

—Soy sevillana, de la Plaza de San Lorenzo, y antes de que diga nada, he pasado tanto tiempo fuera de mi tierra que he perdido, por desgracia, mi acento sevillano.

—Siempre he querido conocer Andalucía —remarcó el forense.

—Cuando pase esta locura será buen momento, doctor.

—Estamos embarcados en una locura, madre, y yo tengo la mía particular, en la que espero que me ayude. Necesito ver los cuadernos de «enfermos locales».

Por vez primera un oscuro y sombrío gesto recorrió el rostro de sor María, se quitó las gafas y empezó a limpiarlas en silencio. Cuando el forense ya esperaba una negativa por respuesta, la monja respondió.

—No hay problema hijo mío, pero te ruego que, si algo va a dañar a mi equipo o a este hospital, me entere yo primero.

—Así será madre, ni lo dude.

La monja invitó a David a sentarse en uno de los dos sillones orejeros, apartó el jarrón con las rosas rojas y fue poniendo cuadernos sobre la mesa.

Había empezado por el cuaderno del año 1920 y llevaba la mitad cuando un informe llamó su atención. La historia clínica era escueta pero concisa.

Mujer joven de catorce años se queda interna tras varias visitas, no tiene padres, solo una tía que la acompaña en cada visita. Es lista e inteligente, no tiene problemas en la escuela para sacar buenas notas, pero sí para relacionarse con sus compañeras de clase, da muestras de delirio crónico con ideas poco racionales y fantásticas, que la paciente sostiene firmemente. Algunas veces esos delirios se acompañan con alucinaciones.

Las funciones cognitivas y la inteligencia se mantienen intactas, la paciente no tiene ningún problema en llevar a cabo todas las tareas cotidianas.

Había una anotación en diferente color y de otro día: 22 de abril 1922.

Blanca presenta un delirio de persecución y muestra desconfianza hacia los demás.

El Guaje dejó de leer y notó como el desánimo se apoderaba de él y lo mataba por dentro. Blanca, no Diana. Respiró hondo y se obligó a seguir leyendo.

... a pesar de que en la última visita la joven hablaba de seres mitológicos y voces que le decían que volviera a las cuevas y los bosques, su tía ha pedido el alta para hacerse cargo de ella, con día de hoy Blanca Ventolina ha sido dada de alta.

David notó el pálpito, ese sentido inexplicable para él, pero que le decía que estaba en lo cierto. El Guaje era un buen lector y jamás dejaba un libro a medias, jamás, aunque no le gustara, cuanto mucho más uno que le puede ayudar en su tarea. No tuvo que hurgar mucho en su memoria para recordar el párrafo:

Les Ventolines son genios de las aguas, son audaces y vuelan con las alas de gasa, pero solo son visibles para los niños.

—Blanca Ventolina no existe —susurró David.

El forense siguió leyendo el último párrafo de aquel informe.

... la paciente decía que escuchaba voces, a personas que lógicamente no estaban presentes en el entorno. Blanca mantiene la personalidad y todas las funciones cognitivas, vida normal y autosuficiente, parece haber olvidado los recuerdos de las historias extrañas y de persecución fantástica. Fue atendida por la solicitud del familiar.

David empezó a buscar como loco por todo el informe y no encontró el nombre que necesitaba. ¿Cómo podía ser posible que no viniera el nombre del familiar si trabajaba allí? ¿O precisamente era por eso?

En esto, la madre María entró en el despacho, cerró la puerta y empezó a limpiar las gafas que llevaba en la mano, y cuando terminó sacó un pañuelo y secó el sudor de la frente.

—¿Sabe las noticias doctor?

David negó con la cabeza, su atención estaba centrada en aquel informe.

—Los mineros se han rendido, la voz corre como la pólvora, y nunca mejor dicho. Parece ser que la violencia para, demasiados muertos y heridos.

—¿Cuándo empieza ese alto el fuego?

—Dicen que mañana.

David respiró intensamente, necesitaba la normalidad, aunque esta no volviera para mejorar la vida de los mineros, de gente como su hermano que se jugaba la vida bajo la tierra por unas pocas pesetas, él sabía cómo sufrían y como trabajaban. Necesitaba abrazar a su hermano.

—Hermana ¿tienen aquí a Pelayo Suárez? —preguntó con el remordimiento de no haberlo hecho mucho antes.

—No me suena hijo... ¡Qué pelea tiene usted con buscar nombres, doctor!

—Es mi hermano y está con la revolución —contestó— ¿Y a alguien a quien llamen Máuser?

—He oído ese nombre a muchos mineros de los que tenemos aquí, pero él no está —La monja vio la lucha interior del joven e intentó cambiar el tercio.

— ¿Le sirvió de algo? —señaló el cuaderno.

—Necesito el nombre del familiar.

La madre María cogió el cuaderno y leyó Blanca Ventolina, llevó el dedo a la esquina del papel y dijo en alto el número.

—115 letra A.

Fue al final del cuaderno y busco el dato 115 A en la lista, sonrió y entregó el cuaderno abierto al doctor, justo por el dato.

—Estaba hecho así para que nadie fisgoneara de más.

El Guaje miró, leyó y su corazón empezó a palpitar desbocado.

—Angelines Lavandera.

16 de octubre de 1934

El pacto se había acordado el día anterior. Las órdenes para todos y cada uno de los grupos de la revolución estaban dadas. Llegaba el momento de volver a casa. La retirada. Algunos dirigentes y jefes de grupo habían aprovechado la oscuridad y el silencio de la noche para salir de la ciudad que con tanto sacrificio habían conquistado, y ellos eran el primer objetivo de las tropas.

Lo que habían conseguido en días, lo tenían que desalojar en horas, y volvían a la rutina opresora de la mina. La existencia de esa vida nueva, con la que la gente había soñado, se desvanecía, se les escurría por los dedos, había pasado de ser un sueño para transformarse en pesadilla.

—Parecemos los judíos saliendo de Egipto.

—Los judíos se marcharon felices, nosotros nos vamos jodidos y con el rabo entre las piernas.

—¡Comité de mierda! ¡Nos han vendido!

—¡Lucharemos hasta el final! A la mina que vuelva su puta madre.

Pelayo caminaba escuchando los comentarios generalizados entre los mineros, muchos tumbados, sin hacer ningún caso a las órdenes, algunos no se resignaban a abandonar Oviedo, los más no querían entregar su fusil.

Recorría las calles hablando con los mineros e instándolos a montar en camiones y camionetas para salir de la capital.

177

—Máuser, hace poco nos dijiste que montáramos en esos mismos camiones para venir aquí, por nuestros derechos, por la razón, y te seguimos —gritó un joven minero, el fusil al hombro atado con una cuerda—. Ahora mira a tu alrededor: miseria, muerte, desolación ¿Por qué hemos de hacerte caso otra vez?

Pelayo que conocía a aquella gente, que eran sus paisanos, sus amigos, sus camaradas, prefirió no contestar. Los conocía, ellos solos se subirían a las camionctas, en el fondo querían que terminara todo, al igual que él, y llegar a casa. Los veía desfilar hacia los vehículos y recordó el sarcasmo del minero, eran el pueblo de Israel, pero esta vez Dios les había abandonado, no tenían prisa por empezar el camino del regreso, se resistían a partir, y todo ocurría en una ciudad silenciosa y devastada, que se había desangrado por culpa de todos.

Llegaban noticias de que en el Naranco un grupo de revolucionarios resistía a las fuerzas del Tercio, muchos combatientes vendían cara la capitulación. Pelayo pensaba en César, el pelirrojo no admitía muy bien todo lo que pasaba y lo culpaba, en parte, a él, la rendición, la entrega de armas y sobre todo las condiciones que había impuesto el general López Ochoa.

—¡Otro sanguinario más! —gritaba a todo aquel que quisiera escuchar.

Había reunido un grupo de mineros afines a él y se marcharon camino a Sama, la idea era hacerse fuertes en el monte, fuera del alcance de las tropas. La noticia ya era pública y también corría la voz de que la Guardia Civil les perseguía. Pelayo tenía la pena interna de no haberse dicho adiós, un último abrazo que iniciara para los dos el futuro incierto que les esperaba, deseaba que el pelirrojo encontrara la paz interior que tan ansiosamente buscaba. Aquello le llevó a recordar a su hermano, tenía que estar con él antes de marchar, antes de perderse y buscar el aire que necesitaba, fuera de una España que le oprimía el corazón. Esta vez habían fallado, pero estaba seguro de que el camino estaba torcido para un país tan desigual, tan hermoso, tan errático. Él ya tenía bastante, necesitaba una vida, empezar de cero y solo había una persona de la que despedirse, antes de dejarla atrás. Guaje.

Buscó una camioneta, pero todas estaban ocupadas con mujeres, niños y numerosos enseres que lo obreros llevaban como botín de guerra. Un camión estacionado con el motor encendido y a punto de partir, parecía la última opción. Intentó subir, pero la gente se agolpaba, los niños, casi sin espacio, lloraban, no había capacidad posible, estaba completamente lleno. Pelayo desesperado vio que no entendían nada, artículos que habían ido recogiendo entre cadáveres y escombros, lámparas, polainas de algún guardia muerto, sables, pistolas y hasta un enorme reloj con el escudo de Asturias en el frente ocupaban el espacio que debía de estar destinado a las personas llenas de cansancio y desesperanza.

— ¡Oh, Señor! ¡Dirige al pueblo de Israel! —dijo mientras veía alejarse al vehículo.

Pelayo necesitaba ir por carreteras interiores, de ahí que no tuviera muchas alternativas, el coche llamaría mucho la atención y no era buena opción, sabía que él era uno de los objetivos de la Guardia Civil y se proponía llegar a Mieres, una vez allí partiría a Galicia, aunque no sabía cómo.

—¡No pensarás dejarme atrás, Máuser!

Miguelín sonreía mientras le tiraba de la chaqueta. Aquel muchacho tenía la virtud de leer los corazones y aligerar las cargas, interiormente era un alivio poder contar con alguien como aquel joven que en sus pocos años de vida había conocido el sufrimiento y la miseria, pero nada le hacía perder aquella sonrisa, blanca y sincera, que acompaña y libera el camino.

—Solo tienes que dejar eso —dijo señalando el fusil que Miguelín mantenía en su hombro— y serás bien venido como compañero de viaje.

—¿Y si nos tenemos que defender?

—Intenta cambiar el fusil por dos pistolas, alguien habrá que le interese el trueque.

—¿Y comida?

—No, debemos ir ligueros, hay prisa, ni víveres ni equipaje, los caminos serán difíciles y tenemos que llegar cuanto antes a Mieres por caminos interiores. Allí comeremos.

—¿Mieres? —exclamó Miguelín— Allí nos atraparan como conejos Máuser y sin esforzarse mucho.

—Estoy obligado a ir amigo, he de despedirme de alguien —dijo Pelayo sombrío y con gesto muy serio, le esperaba una prueba difícil cuando estuviera frente a su hermano— ...y deja de llamarme Máuser.

Vio marchar a Miguelín, sabía que su habilidad conseguiría cambiar el fusil por armas cortas, y desde ese momento salir de aquella ratonera que empezaba a ser Oviedo para él era urgente.

Nadie debía de darse cuenta de su ausencia.

2

¿Disfrutaba del miedo que generaba? No, esa era la respuesta. Solo quería comprensión y entendimiento por los hombres y las mujeres que vieran en el pasado un fardo pesado, difícil de llevar; no era una fantasía, o sí, y se hacía realidad y las personas que le hablaban, que le saludaban, eran meros personajes de su historia, pasado, gente muerta.

¿Qué tenía que hacer? ¿Guardar la desesperación para mí? Necesitaba disfrutar del frescor del aire, ese rumor del agua al correr, el sonido de las hojas al despertar del día y los rayos del sol en su cara cuando traspasaban la copa de los árboles del bosque.

El sentimiento de ser imbatible, el deseo llamaba constantemente y luego se asustaba por la manera que se apoderaba y manejaba su alma perdida ¿Cómo podía ser dos personas a la vez, y tan diferentes? El sentimiento de culpa luego le estrangulaba el corazón.

Pero su vida era una prisión que arrebataba todo lo vivido, emociones profundas y, sin embargo, contradictorias a la vez. ¿Serían dos personas distintas? ¿Y si alguna de ellas era el reflejo de algo oscuro?

Tenía un sueño que atrapaba su alma, noche tras noche, real y siniestro: el Dios de los cristianos, crucificado, al que llamaban Nazareno, se reía por su triunfo sobre todos ellos, les había desterrado de cuevas, bosques y ríos, sin sitio donde ir ¿Qué sería de todos ellos?

Velas, incienso e himnos solemnes, el sacerdote se le acerca portando la custodia entre sus manos y le quema, se abrasa, las monjas alrededor del cura, como si de la escolta se tratara, protegen al soldado de Cristo con sus túnicas blancas y mientras arde con las extremidades sujetas al madero. El fuego sube por sus pies, solo tiene tiempo de escuchar, mientras le dan una extremaunción que no necesita, como el capellán grita:

—*Acepta a Jesús crucificado y reniega de tus dioses derrotados.*

3

Había cambiado el fusil, como sabía o intuía Pelayo que pasaría. Miguelín se las había apañado bastante bien haciendo el trueque por dos pistolas.

—Mañana, como muy tarde, hay que estar en Mieres, hay que andar lejos de las caravanas de mineros, alguno podría denunciarnos.

Se apartaron de la carretera general, el itinerario era más duro, con sus continuas laderas verdes llenas de subidas y bajadas, pero también más seguro.

—Creo que has hecho lo más inteligente.

Miguelín rompió el silencio de la marcha; llevaban horas de pesada caminata y los pies pedían a gritos un descanso, las piedrecillas del camino eran como agujas que se le clavaban entre los dedos.

—Ya tenías constantes roces con muchos de tus subordinados.

—Yo nunca quise ser jefe de nadie, ellos me pusieron ahí, y ellos me apartaron.

—En los últimos días te obedecían a medias y otros hicieron caso omiso de tus instrucciones de parar la lucha. Para ti, irte y desaparecer de la primera línea era lo mejor, es el momento de pensar en ti amigo.

—De todos los camaradas yo seré uno de los más buscados. Los guardias seguro que tienen ganas de dar conmigo, sobre todo después de los asaltos a la caja fuerte del banco de España.

—Pero tú no has tenido nada que ver en eso.

—Ya, pero yo he dado la cara por la revolución y ahora me la van a partir, estoy en el punto de mira. España ya no es para mí, Miguelín. Tengo que llegar a Mieres.

—Cuenta conmigo —dijo el joven mientras seguía con paso seguro por el camino lleno de rocas y pequeños terraplenes que daban paso a un gran valle verde y lleno de vida.

Pelayo sonrió y detuvo su caminata, con un pañuelo secó su sudor y observó admirado a su compañero de huida, aquel rapaz tenía el don de caer bien, era vivaz y extrovertido, pero, sobre todo, era muy ingenioso.

—Vamos a entrar en el imperio del terror, Miguelín, donde las detenciones serán arbitrarias y, lo que es peor, las ejecuciones vendrán dadas por el capricho del azar de cada uno. La seguridad es ya un espejismo.

—Voy contigo, Máu... Pelayo. Aquí no me retiene nada —Miguelín metió la mano en la bolsa que llevaba colgada al cuello, y sacó un fajo de billetes—. En la caja del banco no estaban seguros —dijo entre grandes carcajadas.

—Hay que llegar a Olloniego —dijo Pelayo reanudando la marcha—. Allí podremos descansar y luego ascender el puerto de Padrún.

Seguían el itinerario trazado por Pelayo, el aroma de los Picos de Europa llegaba con la brisa, en silencio, suave acariciando la piel, y convertía el camino de los dos mineros más llevadero. El sendero se volvió empinado y la suave arena se tornó en gravilla, parecía un paso perdido entre castaños, hasta que una rampa, al final, los introdujo en una descuidada carretera vecinal. El tiempo de viaje ya pesaba, escondiéndose a cada ruido, vigilantes del rumor del viento, hasta de sus propios pasos, demasiado tensos y deseosos de llegar a las inmediaciones de Olloniego.

Pelayo se detuvo e hizo un gesto para que su compañero lo imitara. Estaban a la entrada del puente medieval que elegante y altanero rompía el río. Tenían que cruzarlo para seguir camino, luego girarían a la derecha para ascender la ladera verde y apretada del monte Corona y desde allí poder ver la vega del río Nalón.

—Ahora estaremos al descubierto, vamos ligeros, es la única forma de cruzar el río, pero nos expondremos a que nos vean.

Cuando llegaron al otro lado del puente medieval, y se disponían a torcer a la derecha, apareció una destartalada camioneta que se cruzó para impedir su paso y los dos viajeros se vieron obligados a parar. Cuatro obreros pusieron pie en tierra y, aunque no mostraban armas, su actitud y sus gestos no eran muy amistosos. En silencio empezaron a mirarlos, a observarlos dando vueltas a su alrededor. Uno de ellos que fumaba despacio, tranquilo, saboreando el cigarro de forma continuada y sin soltar el humo, se puso frente a Pelayo, y aspirando y tosiendo con un estertor ronco que parecía romperle la garganta, rompió el incómodo silencio.

—Yo te conozco —señalaba con el dedo—. Tú eres al que llamaban Máuser.

—¿Qué queréis? —preguntó Miguelín.

—Vaciar los bolsillos. Este será el último acto que haréis en favor de la revolución —dijo entre risas uno de los hombres.

—No se te ocurra dar la vuelta camarada —dijo el obrero que había reconocido a Pelayo—. Tampoco vayas a ninguna ciudad, nosotros venimos de Trubia y allí entre las personas que busca la gente del movimiento por haber abandonado, estás tú, amigo. Si te cogen peligra tu vida.

—Estupendo ahora no solo me busca la Guardia Civil, también los revolucionarios.

—¡Bingo! —gritó uno de los obreros que registraba la bolsa de Miguelín.

—¿Qué tenemos aquí?

El hombre había empezado a sacar las pertenencias de la bolsa y entre ellas, el fajo de billetes atados con uno fino cordel.

—¡Mil cuatrocientas pesetas!

El minero que había hablado con Pelayo cogió las dos pistolas que llevaban, les quitó la munición y la tiró al suelo.

—Yo te conozco bien, no es justo lo que la masa revolucionaria opina de ti —señaló a sus compañeros que se pasaban los billetes de unos a otros—. Nosotros sí que nos lo merecemos, hemos robado, saqueado y apenas hemos luchado —devolvió las armas vacías de munición a Pelayo y Miguelín sonriendo—. Nos tomaremos unas sidras a vuestra salud, aunque ahora penséis que no, habéis tenido una gran suerte de caer en nuestras manos, pues de lo contrario os fusilarían como traidores de la revolución.

Los vieron partir dando gritos desde la destartalada camioneta, alegres con su botín. Les habían demostrado la fragilidad de su condición, estaban demasiado inseguros mientras andarán por los caminos.

Estaba claro. Debían de llegar a Mieres cuanto antes y la tarde caía apagando la luz, bajando la temperatura y oscureciendo su corazón dañado por sentimientos de culpa y ahogo.

—Miguelín no te sientas obligado a seguir conmigo, estás expuesto a correr mí misma suerte.

El joven recogía la munición esparcida por el puente y la iba introduciendo en las dos armas, mientras maldecía.

—¡El arma cargada y en mi cintura, esto no me sucede más! ¡Por mi madre que está en el cielo dando por culo al Señor, que no!

—Miguelín… amigo… Creo que…

—Tira para delante Pelayo, yo te sigo, no digas más tonterías, que como decía Paco el Andaluz «no tengo el coño pá farolillos».

Siguieron apartándose de la carretera. El destino era llegar al alto del Padrún y a la pista que los llevaría cerca de Casares. No había nadie, todo el mundo estaba encerrado en sus casas y apretaron el paso, ligeros. Bajando dejaron atrás distintas sidrerías que permanecían cerradas. Se tomaron el tiempo justo para refrescarse y saciar la sed en la fuente de los Llocos, agua fresca que les animó el espíritu y renovó un poco el deseo de conseguir encontrar una nueva vida lejos de todo lo conocido, lejos de su casa, de su hermano, lejos de su Asturias querida.

Llegaron al túnel donde tantas veces de niño se había perdido en juegos llenos de fantasía e ilusión. Estaban cerca de Mieres por lo que aceleró un poco la marcha y se adentró, con Miguelín siempre tras él, en el camino, que entre castaños y abundante vegetación, le llevaba a la boca del túnel. El conocido trayecto era corto y solo tuvieron que saltar el pequeño desnivel que encontraron al final. Volvían a estar sobre el camino, ahora sobre unas vías que partían la carretera por debajo, y después de todo aquel laberinto, que tan bien conocía Pelayo, entraron en el pueblo de Olloniego.

En nada estaría en casa, por última vez ¿Qué podrían decirse? Ahora que sabía lo que iba a perder, se dio cuenta de lo importante que era su hermano para él.

—¡Guaje! —susurró mientras una débil lágrima recorría su mejilla.

4

Era la primera vez que se abrazaban, y fue un encuentro sentido, desde el alivio y el recuerdo de la desesperación de la última vez que se habían visto. El Guaje ante las noticias de que todo había terminado se sentía más cómodo y liberaba algo del peso de la responsabilidad si informaba en el cuartel de la Guardia Civil. Piru le recibió con una abierta sonrisa en el rostro. El estrés y la angustia padecida habían dejado señales en su cuerpo, parecía encogido, los hombros hacia delante como si un peso grande le impidiera mirar de frente y sereno. El capitán Turón, aparecía con la seriedad de siempre, parte de importante del sello de su marcada personalidad.

—Acabamos de llegar Guaje. Nos han traído junto con más guardias presos en unos camiones, ahora —continuó Piru bajando el tono de su voz— tenemos un trabajo ingrato y desagradable.

David sabía a qué se refería. Demasiados vecinos y amigos de sidra, ahora tendrían que rendir cuentas; demasiada ira y desconfianza configuraría en todos una forma nueva para compartir la realidad.

***

—¿Habéis estado presos hasta ahora? —preguntó David.

—No —respondió el capitán con voz cansada—. Nos liberaron justo nada más marcharte.

—¿Gerardo? —preguntó el Guaje.

—Gerardo —confirmó el capitán Turón—. No me equivoqué al juzgarle, es un hombre de fuertes convicciones, pero de paz.

—No creo que fuera buena idea quedarse en Oviedo —dijo David moviendo la cabeza mientras veía con preocupación el estado físico de su amigo Turón.

—No, salimos de la capital nada más dejar la prisión. Vagamos por los caminos y hemos estado de pueblo en pueblo con miedo en las entrañas y muertos de hambre y frío. Siempre cerca y ocultos. Piru se ha encargado de cuidarme —el capitán miró con ojos cansados al guardia.

—No tiene importancia —comentó el joven guardia civil dirigiendo una extraña mirada al Guaje que este no supo interpretar.

***

El capitán permanecía sentado tras la mesa, delgado en extremo, los pómulos marcados y con dos finas líneas a modo de labios, David se sentó frente a él y sacó un bisonte.

—¿Cómo va el «asunto»? —preguntó serio y con la mirada fija, sin pestañear.

David degustó la primera calada del cigarro y dudó por dónde empezar, porque esa misma pregunta se la había hecho él numerosas veces.

—En el «asunto» ya han caído tres, y si no me doy cierta prisa, el cuarto puedo ser yo.

—Tendrás que seguir ocupándote tú, Guaje. Ahora el trabajo es ingrato y desagradable para nosotros, y va a ocupar todo nuestro tiempo. Demasiadas órdenes —concluyó.

—Entiendo —el pensamiento de David volvió a su hermano, pero no dijo más.

Ápenas habían pasado unas horas desde que había leído el cuaderno de «enfermos locales» y descubierto el nombre de Angelines Lavandera. Aquel era el hilo del que tenía que tirar. El forense respiró el humo de su bisonte en unas estancias, las de la Guardia Civil, que le hacían sentirse culpable por algo invisible pero que estaba en el aire.

—Podemos decir que es un asesino en serie —dijo el capitán.

—¿Has ido a tres escenarios diferentes Guaje? —preguntó Piru— ¡Joder! Te habrás estropeado los zapatos.

David rio la gracia mientras soltaba el humo del bisonte y pensaba que lo que tenía estropeada en ese momento era el alma y su cabeza giraba alrededor de dos nombres Pelayo y Diana.

—¿Has procesado las escenas de los «asuntos»? —preguntó el capitán.

—Todo está a disposición de las autoridades —confirmó David— En el último escenario entré con Diana, está en el informe.

—Ya —Fue la escueta respuesta del capitán Turón cargada de ironía. David decidió centrarse en avanzar e informar y empezó a relatar la posición del cuerpo del *Bruxes* visto desde diferentes ángulos, describió todos los elementos que consideraba como relevantes, como la falta de olor a sangre y del regusto metálico que dejaba en la garganta la escena de un crimen.

—Y tú ¿qué opinas? —preguntó el capitán.

—El minero llegó ya muerto envenenado con cianuro.

El Guaje describió cómo estaba tendido el minero y cómo el asesino había recreado aquel ser mitológico, al detalle, con un aire perverso.

—Era un escenario con la representación de un personaje y el asesino era el director de la obra.

—Y ¿no había violencia *pre morten*? —preguntó Piru algo incrédulo.

—No, la herida profunda del cuello y la amputación de los pies, se hicieron en el Pozo con el *Bruxes* ya muerto.

—El *Bruxes* fue al encuentro de su asesino sin saberlo —murmuró el capitán— llevado por algún subterfugio, pero el minero era un hombre fuerte, el asesino tuvo que reducirle con rapidez.

—La forma de envenenar al *Bruxes* es fácil, sesenta o sesenta y cinco gramos de cianuro se disolverían fácilmente en una botella de sidra —dijo David— y el minero se lo bebería sin pensar.

—¿Por qué la representación de ese ser mitológico? ¿Cómo dijo que se llama?

—*Busgosu* —contestó David—. Creo que para encontrar al culpable debemos de remontarnos al pasado. El primer asesinado apareció en la Baltasara en forma de *Nuberu*, el segundo, en la cueva de la Peña, representó un escenario donde vimos al *Cuélebre*, y ahora en este último del pozo Sorriego un *Busgosu*, creo que el asesino nos remonta a los dioses olvidados de Asturias.

Piru se estremeció al escuchar el resumen de David. La idea de que alguien pudiera hacer aquello en nombre de ningún Dios le revolvía las tripas.

—¿Alguna idea del hombre que ha podido hacer todo esto, algún nombre?

El Guaje se removió en la silla y soltó la bomba.

—Hombre o mujer —miró al capitán y observó como este levantaba el entrecejo—. El envenenamiento se acerca más al *modus operandi* de las mujeres. El hecho de que los envenenaran y luego los llevaran a diferentes sitios, nos lleva a pensar que el asesino hace las cosas con premeditación, astucia e inteligencia, no hay nada de arrebato y furia, todas las heridas las realizad con la persona muerta y intentando proyectar su mensaje, no hay violencia innecesaria, busca representar su fantasía, no por disfrutar con el dolor de las víctimas.

—Pero —interrumpió Piru—... para transportar el cadáver a cada sitio, en fin, necesita fuerza...

—Piensa —siguió David—. En el momento que aparecieron los cadáveres en la Baltasara y Sorriego, estos pozos estaban vacíos por el problema de la revolución, y en la Peña pasó lo mismo, pues allí en la tarde-noche tendría todo el tiempo del mundo para interactuar con el cuerpo, y mi sospechosa

—David respiró hondo y tragó saliva— ...es una mujer fuerte acostumbrada a trabajar en el campo y cuevas.

—¡Dios mío, Diana! —dijo Piru— Pero esa chica es tu...

—Ve con cuidado, y paso a paso Guaje —dijo el capitán—. Cuando traigas pruebas claras actuaremos, ahora mismo el final de la revuelta y las heridas abiertas que nos ha provocado a todos centra nuestro esfuerzo. Cazar a miembros del comité y la gente más influyente en la revolución es prioridad.

—Entiendo.

Apagó el cigarro en el cenicero y se caló el sombrero, sacó el reloj del chaleco y miró la hora. Estaba cansado y debía descansar un poco después de tantas emociones. Volvió a abrazar a Piru.

—Me alegro de que estés de vuelta amigo —Y se encaminó a la salida.

—¡Guaje! —requirió el capitán a su amigo— Una última cosa —el forense se giró y observó como Piru bajaba la cabeza y dejaba de mirarle—. Quiero que sepas que tu hermano Pelayo es el primero de la lista de buscados. En lo que a nosotros respecta tiene veinticuatro horas, las que nos tomaremos para recuperar fuerzas. En ese tiempo no haremos nada, ¿me entiendes?

—Comprendido —dijo David —. Gracias capitán.

Se tocó el sombrero a modo de saludo y salió del cuartel.

***

El Guaje caminaba despacio por Mieres y podía escuchar sus propios pasos, el silencio en el ambiente reflejaba el dolor, la ira, pero también el miedo, demasiados años de esperanzas perdidas enseñaban a los mineros que vendrían días y semanas duras. Hacía frío. El sol había dejado paso a una media luna débil, tapada por nubes negras como la propia noche y sin ninguna estrella que guiase sus pasos. David dejó que su cuerpo, como un autómata, tomara el camino de *La Colmina*, mientras su cabeza pasaba de su hermano a la mujer que había alimentado sus sueños de futuro. No tenía noticias de Pelayo, había preguntado en el *chigre*, pero nadie le contestaba, giraban la cabeza o murmuraban al escuchar su nombre. Él estaba descolocado y no sabía cómo tomarse aquello. Oli evitaba la conversación, pero las palabras del capitán eran oro para sus oídos, primero porque la Guardia Civil daba por hecho que estaba vivo, y segundo, Turón y sus hombres no iban a poner todo su empeño en apresarle, por deferencia hacia él.

Diana centraba su otra preocupación. Él no era ni policía ni detective, pero su mentalidad analítica le sugería de su culpabilidad, y no sabía cómo actuar. La situación le superaba. Se veía incómodo posicionado en la duda continua y no tenía a nadie como apoyo, eran él y sus decisiones, nada más. La soledad le oprimía.

Llegó a la barriada obrera, todo estaba en silencio y apenas alguna luz encendida. Se demoró un momento y sacó el último bisonte de aquel ajetreado día, mientras respiraba la humedad que llegaba del río acrecentada por la caída de la noche. No había probado bocado en todo el día, pero no sentía la necesidad de hacerlo, solo quería dormir, era lo único que le pedía el cuerpo.

Metió la mano en el bolsillo y sacó las llaves. Escuchó ruido en el interior, alguien estaba en la casa de su familia. Nunca había sentido la necesidad de portar un arma, jamás pensó que el tuviera que defenderse de nada, pero ahora se sentía desnudo ante la amenaza que intuía tras la puerta. Abrió despacio, intentando hacer el menor sonido posible. Otro ruido, los músculos se le tensionaron. ¿Sería Diana? Si así era, no quería hacerla daño, pero tampoco iba a dejar que la arqueóloga le disfrazara de ser mitológico y lo abandonara en alguna cueva. Pero ¿y si estaba equivocado? ¿Y si no era Diana? Caminó con cuidado por el pasillo y notó como los ojos se acomodaban a la escasa luz, se iban acostumbrando a la penumbra.

Y lo vio, lo intuyó

Alguien venía hacia él, acomodó su cuerpo apoyando la pierna derecha hacia atrás, cargando todo el peso de su anatomía y luego lanzó pierna y puño hacia delante. El sonido grotesco y aparatoso del cuerpo al caer entre la mesa y las sillas del comedor dio la señal de partida, mientras el Guaje se agachaba para volver a golpear a la persona que había dejado medio inconsciente en el comedor. Entonces, notó como alguien le agarraba por detrás con violencia, un brazo rodeaba su cuello y apenas le dejaba espacio para poder respirar.

—¡Pelayo! —intentó gritar el hombre que estaba tirado en el suelo, el sonido era entre cortado por la sangre que se concentraba abundantemente en su boca.

El Guaje comprendió quien estaba en la casa y acertó a decir:

—Pelayo soy yo, tu hermano David —Notó como la fuerza del brazo que fuertemente le apretaba el cuello iba aflojando y el aire entraba de forma atropellada en sus pulmones— ¡El Guaje, coño! —exclamó entre toses y bocanadas de aire.

La luz tenue y débil del comedor reveló la escena y destensó la situación. Miguelín sangraba de forma abundante por boca y nariz, mientras miraba a David con los ojos entre cerrados por las muestras de dolor; el forense tosía mientras se levantaba y buscaba con la mirada a su hermano, y Pelayo, que había dado vida a aquella mínima visibilidad, abrazó a David.

No dejaba de mirarlo. No se podía creer que solo habían pasado varios días, para él significaron lustros repletos de vivencias. Pelayo había pensado en cómo sería aquel momento de reencuentro tras todo lo ocurrido, y eso, era justo lo que había estado pensando sentado en el sillón a oscuras, nervioso y lleno de inquietud.

Por su parte el Guaje observó la severa delgadez de su hermano y se le encogió el corazón; si lo hubiera sabido nunca habría aceptado el trabajo de los misteriosos asesinatos, habría cuidado de su hermano pequeño, pero rápidamente rechazó aquel pensamiento, todo habría salido mal, él hubiera sido un estorbo completamente fuera de lugar, además le apasionaba su nuevo trabajo, y Pelayo era bueno de cojones en todo lo que hacía.

—Este es Miguelín, hombre de confianza.

El joven se levantó y llegó hasta David para estrechar su mano.

—Lo siento, me habéis dado un susto de muerte.

—Nos han visto llegar, estoy seguro de que saben que estamos aquí —dijo Pelayo—, por eso el recibimiento no era muy cariñoso.

—Tienes veinticuatro horas respecto a la Guardia Civil —comentó David pensando en lo que le había dicho Turón.

—En este caso temo más a los vecinos, a los compañeros de *chigre*, este ya no es lugar para mí, Guaje, estoy desandando el camino, casi corriendo, me he visto obligado a tropezarme conmigo mismo, examino las imágenes de todo lo vivido en mi cabeza. En su momento no interpreté nada, ahora el significado no me gusta hermano, esto es solo un prólogo no deseado para nadie, pero esto va a explotar —dijo señalando por la ventana—. Ha nacido en la gente un grito de necesidad, se nos ha arrebatado durante muchos años nuestra dignidad, y todo volverá a empezar y el final será incierto. Esta es una tierra donde tendría que prevalecer la alegría, y sin embargo, somos un pueblo golpeado y humillado.

—Lucha por ello, sin violencia desde aquí, desde dentro del problema —David entendía la lucha interior de su hermano, era la misma que la de sus padres y abuelos.

—No, ya es tarde para mí, ya solo busco la oportunidad de sentirme en paz conmigo mismo, vivir con mi culpa, pero ser libre, notar la vida, vivirla intensamente y dejar que el aire acaricie mis mejillas sin tener que vigilar mi espalda.

—Este es tu pueblo, la gente te reconocerá el esfuerzo y la pasión invertida, te irá admitiendo como lo que eres, alguien que forzó su vida por los demás, valiente y orgulloso, que decidió luchar por su gente, que quería a este pueblo.

—No, Guaje, no. El pueblo que yo quiero, al que aspira mi alma, es uno en el que mis hijos y los tuyos puedan ir con zapatos por el monte, que tengan salud y libertad para bañarse en el río, que escuchen a sus mayores en las noches de otoño delante de una chimenea o un buen fuego, poder dar de comer a esos hijos y verlos crecer fuertes y seguros, tener escuelas decentes donde ser hijo de minero no indique que aquel espacio está vedado para ti. En definitiva, que los niños de la cuenca tengan la infancia feliz que ahora se les arrebata.

—Eres hijo de Lilibet —dijo Guaje apretando fuerte contra su pecho a su hermano.

—Esa es mi pena. Sé quién soy, de dónde vengo, quiero a esta gente, este lugar que vino conmigo sin condiciones, y yo no sé si he sabido compensar o representar esa fe ciega, ese amor.

—¡Parece que este país está engendrado por un hijo de puta, nos ha robado las ganas de vivir! —exclamó Miguelín mientras se limpiaba con agua y un trapo— Son años de privaciones y humillaciones.

—Créeme Guaje, la vida dura y esta revolución es el preludio de algo. Esto tiene que explotar. La gente ya piensa que la próxima vez se conseguirá. Espero que las crónicas no oculten nuestros errores, que fueron muchos, pero tampoco añadan una crueldad innecesaria e irreal. Hemos visto correr la sangre, todos nosotros, calles devastadas, árboles caídos y edificios destrozados. Esos recuerdos los llevaré conmigo, con dolor por un país que es el mío. He visto y vivido la entrega heroica de los mineros que sin pensar ofrecieron la vida por la revolución. ¿Estaban bien dirigidos? Creo que no.

Miguelín tenía la cabeza gacha; no era capaz de mirar a su compañero, mientras las lágrimas bañaban sus mejillas.

—Pero ahora empieza —siguió Pelayo con mirada oscura por la contradicción que le estaba tocando vivir— la bajeza de la venganza, de esa burguesía indigna que pide la muerte y llena su política de odio y repulsión. Espero que no haya quien aproveche nuestra derrota para imponer su caciquismo.

5

Llevaban días huyendo, horas llenas de angustia y desasosiego, pero sus hombres eran mineros, obreros asturianos, con ese empuje animal de los montañeses. Eran los hombres que todavía permanecían con Gerardo, fieles, y que habían huido de Oviedo. Se ocultaban y pernoctaban en aldeas de la montaña o en los suburbios de la cuenca minera. Su marcha precipitada por los valles, laderas y montañas tenía a sus espaldas el mayor peligro, y ellos lo intuían, lo percibían, pero lo ignoraban. Las fuerzas llevaban días persiguiéndolos, y se accrcaban cerrando un cerco del que sería difícil escapar. Gerardo había escuchado a sus hombres durante la travesía de caminos, en las noches oscuras, mientras tiritaban de frío.

—Peor es morir en el fondo de la tierra, sepultado por rocas.

—O hecho pedazos por la fuerza de la dinamita.

—El grisú es más certero que las balas —repetían una y otra vez como una canción triste.

Gerardo recordaba la última vez que el grisú dejó viudas y huérfanos en el pueblo, convertido en un llanto inconsolable, mujeres corriendo a la mina esperando ver a sus maridos, a sus hijos, salir por la boca del pozo.

La onda expansiva había hecho temblar todo el pueblo, ni el terremoto más profundo podía haber movido de aquella manera las casas y la campana de la iglesia, que con el repicar violento advertía del desastre. La explosión de polvo de carbón recorrió más de cincuenta kilómetros de galerías; la concentración de metano había superado el diez por ciento por falta de ventilación, el aire limpio no había entrado y el pozo se había convertido en una bomba de relojería. Cada hombre que salía era un grito de alegría recibido entre abrazos y felicitaciones, pero cuando dejaron de salir, y ya fue evidente que nadie más sobrevivía al accidente, más de diez mujeres rodillas a tierra gritaban a Dios entre gemidos, preguntando qué iba a ser de sus vidas a partir de aquel momento.

Gerardo se sentía orgulloso de aquellos hombres, eran obreros, no sabían manejar un fusil y se reían de las pistolas.

—¡Vaya mierda de armas Gerardo!

Cartuchos de dinamita y una buena mecha era todo lo que entendían, cualquier arma más pequeña la daban por inútil, y se reían a carcajadas de él, levantando el ánimo con el estómago vacío y sueño de días. Hombres rudos que eran los últimos fieles a Gerardo, pero disciplinados, y que habían insistido en acompañarle en aquella huida hacia ninguna parte. La magnitud de la revolución había terminado, pero ellos vivirían la suya.

Habían conseguido requisar un vehículo ante el declive claro y notorio del movimiento, y mientras en Oviedo se daban los últimos tiros, ellos partían enfrentados a un nuevo destino. El sueño se les acumulaba en el cuerpo y se sentían sucios, todos tenían barro entre el pelo, y los abrigos y gabardinas que llevaban estaban hechos jirones y a penas les protegían de la humedad y el frío, cada vez más intenso, de la montaña. Se habían tenido que tirar al suelo, para no ser vistos, y arrastrarse entre maleza y el barro que se formaba por la intensa lluvia, que como un perro fiel les seguía todo el camino. El coche lo habían tenido que dejar en una plaza desierta y seguir monte arriba. Era su única posibilidad ante los controles que ya ocupaban las carreteras y el avance de las fuerzas militares sobre Oviedo.

La lluvia principió a caer de forma torrencial nada más empezar el camino, convirtiendo en un lodazal aquellos caminos y senderos. El desfallecimiento iba en aumento.

—Tenemos que encontrar refugio.

Venían de un largo trayecto y estaban cansados; el día comenzaba a decaer. En otras circunstancias lo normal hubiese sido acampar en cualquier claro, pero se pusieron en marcha de nuevo, tenían que aprovechar la escasa luz que quedaba. Se habían alejado del frente, pero los elementos y las adversidades atmosféricas les estaban agotando. Caminaban en silencio con la cabeza agachada. No era el mejor momento para admirar la línea del mar que se esparcía más allá del horizonte lejano, el bosque por el que caminaban estaba poblado de hayas, nogales y castaños oscuros, y la lluvia trasportaba el olor del paraíso del monte salvaje.

Un ruido continuo y en aumento, les detuvo. Se agruparon y se ocultaron entre los árboles. Volvieron a escuchar el sonido, ahora más cerca de ellos; era torpe y claro, Gerardo sacó la pistola pequeña y se preparó.

—¡Allí Gerardo, en las brañas!

El obrero señalaba un pastizal de altura, donde un grupo de jabalíes parecía buscar comida con un ruido salvaje y libre. Se fueron acercando poco a poco, aquellos animales tenían tanto o más hambre que ellos, pues a pesar del fuerte olor que desprendían y que por lo tanto avisaban de su llegada, ninguno de ellos levantó la cabeza de la verde pradera. Gerardo estaba ya a menos de cinco metros de un gran ejemplar y disparó, el resto de la manada huyó ladera abajo, y el ruido estrepitoso, seco y potente, cortó como un tronco de árbol al caer, el sonido furioso de la lluvia.

—¡Yuhuuu! —gritó el grupo de mineros.

—¡*Verracu!*

—Necesitamos comida.

Cogieron al animal muerto. Poseía patas cortas y fuertes, el cuerpo estaba duro y compacto, la cabeza era grande, y el hocico poderoso estaba perdido en un gesto estertóreo al sacar la lengua al morir, el pelaje pardo estaba mojado y lleno de barro, Gerardo lo cogió por los caniles que crecían hacia fuera.

—Este *verracu* acaba de revolcarse en alguna charca, tenemos faena para poder cocinarlo —gritó el minero que llevaba al jabalí por las patas traseras.

—Donde hay braña hay cabaña, decía mi abuelo —dijo otro.

Bajaron por los pastizales de altura, soportando la lluvia y la humedad del suelo y conteniendo el nerviosismo por ir al descubierto, pero el instinto y el hambre vencían cualquier adversidad.

—Los pastores se refugian de las tormentas nocturnas, como esta, en pequeñas cabañas y *¡voila!* —exclamó señalando un edificio bajando el valle.

Con prudencia fueron acercándose a la casa. La cautela les retenía bajo el torrencial de agua, pero no sabían que podían encontrar dentro. La cabaña era una nave dividida en dos plantas, construida en mampuesto de buen tamaño, con roca caliza del lugar y la cubierta hecha de lastras pizarrosas.

La puerta cerrada, al igual que un gran ventanal de madera, no dejaban ver el interior. Gerardo llamó con el puño, todos preparados por si tenían que defenderse de algún inesperado ataque. Volvió a llamar mientras el aguacero caía impertérrito y volcando su furia sobre ellos. O nadie quería abrirlos, o sencillamente la cabaña estaba vacía, por lo que tras forzar la puerta y con el *verracu* a cuestas, entraron en un comedor de gran tamaño, con una larga mesa de madera clara que ocupaba el centro, y en uno de los frentes una chimenea de piedra presidía la estancia. La decoración era sencilla, sin adornos, humilde y práctica, la familia que ocupara aquella casa cuando hacía «la muda» y llevaba el ganado a pastos frescos de altura, seguramente llenaría la cabaña durante ese periodo. Los muros tenían pocos huecos y de reducido tamaño ya que la cabaña estaba construida para la defensa del frío.

Al otro lado de la mesa, frente de la chimenea, había una puerta, era un establo para los animales, que aun estando vacío desprendía un fuerte olor que penetraba en el ropaje.

—Aquí se puede preparar el *verracu*. Hagamos fuego —sugirió Gerardo.

***

Los hombres se pusieron a ello, mientras él subía por la estrecha escalera que llevaba al piso superior, despacio y con el arma en la mano. Los escalones de madera que rechinaban a su paso, terminaban en un descansillo donde varios colchones se esparcían por el suelo y unas mantas dobladas estaban colocadas encima. La cabaña estaba vacía.

—¡Gerardo baja, cojones!

El grito venía lleno de asombro, no con miedo, era una expresión de la sorpresa y júbilo. Bajó corriendo, y vio como los mineros se agolpaban junto a una minúscula puerta de madera gruesa que uno de ellos la había reventado a patadas.

—¡Es un almacén de comida!

Pedro era un obrero montañés, callado y rudo cazador, siempre portaba un gran cuchillo. El afilado utensilio era su otra extremidad, y con la naturalidad que da la confianza de saber lo que haces, había empezado a desollar el animal.

Gerardo se acercó asombrado por la rapidez y la maña, que se daba Pedro en aquel menester; era un espectáculo digno de ver, por lo que permaneció, en silencio, observándolo.

Pedro empezó por el aviado del animal.

—Esta parte es importante Gerardo —dijo Pedro cuando vio que su jefe le miraba asombrado—: es el desuelle y el destripe.

Con una facilidad y habilidad pasmosa Pedro empezó a desollar al animal, el cuchillo corría por el pelo grueso e iba dejando la carne limpia y brillante.

—Ahora hay que quitar las tripas cuanto antes.

El montañés dio un tajo con el cuchillo de hoja ancha y curvada, el corte fue largo apoyando la hoja en la carne y había comenzado de arriba abajo.

—Hay que pegarse bien a la piel, para dejar la mayor cantidad de grasa en la carne.

— ¡Dale, fuerte Pedro! —gritaban los compañeros mientras abrían alguna lata y mantenían el fuego.

— ¡Que maña te das! —Admiró Gerardo.

—Hay que dejar la piel limpia de carne y la grasa encima de esta, mira Gerardo —dijo Pedro haciendo un gesto con la mano para que se acercara más—, ¡la autopsia perfecta! Ha muerto de un tiro —rio a carcajadas mientras señalaba la trayectoria de la munición y los daños en el animal, causados por una bala del arma de Gerardo. Con habilidad, el minero la extrajo y la mostró sustentada por el cuchillo.

Habían pasado un par de horas y todos con el estómago lleno pensaban en silencio. El humo de los cigarros huía por el hueco de la chimenea, y el calor del hogar encendido, y la falta de sueño, les adormilaba. La lluvia había dado una tregua y fuera de la casa los sonidos del valle eran una canción de cuna.

—Voy a mear —dijo Pedro poniéndose en pie y abriendo la puerta de la cabaña, Gerardo le vio salir y bostezó.

—Arriba están las camas, muchachos. Yo me voy a dormir. En unas horas tenemos que partir, temprano, antes de que salga el sol. Aprovechad las horas que nos quedan para descansar.

—Buenas noches —asintieron los obreros alrededor del fuego que lentamente iba alejando la humedad de sus cuerpos.

Oyeron un ruido, era inconfundible, alguien venía corriendo hacia la cabaña, se pusieron en pie, y la puerta se abrió de forma violenta. Pedro apareció en el umbral con las manos llenas de sangre y el cuchillo goteando, todos le habían visto lavarse manos, cara y cuchillo antes de sentarse a cenar, por lo tanto, aquella sangre no era la del *verracu*.

—¡Los guardias están aquí! ¡He matado a uno!

Gritó cuando un potente disparo desgarró la noche y atravesó la cabeza del montañés.

17 de octubre de 1934

No era capaz de salir de aquel sentimiento de abandono que no desaparecía. Habían pasado el resto de la noche hablando, contando historias sobre Lilibet, la mina, esa niñez que les hizo inseparables, y la dura adolescencia que les apartó, que separó el uno del otro. David le expresó su asombro cuando se enteró de su entrada como trabajador en la mina, mientras él se sentía culpable acabando sus estudios de médico forense. Habían bebido y fumado, con Miguelín dormido, y cuando el primer escarceo del alba dominó el horizonte, Pelayo se puso en pie, el abrazo fue largo y silencioso, prolongado en fuerza y sentimiento. Por vez primera el Guaje notó que la voz no salía de su garganta.

—Cuídate hermano —consiguió decir, y cuando desde la ventana vio como los dos emprendían su aventura aprovechando la oscuridad que todavía les ofrecía las sombras, David recordó las últimas palabras de Pelayo antes de limpiar sus lágrimas.

—Cuando una revolución muere, en el entierro la acompañan muchos cadáveres, y en su sepelio recuerdan como con cada palada de tierra sucumbieron sueños e ideas de todos los que creyeron en ella, y demasiadas familias lloran las vidas que se llevó por delante. Pero lo más importante es que muere también el mundo que creímos posible y no lo fue.

Tenía que ocupar su mente, si no salía de ese bucle negativo de melancolía caería enfermo. Se lavó y vistió. Prefería tomarse el café de la mañana en el hospital psiquiátrico y centrarse en el trabajo, aquel no era el mejor día para ir al *chigre* de Oli, miró su reflejo en el espejo y la imagen que le devolvió no le gustó nada: el cansancio y el estrés marcaban las líneas de su rostro, las ojeras eran de preocupación y esa sonrisa que adornaba siempre su cara, se había extinguido por completo. Tenía que volver a la cotidianidad de su trabajo, estaba a medio hacer y aunque le iba a ayudar a no pensar en Pelayo, le metería en otro problema con difícil solución: Diana.

Vertió agua de colonia concentrada Álvarez Gómez y el olor al limón empezó a levantarle el ánimo.

Le esperaba un buen café con la madre María.

2

Los primeros rayos de sol se abrían paso por entre las cumbres de las montañas. Aunque había dejado de llover hacía tiempo, la humedad calaba y enfriaba los huesos, la noche había sido muy movida, y desde la caída de Pedro el Montañés en el umbral de la puerta, los guardias se habían mantenido disparando sistemáticamente sobre la cabaña. Desde dentro era difícil situar la posición de los tiradores; la oscuridad era profunda e impenetrable, y sin embargo cada vez que alguno de los obreros se movía, una ráfaga de disparos les rodeaba y les inutilizaba.

—Tenemos que salir de aquí —dijo uno de los mineros—. Somos tres y cuanto más tardemos en salir, más sencillo le va a ser a los guardias atraparnos. Si esperamos más tiempo, llegarán más e idearan un plan o quemarán la cabaña, o vete tú a saber.

Gerardo movió la cabeza afirmativamente. Sabía que el camarada tenía razón. Con la muerte de Pedro solo eran tres y tenían dinamita, pero solo una pistola.

—Lanzamos los cartuchos de dinamita y corremos montaña arriba, no queda otra —dijo uno de ellos.

Gerardo permanecía pensativo y silencioso, por más que intentaba dar vueltas al problema, las soluciones eran muy pocas, y todas malas e inciertas. Con la primera y temprana luz entrando por las rendijas que dejaba la ventana cerrada, levantó la cabeza, y sonrió a sus dos compañeros de encierro.

—Es el mejor plan que dadas las circunstancias podemos tener, pero yo lo puedo mejorar.

—¿Cómo?

—Vosotros dos lanzáis todos los cartuchos de dinamita y corréis montaña arriba mientras yo, con toda la visibilidad de la luz de la mañana, disparo a todo lo que se mueva y os doy tiempo.

—Pero eso significa…

—Es mi deber como jefe, es mi conciencia, y mi último acto por la revolución.

Los dos obreros junto con el fallecido Pedro tenían un récord de destrucción usando dinamita, habían dispuesto de grandes cantidades y eran expertos en su manejo. Ellos se habían encargado de la recopilación de camiones, cargarlos del explosivo y mandarlos a Oviedo. Muchos todavía permanecían en los lugares donde fueron dejados, pueblos y aldeas. Si se hubieran utilizado todos, de la capital no habría quedado ni una piedra. La Guardia Civil les perseguía para depurar responsabilidades por todo eso, les inculpaban directamente del martirio de Oviedo.

En las manos de Pedro y sus dos compañeros, la dinamita fue un arma letal, eficaz y terrible, los mineros no sabían manejar más armas que la dinamita, y fue ese material de trabajo, el que les dio sus triunfos.

La táctica que habían empleado era simple. Avanzaban hasta donde se posicionaban las fuerzas de Asalto, que les disparaban fusil al hombro para cortarles el paso, pero ellos, a pecho descubierto, con el cigarrillo iban prendiendo los cartuchos, su profesionalidad y experiencia les daba para saber medir cuando retirarse ante la fuerza explosiva, mientras que los guardias o bien morían o dejaban sus posiciones con la explosión, llenos de terror. Pedro, Jacinto y Lolín, que así se llamaban, saltaban sobre el lugar aprovechando la humareda y avanzaban más terreno para lanzar otro cartucho y luego otro, y así ganaban un terreno precioso para la revolución.

Sin embargo, recordaba Gerardo, los mineros parapetados frente a la Catedral, con el fusil en las manos, no consiguieron hacer bajas entre los guardias, mientras que estos les cazaban a ellos poco a poco. Fue de aquellos momentos de donde salió la rabia destructiva contra la ciudad, con el poder que tenían en sus manos, pero que no podían manejar mientras subsistiesen lugares estratégicos desde los que la fuerza pública los mataba sin contemplación y hasta con cierta facilidad.

Entonces empezó la destrucción de edificios. Jacinto y Lolín sabían lo que tenían que hacer, llevaban días haciendo lo mismo: durante diez segundos, a pecho descubierto, se jugaban la vida, luego llegaba el pánico del sonido que adelanta el caos, y todo pasaba a sus manos.

Tras la tormenta, la luz de la mañana aparecía clara y azulada. En el exterior, el silencio y la quietud eran totales, los ruidos del bosque y la braña no se percibían, pero tenían claro que los guardias permanecían allí, esperándolos. La presencia de los agentes mantenía la vida animal escondida y callada.

—¿Pares o nones? —dijo Lolín.

Con aquel juego infantil, desde que habían empezado a combatir, dirimían las dudas sobre quién ejecutaría las misiones o quién se jugaría la vida en ellas. Lolín era moreno de piel, achaparrado y siempre con su boina en la cabeza.

—Pares —dijo Jacinto.

Alto y espigado, con una gran nariz que marcaba su personalidad extrovertida e inquieta. Los dos mineros sacaron dedos a la vez, uno frente a otro.

—¡Joder! ¡Qué suerte tienes, Lolín! ¡Siempre empiezas el juego tú, coño!

Jacinto había sacado un dedo y Lolín dos.

—Tres, impar. Yo gano.

El minero se recolocó la boina, apretó la mano de su amigo y se dispuso a salir. Habían hablado por la noche y la gran piedra que tenían a unos veinte pasos de la cabaña, era el lugar correcto para medir distancias y observar posiciones de los guardias. Lolín tenía que correr hasta allí y Jacinto observar desde donde provenían los disparos, encendería los cartuchos, daría la señal a su compañero para que volviera a hacer el camino, esta vez a la inversa, los dos se juntarían cuando Jacinto lanzara los cartuchos, si todo salía bien en ese momento correrían montaña arriba.

Gerardo los había escuchado trazar aquel plan en silencio, era el mismo de siempre, el empezaría a disparar con su pistola cuando Lolín regresara del primer escondite, o bien, cuando los guardias quisieran perseguirlos, y una vez que hiciera eso, él estaría atrapado.

Los tres se dieron la mano en la puerta, Jacinto y Lolín se abrazaron, eran demasiadas aventuras juntos, el minero respiró hondo.

—Preparado —dijo Jacinto encendiendo el cigarro.

Lolín apoyó la mano en la puerta y volvió a soltar aire de forma profunda por la boca.

—¡Voy! —dijo mientras salía y corría como llevado por el diablo hasta la gran piedra. Jacinto observó atento. Los disparos provenían desde los árboles cercanos, que eran cuatro enormes castaños, y desde donde salían las balas fuertes y potentes.

Lolín corrió, dejó la mente ausente de pensamientos, solo se centró en correr y correr, y cuando sintió la quemazón en la pierna cayó al suelo, un proyectil le había atravesado la rodilla, el dolor era intenso y arrastrándose por la hierba consiguió llegar a la piedra.

En el poco tiempo que había durado el tiroteo sobre su compañero, Gerardo había abierto la ventana y se había vuelto a ocultar, algunos disparos rebotaban en el cerco, astillándolo y haciendo que se tuviera que esconder.

—¡Tienes que intentarlo! —gritaba Jacinto.

—¡No podré! —gimió Lolín— ¡Dios mío! ¡Tengo la rodilla destrozada!

Jacinto escuchaba los gemidos de su amigo, tenía claro hacia donde tenía que dirigir los cartuchos, miró a Gerardo y ambos se despidieron con la mirada y una triste sonrisa.

—Ve, te cubro —dijo Gerardo.

Jacinto dio una calada profunda al cigarro, dejó, como hacía siempre, que el humo llenara su garganta y cuando ya desaparecía el sabor de su boca, prendió los cartuchos, se levantó y salió corriendo hacia la roca. Gerardo disparaba con la pistola hacia los árboles y vio salir al minero corriendo hasta su compañero Lolín. Empezaron a sonar los estampidos, las balas rebotaban cerca de Gerardo y alrededor de Jacinto, a mitad de camino el minero lanzó la dinamita y con la última zancada, todo explotó, Jacinto agarraba a su compañero y lo llevaba de vuelta a la cabaña arrastrándolo por el prado, la humareda empezó a clarear y Jacinto portaba el peso compacto y casi muerto de Lolín. Alcanzar a la cabaña les otorgaba tiempo y reposo, pero ya los tres mineros sabían que estaban muertos. Y la voz que Gerardo escuchó a su espalda se lo confirmó.

—¡Suelta la puta pistola cabrón o te reviento a balazos!

Gerardo no se volvió. El tiempo se ralentizó en su cabeza, pero aun pudo observar como Lolín y Jacinto caían mientras las balas les alcanzaban certeras y mortales. Pensó en todo lo que el grupo de mineros contaba por las noches.

—Llevan a la práctica todas las invenciones posibles sobre la tortura, a un compañero le retorcieron el escroto.

—¿El qué?

—Los huevos y la polla, joder —rieron todos.

—Te queman los órganos sexuales y si no hablas te rompen las rodillas a martillazos, y todo esto delante de tus compañeros para que a si vean lo que les espera. Es mejor no dejarse coger.

—Clavan astillas bajo las uñas —dijo otro en el silencio que se había instaurado y que rompía el crepitar del fuego de la hoguera.

Gerardo había negado todo aquello, no quería que sus hombres pensaran nada más que en la victoria, pero sabía que todo era verdad, en el contexto que estaban viviendo todo quedaba oculto y ni siquiera sabía si la historia lo contaría, él había encontrado cuerpos de mineros cuando ganaban posiciones, mineros que habían caído prisioneros, horriblemente deformados por esas y otras torturas. Por eso, cuando escuchó la voz a su espalda, y vio como sus dos últimos hombres caían y no se levantaban, su último pensamiento fue para sus padres, para Asturias. Miró el horizonte azul de su tierra y se disparó en la cabeza.

3

—La verdad es que no sé cómo hizo para superar las pruebas que le hicieron, hace tiempo de eso —la madre María dio un sorbo al café y depositó la taza sobre la pequeña mesa de madera. Esta vez las rosas eran blancas e iluminaban todo el despacho, parecía mentira que a pocos kilómetros de allí la vida fuera un caos—. Todo eso sucedió en el otro hospital —siguió diciendo la monja— y todo lo que sé, es lo que he leído en los informes, al igual que usted doctor Suárez.

—Hay personas que con trastornos mentales consiguen pasarlos —dijo el Guaje—. Si la enferma de este informe es la persona que yo creo, ni yo mismo lo entiendo, juraría con la mano encima de la biblia, que es una persona cuerda y normal.

—Es usted un hombre muy optimista doctor, además de crédulo, yo no afirmaría eso ni de mi propia familia. ¡Hay demasiados tarados por ahí! La vida te enseña a dudar al dar tu confianza a la gente.

—Como el apóstol Tomás en el evangelio de Juan —dijo riendo David.

La monja hizo la señal de la cruz en su pecho y exclamó:

—Que Dios me perdone.

El Guaje depositó la taza vacía sobre la mesa y fue a sacar un bisonte, el gesto de la monja fue de claro desagrado y le retuvo, volvió a meter el paquete en el bolsillo de la chaqueta y la sonrisa de la madre María retornó para lucir clara y limpia.

—Pero recuerdo la investigación que se llevó a cabo después de los incidentes de Angelines Lavandera.

—¿Incidentes?

—Angelines desapareció del hospital a partir de unos sucesos turbios y oscuros, parece ser que su sobrina no era la única que llevaba una máscara impenetrable.

—¿Sobrina? —preguntó Guaje algo excitado.

—Sí, a la paciente, como usted ha leído, se le diagnóstico esquizofrenia y era una joven hermosa y muy inteligente.

—Eso da igual —cortó David, notando como al aguijón le atravesaba el pecho y le llegaba al corazón, Diana era un rayo de sol, lo había intentado, pero le había sido imposible no enamorarse de aquella criatura.

—La investigación posterior hizo creer a todos que lucía una fachada, actuaba en una comedia llena de falsa alegría. Angelines demostró tener una gran habilidad.

—¿Qué pasó? —preguntó el forense nervioso y deseoso por saber.

—Yo empecé a darme cuenta con las primeras dudas, era una encantadora de serpientes, se desenvolvía en función de si hablaba con un enfermo, un médico o una monja, daba la impresión de tener una personalidad fuerte y te daba confianza.

—Angelines Lavandera —afirmó David.

—Angelines, sí, pero, sin embargo, era todo lo contrario.

—¿Por qué?

—Al final me di cuenta de que estaba vacía por dentro, algo le tenía agarrado el corazón, era una mujer manipuladora y se ganó a la madre Inés con sonrisas y generosidad hacia ella.

—¿Quién era la madre Inés?

—¿Otro café? La historia es larga.

Sor María volvió a llenar las dos tazas y se sentó, acomodó su hábito, limpió las gafas y suspiró antes de empezar.

—La madre Inés era una fenomenal monja, ayudar a los enfermos y llevar con mimo todo lo relacionado con sus cuidados, era una devoción para ella. Había estudiado y se había preparado en el manejo de hierbas, medicamentos y venenos en todo lo que competía con los pacientes. La madre estaba a cargo del herbolario del hospital y, sobre todo, vigilaba con esmero las sustancias peligrosas para los pacientes por si las utilizas mal, era una persona muy importante en el antiguo hospital.

La monja hizo una pausa para tomar un sorbo de café. Luego, continuó con su exposición.

—Un día la madre Inés cayó por las escaleras, en circunstancias muy extrañas, y mira tú, casualmente, la primera que llegó al lugar y atendió la rotura de su pie fue Angelines, quién había hecho gran amistad con la monja: le llevaba habitualmente café y algo de comer al herbolario, le hacía preguntas sobre plantas y métodos curativos y su amistad fue creciendo hasta que el día del accidente ¿a quien cree usted que me propuso la madre Inés para que le ayudara en el herbolario hasta su curación?

—Angelines— contestó rápidamente Guaje.

—Exacto, desde el «extraño» accidente, con mi venia he de decir, le repito lo dicho anteriormente doctor, la confianza mata, hay que ganársela y bien, no se le puede regalar a nadie, pues bien —hizo un inciso la monja—, yo aprobé que Angelines llevara las hierbas y los venenos de aquí para allá, se quedaba con sor Inés y el médico de turno cuando daban pociones, brebajes o medicamentos tras los que ella, bajo el disfraz de la caridad, les proporcionaba dulces, se hizo popular y querida entre todos los enfermos.

—¿Cuál fue el problema?

—Empezaron a coincidir las visitas de sor Inés y Angelines con los fallecimientos repentinos de los enfermos. Al principio no extrañó a nadie, pues los enfermos eran mayores y generalmente estaban en malas condiciones.

—¿Pero?

—Pero al cabo del tiempo y cuando la mortalidad de los pacientes crecía, fue la propia madre Inés la que acusó a Angelines de aquellas muertes.

—¿Y?

—Sencillamente desapareció, la madre Inés colgó los hábitos y se marchó.

—¿Y la sobrina?

La sobrina se había marchado, se le había dado el alta mucho antes de todo esto.

El cerebro del Guaje funcionaba deprisa, intentaba separar unos datos de otros y llevarlo al caso que a él le importaba.

—¿Y cómo ha quedado todo impune?

—El hospital se derribó, la madre Inés se esfumó, Angelines desapareció, nunca se pudo demostrar nada, los ancianos estaban enterrados y nadie quiso dar publicidad a suposiciones.

—¿Dónde puedo encontrar a la madre Inés?

Sor María se levantó y fue hasta la mesa de cristal que le servía de escritorio. Entre el cristal y las dos patas de madera que lo sujetaban en su lado derecho, había un cajón de mimbre, duro y compacto, lo abrió y sacó una pequeña agenda, tras consultarla escribió deprisa en un papel y se lo alargó a David.

—No sé si querrá hablar de todo esto. La madre Inés quedó muy afectada, pero dígale para lo que es y lo que puede ayudarle en su trabajo. Siempre fue una mujer generosa con los demás.

—Así haré. Gracias por su ayuda, hermana.

El Guaje se levantó y como siempre saludó tocando su sombrero, pero cuando abría la puerta, escuchó:

—Doctor, ¿encontró usted a su hermano Pelayo?

David recordó las palabras que tan sabiamente había usado la monja «la confianza mata, hay que ganársela y bien»

—Murió en Oviedo— dijo, y salió del despacho.

4

No quiso volver la cabeza, aguantó sus deseos, los impulsos de ver por última vez aquel lugar dónde... ¿había sido feliz? No podía ver la cara de su hermano en la ventana porque entonces ganaría el corazón, y era momento de dejar que la cabeza tomara el mando de su vida, de todas sus decisiones. Llevaban días sin dormir, el cabello revuelto y sucio, la chaqueta mugrienta y llena de sangre, y los zapatos desgastados y embutidos del lodo del camino.

Aquella mañana era el primer día de su nueva vida, la que ansiaba, la que le alejaría de la injusticia y el despotismo, los rumores que circulaban decían que numerosos mineros habían seguido su ejemplo y el de Gerardo. ¿Qué habría sido de él? ¿Lo habría conseguido?

—Llegamos a la plaza —dijo Miguelín sacándolo de sus pensamientos.

La plaza aparecía desierta, tenderetes derrumbados y las galerías desoladas con un ambiente gélido.

—Mira, Pelayo —señaló Miguelín.

Dos ladrones sacaban de una tienda de zapatos, que parecía abandonada, cajas llenas de material, todavía llevaban el fusil al hombro. Pelayo sintió pena de la imagen, parecía que solo eso quedaba de una idea, y los de siempre aprovecharían todas las equivocaciones para manchar la revolución. Gustosamente les habría llamado la atención, pero la decisión correcta era seguir camino, sin interrumpir la marcha, el tiempo era importante para ellos. Miguelín, que ya conocía a Pelayo, le agarró por la manga y acercándose todo lo que pudo, susurró:

—Los guardias también roban y saquean.

—Pero lo hacen amparados en la ley, que les protege y si nosotros queremos acabar con todo esto, debemos dar ejemplo —repuso Pelayo sin mirar atrás y apretando el paso para salir de la plaza.

Empezó a llover, sin descanso, de forma continuada. La carretera era un charco enorme difícil sortear para un viaje, incómodo y muy peligroso si se hacía a pie.

El Guaje se había empeñado en llevarlos, pero Pelayo se negó, demasiado obvio y peligroso para su hermano.

—Es mejor separarnos aquí.

El sonido de un claxon le devolvió a la carretera empapada, la humedad de su cuerpo y la realidad de su soledad, tenía el trayecto en la cabeza, todo lo demás era improvisado y nada había salido como esperaba. Echó mano a la cintura y con la palma de la mano notó la pistola, Miguelín hizo el mismo gesto, no se dejarían cazar como conejos, venderían caras sus vidas.

—Subid, donde quiera que vayáis me coge de camino. Pelayo dudó, el trayecto les haría invertir largas horas de caminatas y tensión.

—¿No te fías de mí o qué? ¡Manda cojones!

Aquella voz le animó, ahora le había reconocido, la puerta se abrió e hizo un gesto a su compañero para que entrara, luego Pelayo ocupó el puesto de copiloto junto a Oli.

—Gracias por la ayuda.

—¡Putos elementos!, como decía Felipe II —Oli esperó que se acomodaran para que pudieran resguardarse de la lluvia—. Ni quiero, ni me interesa saber a dónde vais, pero dime un sitio donde dejaros.

—La carretera no ofrece mucha seguridad, por eso no he querido que viniera el Guaje.

—Lo sé, me envía él —dijo Oli.

«Siempre ejerciendo de hermano mayor», sonrió Pelayo.

—Demasiadas sidras en mi *chigre* como para no echar una mano.

—Han cortado todas las vías, las mismas que antes cortamos nosotros —Pelayo sonrió a pesar de que en toda su vida Oli no había bajado a una mina, se sentía uno de ellos—. Hay árboles tumbados a lo largo del camino, todos los que dinamitamos, los guardias no los han quitado, y ahora esperan emboscados tras ellos. Así que, aunque os resulte molesto, durante gran parte del camino, tendréis que ir en el maletero.

Abrieron por dentro la parte donde los asientos traseros daban paso a un gran maletero, y allí se acomodaron como buenamente pudieron.

—¿Dirección? —preguntó Oli.

—La Espina —indicó Pelayo.

—Hasta La Espina podré llegar, este cacharro no tiene mucho gasoil, pero son cincuenta kilómetros. Creo que, si Dios quiere, llegaremos.

—Y si no quiere le metemos un tiro en los huevos —gritó Miguelín.

La carretera seguía difícil y especialmente peligrosa. La lluvia era incesante y la visibilidad empezaba a ser nula, llevaban veinte minutos por carreteras secundarias, dirección

Salas, cuando en una intersección de la vía Oli vio a dos guardias civiles.

—Preparados, tenemos control —gritó sin volverse hacia atrás, colocó en punto muerto la velocidad del coche, y dejó que este fuera despacio y llegara hasta el primer guardia.

—¡Alto! —ordenó con voz de mando el primero de los guardias civiles del control, el otro se había separado, apuntando a Oli desde el pequeño arcén.

—Buenos días —dijo Oli abriendo la ventanilla.

—Volante de permiso de circulación —volvió a decir con voz imperiosa el guardia.

—Yo te conozco y tú me conoces, soy Oli del *chigre* de Mieres, en la Colomina.

—Se quién eres, por favor, volante de permiso de circulación.

El tono del guardia ya había bajado, le había conocido y no se sentía amenazado. Oli había pasado desde el 4 de octubre todos los días en el *chigre*, la guardia civil no tenía nada en contra de él.

—Os he servido un montón de sidras a vosotros dos —dijo señalando al otro guardia—. Voy a por material, me he quedado sin víveres, y este es el viaje que hago semanalmente, el volante de circulación que tengo es el que me obligaron a llevar los guardias rojos —pronunció las últimas palabras de forma despectiva—, pero ya ha vuelto la seguridad a Asturias.

Mientras Oli hablaba el otro guardia se había acercado a su compañero y asintió con la cabeza.

—Deja que siga camino, es Oli del *chigre*.

—Tenemos órdenes y no...

La suerte cambió la cara de la moneda, o la jugada salió par, en aquel momento un coche llegó junto a ellos, esperaba turno detrás de Oli, para pasar el control. El indeciso guardia se centró en el nuevo coche que venía ocupado por tres hombres.

—Siga, y... ¡eh Oli! —dijo riendo por vez primera— nos debes unas sidras

—¡Eso está hecho!

El automóvil se puso en marcha y emprendió lo más velozmente que pudo el camino a La Espina.

5

Daba gracias a Dios, si es que había regresado ya a Asturias, por no haber llevado a su hermano en el coche, le habían detenido en la ruta hacia Oviedo en dos controles, y en ambos, le habían preguntado por Pelayo, los guardias recelosos registraban el automóvil con esmero, sin dejar ningún detalle, esperaba que su hermano y Oli hubieran tenido más suerte en su viaje a Dios sabe dónde.

Oviedo, ¡ay, Oviedo! Las lágrimas se agolpaban en los ojos, era imposible no sentir nada al presenciar aquella ciudad de caos, destrucción y desamparo, inimaginable pensar en una ciudad con tantos destrozos, demasiadas vidas sacrificadas y edificios destruidos.

Había sido una guerra entre hermanos de un mismo pueblo, demasiadas escenas de ferocidad.

El Guaje caminaba nervioso y precavido por las calles rotas y miraba el espanto que le rodeaba, demasiada dinamita para que nadie ni nada quedara en pie. Oviedo era una ciudad de más de cuarenta y cinco mil habitantes y todos los edificios que formaban su más genuino perfil urbano los habían saqueado. David se encogía sobresaltado y miraba la línea donde acababa la ciudad, el horizonte de la mañana lluviosa y oscura se cubría de una luz artificial por las explosiones, que eran sistemáticas, cada cierto tiempo llegaba una luz de fuego al compás de un rayo de explosión. David no entendía bien lo que pasaba. Los mineros habían salido de Oviedo y las últimas reyertas se estaban dirimiendo en carreteras y montes. ¿Qué sería aquello? Con el final de la última explosión cruzó la calle, saltando escombros y esquivando baches de las bombas de la aviación. Se acercó a un grupo de guardias que, ajenos a todo lo que ocurría a su alrededor, hablaban tranquilamente. Un teniente estaba entre ellos y paró la conversación al ver acercarse a David, repasó con la mirada al elegante forense admirando su estilo y el porte en como llevaba cada una de las prendas, era algo asonante con todo lo que les rodeaba.

—¿Estamos seguros? —preguntó David bordeando uno de los grandes socavones de la acera.

—No se preocupe, la ciudad está ya en calma —el teniente se fijó en las manos del hombre que estaba frente a él, definitivamente aquel traje no era robado, estaba hecho a medida. El de sastre era el oficio que su padre había querido para él, su familia regentaba la mejor sastrería de Gijón, y enseguida advirtió que era de un estilo valiente y moderno, no era minero ni tenía nada que ver con ellos, sus manos blancas y finas, sin durezas ni heridas, reflejaban el modo de vida, y el traje costaba una buena cantidad de dinero.

—¿Y esas explosiones sistemáticas?

—Provienen de los valles, donde se hacen volar los depósitos de dinamita, todavía encontramos camiones cargados y que gracias a Dios no se han usado.

—Estoy buscando el monasterio benedictino de San Pelayo, pensaba que era por esta calle, pero entre tanto escombro me pierdo.

—Va usted por el camino correcto —dijo el teniente aceptando el bisonte que el Guaje le ofrecía—. Desgraciadamente los revolucionarios a medida que se apoderaban de la ciudad la sometían a saqueo y destrucción, no queda mucho.

David dio una calada profunda al cigarrillo y miró al teniente, advertía que el militar estaba a gusto y tranquilo.

—¿Cómo va el cerco a los huidos?

—Están cayendo poco a poco, uno de los cabecillas y tres obreros que iban con él, murieron en una de las emboscadas preparadas.

El Guaje sacó el reloj de bolsillo y dejó que el teniente lo observara con detenimiento, era de oro macizo y en todos los que lo miraban tenía el mismo efecto, admiración, ese era el momento de soltar la pregunta como si fuera inocente y solo por curiosidad.

—Y ese al que llamaban Máuser, ¿saben algo de él?

—Pelayo Suárez es el hombre más buscado por todas las fuerzas de seguridad, le queda poco, pero de momento no sabemos nada —el teniente sonrió—, pero no se preocupe, el *prenda* estará a muchos kilómetros de aquí. Está usted bastante seguro.

El Guaje se despidió con su típico gesto de tocar el sombrero y susurró «bombas, muerte y hambre, con que facilidad se quitaban vidas». Su madre Lilibet le decía que el mayor gesto de amor era dar una vida, y que por ese motivo las madres eran menos dispuestas a quitar ninguna, sabían del valor, el tesoro de cada una, y el dolor que producía su pérdida.

El monasterio benedictino de San Pelayo, conocido popularmente como el monasterio de «las pelayas», era su destino. Estaba deseoso de escuchar lo que Inés pudiera decirle, había desaparecido de la vida pública, pero tenía información que era importante para él.

Caminó con asombro infinito. Todos los edificios que seguían en pie tenían una bandera blanca, y postes y cables telefónicos se amontonaban por el suelo, derribados y rotos. Caminaba por el barrio del Seminario y bordeó el cuartel general de López Ochoa. Las casas cercanas estaban reventadas, con hierros de balcones y cierros retorcidos. El Guaje sacó su pañuelo y se lo llevó a la nariz, el hedor era insoportable debido a que todas las cloacas de la ciudad estaban hundidas. Prestó atención a la gente que le rodeaba, parecían autómatas sin destino, perdidos en buscar algo inalcanzable, sucios, sin peinar, algunos abrazados y todos llorando. Habían sufrido demasiados días en una turbulencia infinita de violencia rematada por las bombas de la aviación.

David no sabía si tendría la suerte de que aquel edificio del barroco fuera uno de los que todavía se mantendría en pie, entre tanto esqueleto de hormigón, sería una pena que cientos de años de existencia hubieran volado por los aires en aquel octubre sangriento.

La fachada era sobria pero elegante, sillares encuadrados y formada por tres puertas, sobre la moldura una hornacina con la figura de Pelayo en piedra. David respiró cuando vio que, aunque algo dañada, se mantenía en pie.

Entró por la iglesia de planta sencilla y una sola nave, y fue hacia el claustro de corte monumental. No entendía nada de arte, solamente era capaz de recoger lo bello y retenerlo en sus pupilas, admirar la simpleza de la armonía y que tocara alguna fibra en su interior, por eso se quedó un momento admirando las columnas.

—Son de orden toscano.

El Guaje se giró, junto a él un sacerdote le miraba con cierta curiosidad.

—Buenos días, padre —dijo David llevando su mano al sombrero—. ¡Magnífico edificio!

—El lugar que pisamos es la parcela de terreno más antigua de Oviedo.

—No han sufrido muchos daños por lo que puedo ver.

—Tus ojos te engañan hijo mío, el fuego ha destrozado gran parte, pero Dios tiene planes para todos nosotros, y el de este humilde siervo del Señor, está por escribir.

—Le veo resentido, padre.

El sacerdote se santiguó y besó la cruz que llevaba en el pecho, miró detenidamente al hombre que tenía en frente, y llegó a la misma conclusión que anteriormente el teniente de las fuerzas policiales: David era un señor del que te podías fiar.

—Los obreros de las grandes cuencas no son muy católicos, más bien irreligiosos los más cultos y antirreligiosos los demás. Aquí entraron como locos intentando quemar la iglesia, el retablo, imágenes y rompiendo todo aquel archivo parroquial que caía en sus manos, pero su obsesión era prender fuego al convento, de hecho, la mitad esta quemado y echado a perder.

—¿Y las monjas?

—La aparición de uno de sus jefes evitó la destrucción total de este santo lugar, mandó a todos a la catedral, Dios guarde en su paraíso a los soldados y guardias que murieron defendiendo la Cámara Santa.

—¿Quién era ese enviado de Dios? —preguntó David con toda la intención del mundo.

—Alguien al que llamaban *Noser* o algo parecido.

—¿Puede ser Máuser?

—Eso es Máuser. Les obligó a salir de aquí, se ofendió cuando las hermanas empezaron a llorar y nos pidió perdón, es algo extraño, porque momentos después voló los ventanales de la Sala Capitular, y de allí a la apreciada Cámara Santa, acumularon en la cripta de bóveda baja mucha dinamita y la explosión fue tal que todo subió a una altura que todavía tenemos en el tejado enormes bloques de piedra. Los gritos de miedo de las hermanas todavía retumban en mi cabeza, al romperse todos los cristales.

—¿Usted cree que los mineros son los únicos culpables de todo lo sucedido padre? —El Guaje no pudo resistir hacer esa pregunta, empezaba a estar harto de que en aquella historia solo los mineros fueran los malos.

El sacerdote le miró inexpresivo, no esperaba aquella reflexión, bajó la cabeza y la movió de un lado a otro negando.

—Por supuesto que no. Esta tragedia se podía haber evitado, los católicos tenemos una gran responsabilidad, la represión no es remedio de nada, la Iglesia debe de rectificar su política social.

—Es usted un buen cura, pero por desgracia lo que se oye es todo lo contrario, cortar cabezas, castigar a los rebeldes, lo fácil —El Guaje calmó su discurso, tampoco quería perder la atención benévola del cura—. Nadie se para a pensar, padre, si cincuenta mil hombres solo se mueven por propaganda socialista, o hay algo más.

—Hijo mío, el canónigo de la Catedral de Oviedo lleva más de treinta años profetizando esto que ha sucedido, para vergüenza de los católicos asturianos, como hizo nuestro Señor, habló en el desierto, solo encontró incomprensión, nadie quiso ver lo que se avecinaba.

El Guaje agarró el brazo del cura y lo apretó en señal de respeto y ánimo, todos habían perdido algo en el camino.

—Bueno ¿en qué te puede ayudar este viejo cura?

—Verá padre necesito hablar con una mujer que seguramente está en el convento de clausura.

— ¿Con *las pelayas*?

—Con las monjas, sí. Ella también llevó los hábitos, pero tengo entendido que lo dejó, y ahora pasa su vida entre estas paredes. Su nombre es Inés.

—Por aquí —Señaló el sacerdote.

Caminaron por el centro de la nave, sin capillas adyacentes y muy sencilla, el cura abrió una puerta y por esta se accedía a una pequeña habitación con una mesa donde descansaba el *Nuevo Testamento* y en cada esquina un sillón de tela.

—Espere aquí —comentó el cura mientras salía por otra puerta, esta mucho más gruesa y ornamentada con motivos florales en el marco. No habían pasado ni cinco minutos cuando la puerta se abrió y una monja espigada y delgada, de tez blanca, manos finas y cuidadas, le sonrió.

—Soy la madre Mercedes.

—David Suárez, hermana —se presentó el forense—. Vengo en visita un poco oficial, necesito hablar con una mujer que creo que está en este convento entre ustedes.

—Inés, me lo ha dicho el párroco.

—Sí, Inés ¿está aquí?

—Lleva varios años entre nosotras, la acogimos por recomendación de la comunión Episcopal, nosotras nos regimos por las normas fijadas por la Santa Sede, y la atendimos junto a su hermano Claudio.

—¿Hermano? —se extrañó David.

—Claudio tiene un retraso, pero es buen hombre y cuida de Inés. Ella tuvo un accidente cuando trabajaba y se quedó medio inválida. Claudio solo sale de la habitación para portar a su hermana al comedor, piense que nosotras llevamos una vida dura y austera, dedicada a la oración.

La monja se levantó y señaló a David para que la siguiera, se paró ante una pequeña campana que había a la derecha de la puerta que abrió, pero antes de pasar al convento empezó a tocar la campana con fuerza.

—La campana avisa de que alguien desconocido va a entrar al convento.

Varios estrechos pasillos se dividían en celdas, todas cerradas tras el repicar de la campana, pensó el Guaje, le hubiera gustado ver una de ellas por dentro, pero viendo la sencillez del pasillo y la cruz de madera sobre la puerta, suponía que aquellas habitaciones recordaban a las hermanas su vida contemplativa. Al final del pasillo la luz natural entraba viva y con fuerza a pesar de no ser un día especialmente luminoso por la lluvia. Salieron a un diminuto jardín, con un pequeño huerto y una fuente de piedra, el sonido del agua al correr adormilaba y elevaba el sentimiento de paz y recogimiento. Junto a un grupo de árboles frutales y bajo su cobijo un gran banco de piedra acaparaba la sombra y allí fue donde dejó la monja al Guaje.

—¡Espere aquí!

David la vio entrar en el convento y escuchó sus pasos tranquilos por el pasillo, y pensó en cómo era el compás del tiempo fuera de aquellos muros. La gente había luchado, sufrido y muerto. Sin embargo, dentro del convento todo era orden y silencio.

Se encontraba en el corazón del monasterio, el claustro era elegante, amplio y estaba construido en torno a un pozo de piedra; el Guaje se asomó y vio la profundidad con algo de vértigo, su silueta se reflejaba en el agua clara y limpia. Aquel era el mejor lugar para encontrarse consigo mismo, pero negó de forma interior con desánimo, ese momento para él no había llegado, demasiadas preguntas por contestar y dudas por resolver.

El ruido le hizo girar la cabeza y tras sentir que alguien venía, centró toda su atención en la entrada de aquel pasillo de piedra. Lo primero que llamó su atención, fueron unos enormes ojos llenos de luz y brillo, rebosantes de vida y de un negro profundo, acaparaban toda la cara de Inés y daban sentido a una nariz recta y orgullosa, su rostro ya surcado por las arrugas era elegante y bello donde los dos pómulos salientes la dotaban armonía. El cabello le caía tenso y ondulado más allá de los hombros y sus manos blancas y finas permanecían entrelazadas sobre el regazo.

Inés apareció en escena sentada en una silla de ruedas, observando todo, escrutando cada detalle de la persona que la sacaba de su rutina, para hablar con ella, y lo que vio pareció agradarla, pues sus labios finos se tornaron en una pequeña sonrisa. Tras ella un hombre alto, fornido y completamente calvo, empujaba la silla de ruedas. Sus manos eran grandes y fuertes, por lo que sin esfuerzo deslizaba su peso. Llevaba la cabeza erguida y miraba directamente a David, mientras se dirigía al banco de piedra, donde, a la sombra del frutal, dejó a Inés.

—Buenos días, señor… —dijo Inés con una voz débil y algo indecisa.

—David Suárez, forense de la Guardia Civil —se presentó el Guaje, estaba seguro de que nombrando su cargo la oficialidad de su visita tomaría cuerpo—. Necesito hablar con usted, sería importante si me dedica cinco minutos.

—Tiempo es lo único que puedo darle señor Suárez, dejé los hábitos y aquí ruego al Señor que me perdone.

—¿De qué la tiene que perdonar?

Inés abrió la sonrisa dejando entrever una dentadura dañada por la edad.

—A todos nosotros nos tiene que perdonar, joven «el que esté libre de pecado que tire la primera piedra». No se ande con rodeos señor mío y dígame a que ha venido.

—¿Puedo? —preguntó el Guaje sacando un bisonte y ofreciéndole otro a Claudio, que miró a Inés y ante el gesto afirmativo de su hermana, aceptó el cigarro.

—Yo también fumo señor Suárez —la mujer miraba seria y curiosa al forense.

—Perdón pensé que…

—Pensó que era una mujer débil, porque me ve mayor y aquí sentada. No caiga en ese error —exclamó mientras cogía un cigarro del paquete y lo prendía con el fuego que David le ofrecía.

El Guaje dejó que se acomodara y la miró mientras ella disfrutaba del humo del cigarro. Era una mujer resuelta, con detalles que descubrían un pasado activo y que durante su paso por el hospital destacaría por su eficacia profesional, y ahora se la notaba incómoda por estar incapacitada.

—¿Conoce a Angelines Lavandera?

—Usted sabe que sí, si no, no estaría aquí visitando a una anciana paralítica rodeada de disparos y bombas.

—Tiene usted razón, perdone —sonrió David—. ¿Qué puede decirme de ella?

—Todo lo que puedo contar y sé —empezó a decir Inés— es lo que ella misma me contó —Echó el humo por la boca y sacudió la ceniza en el suelo—. Era la mayor de cinco hermanos, cuatro habían muerto muy jóvenes en extrañas circunstancias, todos varones allá en su aldea, no recuerdo muy bien el nombre.

—Nubiana —dijo David.

—Eso es, Nubiana. Salió joven de allí y nunca se casó, pero tenía una sobrina —el Guaje se movió inquieto dio una calada a su bisonte y prestó aún más atención—. Era una mujer extraña, solo frecuentaba los asilos, iglesias y hospitales.

—¿Por qué cree usted, doña Inés, que hacía esas visitas?

—Ahora con el paso del tiempo, y todo lo que sé, creo que elegía pobres y enfermos para sus ensayos con venenos, a algunos de los ancianos que seleccionaba en el hospital, con el antifaz de la caridad y la apariencia, les hacía tomar bizcochos preparados por ella.

—¿Por qué ese interés por el veneno? —preguntó David mientras observaba como Claudio, siempre detrás de Inés, saboreaba con delectación su cigarrillo.

—Aquellos primeros venenos eran débiles y demasiado lentos, empezó a preguntar e interesarse más. Recuerdo que la misma semana que estuvo preguntando por el cianuro, un anciano estable y con buen diagnóstico, murió y su muerte no despertó sospecha alguna. No dejé de pensar y llegar a la conclusión lógica, pero Angelines era una mujer simpática y dicharachera, no era creíble, pero para entonces yo empecé a ver clara la relación entre todas las cosas.

—Pero se calló y no dijo nada.

—Así es, por eso mi penitencia en este lugar es poco castigo para mí —Claudio acarició el cabello de la mujer y la observó con el cariño y la devoción de un bebe en el pecho de una madre.

Inés continuó el relato de sus recuerdos.

—El siguiente paso fue el definitivo, empezó a probar la combinación del cianuro con la bebida. Un día una anciana pidió un vaso de agua, y Angelines se ofreció a traérselo, cuando la mujer dio el primer sorbo, escupió el líquido al suelo y se quejó por la amargura del agua. Inés se disculpó diciendo que el vaso se había usado para otra medicina y no estaba bien lavado, pero ¿sabe algo curioso señor Suárez?

—Dígame, todo es muy interesante.

—Como yo ya sospechaba de la situación, intenté arrebatarle el vaso y así poder guardar su contenido y analizarlo, con la excusa de ir yo a por otro vaso de agua, entonces ella vació el contenido del vaso en el suelo del pasillo sin ningún pudor, y dijo: «Fue un fallo mío, voy yo».

Se ganó mi amistad, y me utilizó a mí y mi posición en el hospital para estudiar los venenos y su efectividad, pero sobre todo comprendió la impunidad de sus actos, puesto que los médicos nunca veían trozos de productos tóxicos en los cadáveres.

—No había autopsias.

—¿Para qué? Los muertos eran ancianos, locos o pobres del asilo.

—Angelines es una envenenadora experta.

—E impune. Los venenos llegan a ser escurridizos y no dejan rastro, hasta que por lo que puedo ver —sonrió coqueta— ha dado con un forense con potencial e ingenio.

El Guaje permaneció pensativo, aquello estaba bien, el caso progresaba, la información avanzaba y tras la lluvia el sol había decidido dar luz y calor a aquel escenario lleno de sosiego y que dejaba más allá de sus muros, el impacto bélico. David notó como corrían las gotas de sudor por su espalda, Inés estaba a la sombra, pero él era una diana perfecta de aquellos generosos rayos solares.

—Según ella tenía decenas de enemigos.

—¿Alguien la quería hacer daño?

—Oh no, señor Suárez, es más bien algo distinto.

Inés pidió agua y Claudio dejó el patio para adentrarse por el pasillo de piedra; la mujer estaba inquieta, el Guaje podía percibir su preocupación. El forense se había levantado y se apoyaba en el pozo, tenía la esperanza de avanzar todavía un poco más, algo concreto que le diera la posibilidad de presentar un caso sólido ante el capitán Turón, pero debía de darle tiempo a Inés, se le notaba indecisa dentro del silencio en el que se mantenía. Claudio llegó con el vaso de agua y la mujer dio un mínimo sorbo. David comprendió que había acertado en su intuición, Inés se había tomado tiempo para pensar, algo dentro de ella la retenía a la hora de seguir con la historia.

—Angelines hablaba de las noches y repetía de forma sistemática que los veía pasar.

—¿A quién?

—A la *Güestia*.

El Guaje recordaba haber escuchado ese nombre, pero el apremio por la información no le dejaba recordar.

—¿Es una asociación?

Inés miró al forense algo incrédula y divertida, no se podía creer que aquel hombre, sin duda culto y de la tierra, no supiera nada de la leyenda del ejército de diablos.

—La *Güestia* son manifestaciones incorpóreas de difuntos o que están a punto de morir.

—¿Y qué tiene que ver con el veneno?

—Angelines decía que paseando por las noches recibía mensajes de la *Güestia*.

—¿Por dónde paseaba?

—Por los bosques y los ríos, de vez en cuando me anunciaba una muerte. Cierto día me explicó que algunas veces se puede ahuyentar a la *Güestia* si tienes tiempo de hacer un círculo en el suelo con una vara y encerrándote dentro.

—¡Claro! El pozo, *Bruxes*, ahora recuerdo que Diana me hablo de la procesión de almas en pena que pasea por las noches, fue en el pozo de Sorriego.

El Guaje se volvió y miró a la mujer que sentada en la silla le miraba tranquila.

—¿Conoce a Diana? —preguntó curioso.

Inés se movió ligeramente y dudó en la respuesta, se notó, fue algo rápido, pero lo suficientemente claro como para que David lo notara.

—No. ¿Quién es?

—No tiene importancia —dijo acercándose y extendiendo la mano para estrecharla con la mujer—. Gracias por su tiempo, ha sido muy… esclarecedor.

—Espero haber sido de ayuda.

—Mucho —dijo el Guaje tocando su sombrero—. Muchas gracias.

Iba embelesado en sus pensamientos cuando notó que le tiraban de la manga con fuerza y detenían sus pasos.

—¡No olvide que está usted en un convento de clausura!

David sonrió al párroco, se daba cuenta que en la confusión de sus pensamientos había entrado en la serie de pasillos que distribuían las celdas de las monjas, era difícil salir de allí sin saber el camino. El cura caminaba seguro y dejó atrás la zona de las celdas y llegando hasta un muro alto, se detuvo y señaló.

—Detrás de este muro gótico ha aparecido parte de una construcción medieval, y es increíble que en los días caóticos que vivimos, tengamos la oportunidad de contar con la ayuda de una arqueóloga de prestigio.

Sintió como si su pecho retumbara roto por un golpe, seguía notando su corazón desbocarse con el solo hecho de poder verla, mirar su sonrisa, oler su cabello, y, sin embargo, podía verse en el trance de tener que detenerla por asesinato. Respiró tranquilo y miró al cura intentando no parecer impaciente, ni nervioso.

— ¿Podría verlo padre?

—¡Claro para una cosa buena que nos trae toda esta destrucción!

El cura siguió la línea del muro y giró a su izquierda y apareció en una cripta, y allí dando la espalda, una joven hermosa como una reluciente *Xana* limpiaba el suelo con la más pequeña de las rasquetas. La piel morena brillaba por el sudor en los músculos de las piernas desnudas dentro de su pantalón corto, ni el fular alrededor del cuello, ni el cabello recogido dentro de una gorra, impidieron que el Guaje reconociera a la arqueóloga.

—Hola, Diana.

Cómo movía Oli el palillo por su boca, a pesar de la escasez de piezas dentales, era un arte adquirido con el oficio que le daban horas y horas detrás de la barra del chigre, pensaba con una sonrisa de cariño, mientras mantenía una velocidad constante en el coche, la última vez que el Guaje la había soltado serio y sin rodeos.

—¡Joder, Oli! Pareces un *verracu*, tendrás que dejar de tomar postres.

Ahora en silencio con sus pensamientos y la valiosa carga que portaba en el maletero, reconocía que David tenía razón, cada vez le costaba más conducir, el volante le apretaba la barriga y tenía la sensación de que el automóvil encogía en cada trayecto que hacía.

—¡Tengo que mear! —gritó Miguelín.

—Joder, eso es lo que me pasa por ir con críos, háztelo encima.

—Voy a poner todo perdido— La voz del minero sonaba nerviosa y avergonzada.

—Es mejor que ensucies el maletero de meaos, antes de que todos nosotros manchemos la carretera de sangre por un disparo.

—Solo será un momento Oli, para donde buenamente puedas.

La voz de Pelayo sonó calmada, pero más que una sugerencia, a Oli, le pareció una orden. Iban en una recta larga y con mucha visibilidad, no era la mejor zona para parar el coche y se exponían a que los descubrieran. El campo de visión era muy amplio, por eso aceleró y ganó terreno a la recta hasta llegar a la primera curva donde un grupo de árboles les guarecería. Aquel si era un sitio ideal para detener la marcha.

Miguelín llevado por el mismo diablo encontró refugio en el abrigo de las hayas y Pelayo aceptó el cigarro que le ofrecía Oli.

—Tú sabes que te vi crecer y corretear por las calles negras por el puto carbón.

—Algún que otro coscorrón tuyo me llevé —rio Pelayo.

—Tu hermano y tú sois como los hijos que nunca tuve.

—No voy a dejar que te arriesgues más viejo gruñón. Aquí separamos nuestros caminos.

—Todavía tenemos gasoil en el depósito y estamos cerca de La Espina. Los amigos y la familia están para ayudar.

—No me lo perdonaría amigo —dijo Pelayo abrazando al tabernero, dejando en ese abrazo todo la añoranza y el amor de una infancia—. Tú lo has dicho, los amigos y la familia están para protegerse, desde aquí conseguiremos llegar a La Espina esta noche, si nos detuvieran habrías arruinado todo Oli, y tienes que cuidar del Guaje.

Las lágrimas corrían sueltas por el rostro del viejo tabernero, el solo veía en Pelayo al crío que vio crecer.

—Maldita revolución —lloró Oli.

—Esta vez perdimos —Pelayo apretó a su amigo contra él— pero estuvimos cerca de conseguirlo.

Miguelín que había sido espectador de la conversación de los dos amigos dio una patada a uno de los guijarros del suelo mientras susurró con tristeza

—Necesitaremos más unión.

—Esperad, casi se me olvida —dijo Oli corriendo al coche, abrió la guantera y alargó un sobre a Pelayo—. Tu hermano me dijo que necesitarías estos documentos, son de los dos mineros muertos que está investigando, dijo que estos papeles están limpios y utilizables.

—Eloy Barrero y José Cancello Nubiana —leyó Pelayo.

—Tu hermano mayor está en todo —dijo Miguelín.

—Gracias, Guaje —dijo Pelayo mientras miraba embelesado como el coche del viejo Oli se perdía en la carretera de vuelta a Mieres.

—Esta noche dormiremos poco otra vez. Estamos a la altura de Salas, cuando estemos cerca del pueblo tendrás que acercarte para comprar algo de comer, yo tengo demasiados conocidos allí y es peligroso correr ese riesgo.

Cuando la silueta de la aldea se presentó serena ante ellos, Miguelín se adelantó, como había planeado Pelayo, a comprar víveres, mientras su compañero de viaje apoyó la espalda en el grueso tronco de una haya y dejó que sus párpados se cerraran. El cansancio le rindió por lo que no tardó en dormirse y entrar en un sueño profundo pero inquieto. Soñó que su madre Lilibet ponía la mesa y le señalaba con la mano, mientras él, sentado en una de las sillas, la escuchaba avergonzado con la barbilla pegada a su pecho.

—Así no se puede luchar, niño, las batallas hay que elegirlas, y luchar en la que puedes ganar. ¿Cómo diriges a tu gente al campo de batalla con esa desigualdad de armas? —Su madre le señalaba con el dedo y con el rostro rojo y los ojos brillantes le escupía cada una de las palabras— .No pareces mi hijo ¿Qué clase de idiota he criado?

—Lo siento, mamá —lloraba Pelayo con su rostro juvenil empapado en lágrimas.

—Lo siento, lo siento —gritó Lilibet—. Los mineros luchan en el monte, en las minas, en las cuevas, por los sitios donde no hay aeroplanos, no basta con ser valiente.

—¿Qué podía hacer? —gimoteaba el joven Pelayo que jugaba a ser un hombre.

—Las revoluciones se plantean como si fueran guerras salvajes, sin miramientos, pero hay que saber dirigirlas, me escuchas Pelayo, Pelayo, Pelayo.

—¡PELAYO! ¡Despierta coño!

Sobresaltado y algo asustado despertó de la pesadilla, miró a Miguelín y respiró dejando que los latidos de su corazón volvieran a recuperar su ritmo normal.

—¡Mira! Pan, chorizo y un queso de Cabrales.

—Perfecto, ven túmbate a mi lado y repartamos las viandas, este sitio es seco y tenemos la suficiente espesura para reposar tranquilos y que nadie nos pueda ver.

Comieron con ganas, en silencio y con el último bocado Miguelín cayó en un reparador sueño. Pelayo descalzó sus pies y caminó sintiendo la hierba. Aquel instante de paz sirvió para destensar sus músculos y liberar sus pensamientos. Tenían que llegar a Portugal y desde allí con calma tomar la decisión que le marcaría el futuro: Dónde pasar el resto de toda una vida.

Miró a su compañero de viaje y sintió extrañeza ante el capricho del destino, por la predestinación de unirlo a él a pesar de la adversidad, de haberse atrevido de guiar a miles de hombres hacia la gloria, y en vez de eso, encontraron solo muerte y destrucción. Ahora era un fugitivo sin patria y con el corazón dormido. Miró la luna, brillante y redonda en un cielo abierto y lleno de estrellas, y como su luz se reflejaba en el pequeño arroyo por el que discurría, con calma y tibieza, agua fresca. Se lavó y al dejar que el agua acariciara su cuerpo desnudo, la tranquilidad y el frescor vinieron a revitalizar su espíritu.

Tenían que continuar la marcha. Al abrigo de las sombras, que ahora eran sus mejores aliadas para ocultar su presencia a la vista de sus acosadores, retomarían el camino. Centró su atención en la aldea, donde algún que otro humo salía de las chimeneas de las casas y el sonido de los ladridos de los perros, apaciguados por la distancia, se acompasaban lentamente hasta morir en el silencio. Todo a su alrededor se le mostraba en calma y quietud. Era el momento para recorrer el corto camino que los separaba del puerto de La Espina.

Pelayo ya llevaba mucho tiempo despierto, la impaciencia recorría sus piernas. Se calzó sus pies y se preparó para la nueva jornada de marcha.

—Ya estoy despierto —anunció el joven—, no puedo quedarme mucho tiempo tumbado.

Aquella expresión de empatía relajó definitivamente a Pelayo. Había tenido suerte. Miguelín era una ayuda en todos los momentos de aquel viaje.

—Yo tampoco —subrayó Pelayo—. El Guaje y yo somos como mi abuelo materno. Mi madre nos contaba que era nervioso y necesitaba descargar la batería.

Reanudaron la marcha por senderos que los arribaron a las casas bajas de grandes vigas, graneros silenciosos y castaños todavía dormidos. La noche campesina se desvanecía mientras juntos y en silencio, recorrían los escasos metros hasta los muros de tierra y piedra.

Cuando el sol empezaba a destronar a la madrugada, a fortalecerse en el firmamento, llegaron al puerto. En su cota más elevada, el silencio oprimía sereno y penetrante el ambiente limpio y las cumbres les daban la bienvenida tranquilas y calladas. Desde allí, las primeras luces del alba dejaban ver los caseríos y los campos, algún que otro canto desde la garganta de un gallo, atravesaba el nítido espacio avisando del fin de la noche.

Pelayo y Miguelín se tomaron su tiempo para disfrutar aquel momento mágico. Venían de la agitación, la lucha y las explosiones de las bombas, y ante sus ojos estaba la verdad de su tierra: aquella belleza era Asturias.

Siguieron su camino intentando dejar a un lado todo lo que no fuera apresurar el paso y acortar las distancias, y a pesar del cansancio que ya empezaban a acumular iban alegres y tranquilos. A media tarde podían llegar a su destino y preparar la fuga definitiva, la que los llevaría desde Portugal al lugar donde eligieran. ¡Qué diferente era el escenario real al soñado días atrás! Llegarían huidos, derrotados y en plena fuga nadie se percataría de su presencia, ni sería testigo del paso de un revolucionario triunfador. A la clase obrera le esperaban años difíciles de lucha y, seguramente, acarrearía otras consecuencias, era la hora de hacer entender que, sin libertad en las carteras, jamás la tendrían en el corazón. Serían esclavos del poder.

—Allí está, Pelayo —señaló Miguelín.

El precioso valle se abría ante ellos y el río Narcea, elegante dentro del poder de su curso, bordeaba los campos llenos de abedules y prados verdes. Pelayo recordó las aventuras juveniles de aquellos escasos días en los que él y el Guaje caminaban por aquellas laderas y las aguas del Narcea eran tan familiares para él.

Quedaba poco de la tarde cuando entraron en el pueblo, intentando pasar desapercibidos, precavidos y algo temerosos, estaban sucios y sus vacíos estómagos protestaban. Abrigados por todo aquello que les sirviera de protección, Pelayo condujo a Miguelín hasta una humilde casa, con una era anexa. Un hombre joven, más o menos de la edad de ellos, trabajaba sudoroso y taciturno. Con un gesto Pelayo invitó a su compañero a adentrarse en aquel bancal. El campesino tardó un poco en percatarse de cómo dos hombres le observaban. Detuvo su tarea y con la mano a modo de visera, para, protegiendo sus ojos, enfocar la visión, se fue acercando.

—¡Pelayo! ¿Eres tú?

—Perdona la intrusión Juanín, pero vamos a necesitar tu protección y ayuda amigo mío.

El campesino agarró a Pelayo y se fundió en un sincero abrazo que alargó varios segundos.

—Entremos en la casa, puedo escuchar como os protestan las tripas.

La casa era grande pero humilde. Juanín les hizo entrar en ella por la cuadra que, dentro de un orden, relucía limpia, aunque mantenía el inconfundible olor de la paja y la hierba recién cortada, que acaparaba el espacio.

—¡Estoy famélico! —dijo Miguelín.

Pelayo se llevó la mano al estómago y sonrió junto al joven. El ruido de sus tripas era espantoso, pero hasta ese momento no se había parado a pensar en el hambre; nada físico era importante para él, ni siquiera la necesidad de alimentarse. Juanín llegó con un gran queso, dos cuencos de barro humeantes llenos de un guiso de carne y una jarra de vino y otra de agua. El campesino observó como los dos invitados que tenía en casa devoraban todo sin levantar la cabeza del plato y sin decir media palabra. Preparar la fuga era importante, pero solventar las necesidades del cuerpo también lo era. Con el último bocado de pan en la boca, Pelayo miró al dueño de la casa.

—Participamos de manera importante en la revolución y venimos derrotados y hambrientos como puedes ver... y perseguidos.

—Lo suponía, Pelayo. No hay más que miraros con atención, y eso me preocupa. Si yo lo he deducido nada más veros, que no hará un guardia entrenado. ¿Todo acabó?

—Para nosotros sí, y no podemos permanecer mucho tiempo en el país.

—¿Qué pensáis hacer?

—Primero Portugal, pasando por Galicia donde nos pueden ayudar a salir, pero para poder conseguirlo te necesitamos amigo.

—¿Y el Guaje?

—No puedo comprometer a mi hermano. Él no ha participado en nada, trabaja para el Estado y seguro que le vigilan, en verdad ni siquiera sabe que estoy aquí.

—Tienes mi amistad y mi cariño desde que éramos *rapaces*.

Pelayo sonrió y agarró la mano de Juanín sobre la mesa, mientras Miguelín daba cuenta del último vaso de vino.

—Necesitaré dos caballos y provisiones, para poder salir esta misma noche.

—Me pongo en marcha —dijo el labrador levantándose de la mesa.

—¡Juanín! —gritó Pelayo— No digas a nadie que ando por aquí, nos jugamos la vida.

El tiempo pasaba lento, muy lento, y los dos mineros nerviosos esperaban la llegada de Juanín. Pensar en el pasado era doloroso, pero el futuro era algo difícil de imaginar, eran jóvenes, pero les aterraba la incertidumbre.

—¿Sabes de qué me acuerdo en estos momentos? —interrumpió Miguelín el silencio y la cadena de recuerdos de su camarada.

—¿De qué? —preguntó Pelayo.

—Cuando fuimos al ayuntamiento del pueblo —sonrió— llegamos gritando y cantando, pero lo encontramos vacío, ni un alma se había quedado en él para recibir a la revolución. Entonces todos nos miramos algo desilusionados, recuerdo que solté: *¡Vaya acto revolucionario! ¡Esto es una mierda! ¿Qué hacemos tanta gente aquí instalada sin hacer nada?*

—Y ¿qué pasó? —preguntó Pelayo.

—En todos los grupos siempre hay un gracioso, pero hay veces que al gracioso le siguen otras personas con el mismo sentido común, e igual que aquel que tiene una idea brillante soltó: *¿Por qué no vamos a la casa del cura?* Y allí que marchamos todo el grupo, muchos por diversión, yo por cotillear y saber cómo acababa todo aquello. Por el camino fuimos cantando *La Internacional* y así, de esa guisa, llegamos a la iglesia y la casa parroquial.

— La verdad es que os hicisteis notar, no le cogería al cura por sorpresa.

—El cura acababa de dar una misa y todas las viudas y ancianas del pueblo se cruzaron con nosotros. Algunas de aquellas mujeres eran madres o abuelas de gente del grupo de mineros que cantando iba a ver al cura. Parece que lo estoy viendo, una de aquellas mujeres, fuerte y robusta como un árbol, agarró a uno de los jóvenes y a gritos le espetó.

—¿Dónde vas *rapaz*?

El muchacho miró a su alrededor y viendo la cara de todos sus compañeros, se envalentonó haciendo frente a la mujer que, a la sazón, era su madre.

—A ver al cura, para que entienda que ya empezó la revolución

Jamás he visto un tortazo más grande, pero creo que fue mayor la vergüenza de aquel pobre rapaz, la mano en la cara y viendo la risa de todos nosotros.

—Tira «pa'lante», babayu. *Igualín* que el bruto de tu padre. La Iglesia es la casa de Dios, y Dios no quiere revolucionarios de pacotilla.

—¡No queremos dueños ni opresores! —gritó otro joven del grupo.

—Deja las cosas rusas para Rusia, rapaz.

La mujer se llevó a su hijo entre risas y burlas, y nosotros seguimos camino de la iglesia. El cura, que ya estaba avisado, nos esperaba brazos cruzados en los escalones de entrada, estaba serio y guardaba la puerta de la casa de Dios.

—¿Qué pasa rapaces?

—Ya estalló la revolución.

—Y ¿qué queréis de mí? ¿Confesión?

—Venimos para decirle que nos hemos apoderado del ayuntamiento y todo el pueblo.

—Me parece muy bien, yo ni entro ni salgo, y Dios tampoco.

—La iglesia tiene que cerrar.

—¿Por qué?

—¿No ha oído usted lo del opio?

—Eso es chino ¿no? —contestó el cura con ironía.

¿Y sabes qué ,Pelayo? Nos lo llevamos para el Ayuntamiento. Allí paso todo el día sentado en una silla, sin hablar, sin soltar palabra, tan solo para el Ángelus, eso sí, y luego para rezar el rosario, hasta que llegó uno del comité y le preguntó:

—¿Qué hace usted aquí don Falin?

El cura contó su peripecia con algún que otro adorno, se quejó de que nadie le había ofrecido ni un vaso de agua, y cuando terminó, el del comité dándole unos golpecitos en la espalda le soltó.

—Ande, ande marche usted para la iglesia y rece por la revolución.

—Eso haré amigo —dijo el muy carota mientras nos miraba con burla.

La puerta de la casa se abrió y Pelayo dio un respingo, habían pasado ya varias horas y Juanín estaba de vuelta.

—He colocado ya los víveres en las alforjas.

—Gracias amigo. Jamás pensé que te vería en esta situación, no te pongas en contacto con el Guaje.

—¿Por qué? ¿No estará preocupado?

—Él no debe saber nada, y tú no te involucres más de lo necesario amigo.

Juanín movió de forma afirmativa la cabeza aquellos dos mineros tenían una difícil y arriesgada aventura por delante.

—El pueblo está silencioso y reina la calma, los caballos están atrás, en la era.

—La luna hoy nos alumbrará el camino.

Juanín vio marchar a los dos mineros, iban con la cabeza algo agachada, y, sin embargo, en sus ojos brillaba la luz de la esperanza. Pelayo se despidió con la mano hasta que el campesino fue solamente un bulto oscuro en la distancia. Miguelín iba luchando con la montura y además apenas se mantenía derecho sobre el corcel.

—Maldita bestia no quiere nada conmigo —protestó haciendo fuerza con las piernas sobre el lomo del animal.

—El nerviosismo es enemigo del jinete a la hora de montar, no te muevas en exceso porque harás movimientos inadecuados y estarás rígido —dijo Pelayo—, respira hondo y deja tranquilo al caballo.

—Me voy a caer —protesto Miguelín.

—Tú tranquilo, las monturas de los dos caballos están correctamente posicionadas y fijadas, no tengas miedo a caerte, relájate en las articulaciones, mete la puntera dentro del estribo y mantén el talón hacia abajo con la rodilla doblada.

—¿Cómo sabes tanto de caballos?

—¿Cómo crees tú que conocimos el Guaje y yo a Juanín? Mi hermano y yo nos escapábamos siempre que podíamos para montar, aquí aprendimos siendo niños gracias a Juanín y su familia. Nosotros no teníamos dinero.

Pelayo marchaba en primer término y siempre pendiente de que su compañero siguiera el ritmo, los caminos estaban solitarios y silenciosos, la vegetación era pobre con escasos castaños desperdigados por las laderas, y así llegaron cerca de la medianoche a Fonsagrada. El pueblo estaba completamente a oscuras, tenía los faroles apagados, solo las luces fantasmagóricas de las antorchas marchando en romería les sirvieron de referencia.

—¿Están en fiestas?

—Sí, por eso elegí este camino, mucha gente viene a las fiestas de Fonsagrada y especialmente a su romería, cuando dejemos los caballos donde nos dijo Juanín, iremos a la posada, a primera hora de la mañana tomaremos el autobús para Tuy.

El viaje había sido tranquilo, pero se les hizo largo y pesado, por eso, cuando llegaron y pudieron acomodarse fueron directos a la taberna más cercana. Se sentaron en una mesa al rincón del local donde la luz era escasa, la taberna iluminaba el salón con velas, candelabros y cirios encendidos, que alargaban las sombras y dejaban hueco a la imaginación. El ambiente era festivo, grupos de gente cantaba, charlaba en alto o bien jugaba a cartas.

—Voy a por dos sidras —dijo animado Miguelín.

—Cervezas, pide dos cervezas.

—Pero…

—Si no te gusta la cerveza pide vino, pero no centres la atención en nosotros.

—Comprendo —dijo Miguelín borrando la sonrisa por vez primera desde que había entrado en el local.

Pelayo miraba todo protegido por la penumbra de la esquina, sus ojos iban de mesa en mesa y procesaba toda la información que su mente podía recopilar. La gente estaba de fiesta, indiferente a todo lo demás, aquello era lo que el buscaba cuando eligió aquel pueblo como zona intermedia para la fuga. Solo el punto rojo de su cigarro revelaba su presencia. Miguelín llegó con dos cuencos de barro, calientes y que desprendían un agradable e intenso olor a guiso de caza.

—La cena —dijo serio— y dos jarras de vino.

Pelayo asintió con la cabeza y empezó a comer en silencio, vigilante y sin dar descanso a su tensión, estaban demasiado cerca como para caer en el error de la confianza.

La música empezó a sonar y en el centro de la taberna, sobre un elevado suelo de madera, se organizó un baile, la algarabía iba en aumento. Miguelín hizo el ademán de levantarse al observar que varias muchachas seguían, sentadas, al compás de la música, pero Pelayo le puso la mano en el brazo y le obligó a permanecer sentado.

—No, es imprudente, termina la cena y nos vamos a descansar lo poco que podamos.

—De acuerdo —dijo el joven serio y decepcionado.

Pelayo apagó el cigarro, acabó con un largo trago la jarra de vino y se puso en pie.

—Voy al retrete, cuando vuelva nos largamos de aquí.

La música sonaba alegre, la aldea estaba en fiestas y los jóvenes bailaban, reían, bebían e iban de un sitio a otro. Miguelín, moviendo sus pies, seguía el ritmo y chocando sus manos en los muslos de las piernas. Siempre le había gustado la música y bailar, en su pueblo participaba en todos los concursos de baile y quedaba en los primeros puestos.

—¿Por qué no sales? Veo que te gusta la música, tu cuerpo necesita movimiento.

Miguelín giró la cabeza siguiendo el sonido de aquella cálida voz. Un grupo de muchachas lo miraban divertidas y entre risas. La que le había hablado, puesta en pie, se dirigía al centro del salón gesticulando para que le acompañara. La proposición incentivó los deseos del minero, y no pudo aguantar las ganas de bailar, divertirse y olvidar todo. Así que, atraído por el ritmo y la vista puesta en el trasero de la muchacha, salió tras ella.

Pelayo estaba refrescándose el rostro e intentando apartar el sucio polvo del camino de su rostro, cuando escuchó cómo la gente jaleaba y gritaba, más allá de la música alegre. Parecía que alguien animaba la fiesta y un mal presentimiento le agarró las entrañas. Salió del retrete y cuando llegó al salón una rabia interior creció apoderándose de él, notó su cuerpo tenso mientras apartaba al corro de personas que animaban a Miguelín, que estaba en el centro del local y giraba y movía piernas, brazos y caderas al compás y al ritmo, que le daba la muchacha junto a él. Pelayo vio como todos miraban al joven, algunos, los más, aplaudían risueños y divertidos por el movimiento del cuerpo del joven, pero vio en uno de los rincones tres hombres cuchicheando. Los siguió con la mirada y observó cómo tras hablar entre ellos, uno se levantó y salió del local. Miguelín había hecho todo lo contrario a lo que dictaba la prudencia: era el foco de atención y debían salir de allí. Cuando la música cesó y los aplausos fueron muriendo, Pelayo llamó la atención de su compañero, que agarrado a la muchacha seguía dispuesto a continuar con el espectáculo. Pelayo prefería permanecer oculto entre las sombras, pero no tuvo más remedio y se introdujo en el centro de la sala, agarró al joven y lo llevó hasta la mesa.

—Vamos insensato.

Cuando salían a la noche cerrada y dejaban la música y el baile tras ellos, vieron llegar a un grupo de hombres, con ellos el mismo tipo que Pelayo había visto salir un momento antes. Ocultando su presencia en la noche oscura y tras una gruesa columna, los vieron entrar en la posada.

Lo que quedaba de noche, fue un duerme vela para Pelayo, mientras Miguelín dormía reposado y tranquilo con una respiración pausada y sin alteraciones. El hermano pequeño del Guaje, sentado en una silla y cubierto por una manta, miraba atento por la ventana de la habitación, el sueño comenzaba a hacer mella en él, pero intentaba luchar y no caer dormido, sabía que estaban en peligro. Seguramente estarían buscándolos y habían dejado demasiados rastros de su presencia. Dio un respingo y abrió los ojos. Un ruido le retrajo de su duermevela, su cuerpo en tensión le había avisado del peligro, se puso en pie y miró por la ventana con la oscuridad a su espalda cubriendo su presencia. Vio como cuatro hombres entraban en el edificio, todo estaba en calma y demasiado silencioso, Pelayo notó la necesidad y el apremio de salir de allí.

—¡Despierta! Vamos rápido, coge tu bolsa y salgamos, vienen a por nosotros.

Miguelín se incorporó raudo y con la pequeña bolsa en la mano siguió a Pelayo que salía por la ventana, una mínima balconada rodeaba la fachada de la posada y cuando llegaron al final vieron que la única posibilidad era saltar al vacío.

—Está oscuro, no se ve el suelo.

—No hay otra solución. Cuando llegamos tanteé todo lo que rodeaba a la posada, precisamente por si nos pasaba algo parecido a esto, y ahí abajo tenemos un estrecho callejón de tierra y la entrada a un granero.

El ruido a sus espaldas les advirtió que no podían demorar el momento y ambos saltaron a la oscuridad, Pelayo cerrando los ojos, y Miguelín con la fe ciega de todo lo que le había dicho su amigo. El impacto fue sordo, fuerte y doloroso, con las rodillas dobladas rodaron sobre la arena, Miguelín acostumbrado a tantas apuestas y momentos difíciles se desenvolvió rápido y seguro, mientras Pelayo notó como las muñecas y los tobillos se quejaban por el impacto y apenas dejaban que el minero se levantara del suelo, en el momento justo que desde la altura varios haces de luz luminosos que salían de las linternas de los guardias enfocaban el callejón en busca de indicios de los dos mineros.

—¡Corre Pelayo! ¡Volvamos al bosque!

—No, yo no podré, me he hecho daño y me cogerán seguro, vete tú, pero eso será lo primero que harán, cercar el bosque.

Miguelín cogió a Pelayo dejando sus hombros para que se apoyara y de esa forma entrar en el granero que tenían justo al lado.

—Lo normal es que piensen que hemos huido campo abierto dirección a los árboles.

El granero estaba lleno de heno y paja. Los dos mineros se cubrieron todo lo profundo que pudieron y esperaron en silencio, se escuchaban los ruidos de las pisadas al correr y de pronto... nada. La calma era artificial y era obvio que los hombres estaban dentro, el rumor de las palabras llegaba a ellos partido y a esbozos. Los guardias estaban hablando, pero era difícil entender con claridad lo que decían. De pronto el estruendo que llegó a los oídos de Pelayo le llenó de terror; era sonido conocido e inconfundible, los guardias estaban disparando al heno y la paja. Los dos fugitivos se acurrucaron todo lo posible y se hundieron más y más, lo confiaron todo a la suerte. Apenas podían respirar con cierta normalidad, pero las detonaciones eran cada vez más cercanas y parecían empujarles hacia el fondo. Pelayo intentaba afinar y escuchar cada sonido mientras se afanaba en recoger todo su cuerpo en una posición fetal. La siguiente detonación resonó demasiado próxima y no presagiaba nada bueno. Miguelín se apretó fuerte cerrando los párpados, esperando en cualquier momento el impacto que le quemaría, y empezó a experimentar una sensación de ahogo, le costaba respirar entre toda aquella paja. No era capaz de dominar la angustia. Si no lo mataba una bala, lo haría la desesperación de sentirse encerrado y sin oxígeno. Recordó a su padre, cuando le explicaba como respirar en la mina, secuenciar cada inhalación, despacio, dominando cada músculo de su cuerpo, y empezó anotar cómo el corazón se le normalizaba, y el ruido de los disparos se le hizo lejano y poco a poco domó la ansiedad.

Por el escaso hueco que dejaba el heno, un rayo de sol, débil y escurridizo, advirtió a Pelayo que la mañana despertaba y le avisaba de la premura del tiempo. Despacio y con miedo, empezó a desperezarse. Intentó salir del escondrijo y todo su cuerpo protestó de dolor. No solo le dolían las extremidades, también la espalda que, tras horas de estar doblada, en mala postura y agarrotada, se quejaba.

—Miguelín, ¿me oyes?

Justo al otro extremo del granero, el heno empezó a moverse y el minero salió con algo de dificultad.

—Lo siento, Pelayo, todo ha sido por mi culpa.

Los dos amigos se fundieron en un prolongado abrazo, con la sensación de que la suerte había jugado a su favor.

—¿Qué hacemos ahora?

—Seguimos con el plan —dijo Pelayo—. He estado pensando y creo que es lo mejor, permanecer en el pueblo sería un error, salir al bosque un suicidio, intentar coger ese autobús es nuestra única oportunidad.

Se asearon como buenamente pudieron, con el agua estancada que contenía un viejo pilón, y Miguelín cubrió su cabello con un gorro de montaña. Había estado escondido en aquel granero pensando en el *horru* de sus sueños y la sensación de libertad, pero para llegar a conseguir todo eso, quedaba el final del camino.

—Debemos separarnos —dijo Pelayo—. Toma. Estudia bien estos papeles y recuerda que eres de Nubiana —le entregó a Miguelín los papeles de Eloy Barrero—. Es el más joven de los dos. Mucha suerte, amigo. Nos vemos allí.

Volvieron a abrazarse, esta vez sí, con el presentimiento de que sería el último contacto entre ellos.

—Espera cinco minutos y sal. No te acerques a mí en la estación, veas lo que veas y pase lo que pase. Si todo va bien nos juntaremos de nuevo en Tuy.

Caminó despacio intentando no mostrar el dolor y la cojera que le provocaban los tobillos, que se quejaban en cada movimiento y a duras penas le permitían andar con cierta normalidad. Llegó a la pequeña taquilla, donde un hombre, tras un sucio cristal, esperaba con música saliendo de un aparato de radio, la llegada de viajeros.

—A Tuy, por favor —dijo poniendo el importe exacto en la bandeja.

—Documentación —Fue la escueta respuesta.

El revisor miró los papeles a nombre de Cancello, con cierta desgana. Era primera hora de la mañana y seguro que Pelayo era el primero de sus clientes. Arrancó un billete del taco que tenía sobre la mesa, lo rellenó y se lo dio a Pelayo junto a la documentación.

—Buen viaje.

Faltaban escasos minutos para la salida, el motor del viejo autobús estaba en marcha, calentando, y los viajeros ponían sus maletas y bultos de viaje en los maleteros abiertos, cuando Miguelín llego a la fila, apenas se miraron.

—Pónganse en fila de uno, por favor.

El hombre estaba vestido de paisano, pero era ciertamente un policía. Pelayo estaba el primero y le alargó sus papeles, era un hombre bajo y algo ancho de carnes con un mínimo bigote que recorría el labio superior de su boca, mantenía una especie de sonrisa que dejaba entrever un diente de oro. Miró varias veces el rostro de Pelayo que, con la barba espesa, podía pasar por Cancello.

—¿Nombre? —preguntó el hombre mirando con más atención y ensanchando la mueca de la cara.

—José Cancello.

—¿Lugar de nacimiento?

—Nubiana.

—Ese pueblo no es de Galicia, ¿verdad?

Pelayo observó como con una pequeña mueca del rostro, aquel hombre había avisado a otro, que se acercaba a grandes zancadas. Este era alto y fuerte, y llevaba el mismo bigote que su compañero. Cuando estaba a punto de llegar hasta ellos, un galimatías de gritos e insultos se inició al final de la fila de viajeros, Pelayo miró desolado, sabía que Miguelín había llamado la atención sobre él. Era el último servicio que aquel enigmático y decidido joven le prestaba. Había sacado la pistola y apuntaba con ella a la cabeza de otro de los guardias, los dos que estaban con Pelayo sacaron sus armas y se acercaron lentamente hasta donde se producía el alboroto.

—No seas estúpido y suelta el arma —dijo el guardia alto y fuerte—. ¿Qué piensas? ¿Qué vas a conseguir con eso?

Miguelín miró a Pelayo y desde la distancia se despidió. Pudo ver como su idolatrado Máuser se metía la mano en la chaqueta, sin duda en busca de su pistola, el joven movió despacio la cabeza, y negando de lado a lado, y puso la mejor de sus sonrisas, de nuevo se iba a jugar la vida, esta vez para salvar a un amigo. Pelayo sabía que toda aquella gesticulación iba dirigida a él: su amigo se estaba despidiendo y con aquel acto, le daba una oportunidad.

El joven golpeó con la culata del arma la cabeza del agente al que tenía retenido y girándose rápidamente salió a la carrera. Los dos hombres que estaban cerca de Pelayo salieron corriendo tras el minero, pronto se perdieron de vista, pero el sonido de los disparos era inconfundible. La cola de viajeros seguía quieta, atemorizada y en silencio, aquella era la oportunidad que Miguelín le daba, el motor seguía en marcha y el conductor algo aturdido permanecía sentado en su asiento.

Solo tendría esta oportunidad.

—Bueno, ¿nos vamos o qué? —gritó.

La gente empezó a subir y a ocupar sus asientos. En dos minutos el autobús partió en dirección a Tuy.

7

—Hola, Guaje ¿Qué haces aquí?

La voz de Diana fue música para los oídos del forense, era cálida y serena y no demostraba temor ni cohibición. Mientras miraba el yacimiento, el Guaje trataba de ahuyentar el deseo de abrazarla.

—Me tienes preocupado.

—No lo parece —soltó Diana.

—No quiero que se me note, pero toda esta historia no me gusta nada, creo que no estás viendo las consecuencias que puede tener para ti y tu familia.

—¿Familia?

—Angelines Lavandera.

El Guaje esperó la reacción de la arqueóloga, pero como esta no se produjo, continuó.

—La marginación, la venganza o sabe Dios qué.

—¿Ya me has condenado? ¿Por eso estás aquí, me persigues?

—No, pero tengo la impresión de que te alejas de mí, como si huyeras.

Diana resplandecía frente a él con su cabello rubio. No conseguía asociarla a la *Güestia*, a una mujer trastornada por les *Xanes, o Nuberus.* Ambos se mantuvieron en silencio un rato. David estaba indeciso y ella no hacía ningún esfuerzo para ayudarle. Diana permanecía con un semblante despejado y sereno.

—Todo partió de ti, no me refiero a los asesinatos, si no a la tormenta mitológica en la que tú me pusiste.

—Te equivocas, todo viene de los dioses antiguos, en los que yo creo ¿Qué quieres que haga?

—Ahora hay tres muertos.

—Tú no puedes comprenderlo Guaje.

—No me dijiste de dónde eras.

—Nubiana.

—Todo se relaciona ¿no? Dicen que para poder ver las *Xanas* y otros seres hay que estar mal de la cabeza —David la miró fijamente—... o mentir.

—Puedes pensar lo que quieras, yo no podré hacer nada por evitarlo.

—También se puede decir que es una visión en la que ciertamente aparecen muertas personas a las que odias o de las que te quieres vengar.

—Lo he consultado desde muy joven con los médicos, ¿sabes? Me han hecho todo tipo de exámenes psiquiátricos durante mis años de juventud y al final me consideraron equilibrada.

—¿Entiendes mi posición?

—Yo no he matado a nadie, David.

—Los tres crímenes están directamente relacionados con una historia de Nubiana de hace siglos. He visto la historia de tu familia tomada por loca. Estas no son las primeras víctimas, no es una leyenda.

Diana, que hasta ese momento permanecía sentada sobre una de las piedras del recinto, se incorporó y se limpió el polvo y la arena con un trapo que llevaba colgado de su pantalón.

—Tras este muro gótico, hemos descubierto parte de la construcción medieval, tengo que buscar y rebuscar debajo de la actual capa de tierra y piedra para determinar el origen, probablemente sea prerrománico, pero no lo puedo saber con exactitud.

Diana se apoyó en la columna para incorporarse y empezó a recoger sus herramientas.

—Entiendes lo que quiero decir David, te has metido en una tarea muy parecida a la mía, trabajas con suposiciones, pero debes transformarlas en certezas.

El Guaje empezó a irritarse, no había manejado la situación demasiado bien, sus sentimientos le nublaban el camino del razonamiento, y como siempre, iba dos pasos por detrás de la joven.

—He leído todos tus informes psiquiátricos, eres una paranoica pura, todo lo llevas al misterio, trabajas con las cosas del pasado y quieres vivir en él.

—Eso no me convierte en asesina.

—No, claro que no, eres inteligente, pero dudo mucho de que no estés enferma.

—Siento mucho escuchar eso de ti.

—Razonas bien y pareces sana, pero distorsionas la realidad, ¿y que habría que concluir, Diana? ¿Que tus dioses de los bosques existen, que tú los ves de verdad?

—En mi familia siempre ha existido alguien que los ve, puede que poseamos un desorden antiguo, un humo del pasado, un recuerdo, pero esa nube antigua a mí me atraviesa el corazón —Diana relajó sus facciones, todo en ella parecía ahora mucho más amable, la voz recuperaba el candor que tanto adormecía a David—. La prueba de que te estoy diciendo la verdad, es que la primera vez que vi una *Xana*, nadie me había hablado de ellas, ni de su mundo.

Diana siguió recogiendo sus cosas y se giró para que el forense no pudiera ver la tensión, que ahora sí, marcaba sus gestos.

—Mi familia siempre vivió aislada, incomprendida y arrinconada.

—¿Cuándo fue esa primera vez?

—Yo apenas había cumplido los diez años, volvía a casa por el camino que marcaba el bosque, entre la cueva del arroyo y la fuente donde cogíamos el agua. Era un sitio profundo y lleno de naturaleza. Distraída en mi camino y a media canción, escuché como unos gritos, entonados y suaves que me llegaban como perdidos. Rastreé el sonido hasta encontrarme con una bellísima mujer de larga cabellera rubia, brillante como el oro, sus ojos, abiertos por las punzadas de dolor, eran azules y hermosos y al verme me pidió ayuda. Yo solo era una niña, pero, con agua de la fuente y toda la serenidad que pude, saqué al niño que aquella diosa llevaba en las entrañas, y lo envolví en la túnica blanca plateada que llevaba puesta. Mientras yo mecía al recién nacido para que dejara de llorar, la hermosa mujer se puso en pie, cogió a su hijo en brazos, algo le habló al oído que no pude entender, pero que surgió efecto puesto que dejó de llorar, y volviéndose a mí, dijo algo que me ha acompañado desde entonces:

Siempre estaré junto a ti dulce Eva, y te cuidaré hasta que tu cría vea.

—Los recuerdos que guardo de todo aquello son difusos, algo confusos, se mezcla la realidad con la bruma del sueño.

—¿En qué sentido? —preguntó el Guaje suavizando el tono ante el evidente tormento por el que estaba pasando Diana.

—Vi al niño, o lo soñé, en numerosas veces, yo era su «madre de la fuente» por qué le había dado la luz en aquel extraño día en el bosque, yo lo saqué de aquella venus dorada.

—¿Recuerdas a ese niño como algo real?

—En numerosas veces estuvo en la casa del bosque, le vi crecer junto a mí, y, sin embargo, ahora creo que no es real. Cada vez que pienso en él, un frío intenso me llega hasta los huesos, y tardo días en entrar en calor.

—Háblame de Angelines.

Diana sonrió muy levemente, como quién soporta un profundo lastre que es difícil de soltar.

—Es una mujer recta, inteligente, que encauzó mi vida. Gracias a ella soy arqueóloga, soy la mujer que ves, se limita a imponer sin ruido sus convicciones, y eso le da mucho valor.

—Ella te ingresó en el hospital psiquiátrico.

—Sí, y me convenció de que ese tipo de locura no tendría cabida en el mundo moderno.

—¿Incluso después de ver nacer a un *Xanín*?

—Ahora creo que fue mi imaginación infantil.

—Pero ese tipo de locura o sueño está metido de lleno en una investigación de la Guardia Civil. Y si admitimos que la mitología es el camino que ha elegido el asesino para expresarse, tanto si tú y tu tía estáis implicadas, como si no formáis parte de esta investigación.

—¿Piensas que se nos van a echar encima?

—Sí.

Habían salido a la calle y David tomó un bisonte y tras encenderlo le dio una profunda calada, expiró el humo como un suspiro de alivio y se apoyó en el viejo muro del monasterio benedictino de San Pelayo.

—No somos responsables de nada —dijo Diana.

—Quizá no, pero todo parece empeñarse en que sí, el barro os llega ya hasta el cuello.

La despedida fue fría, el corazón del Guaje estaba petrificado como el viejo muro donde dejaba caer el peso de su cuerpo. La siguió con una mirada que se fundía con la eternidad hasta que dobló la calle. No se giró ni una sola vez, con la cabeza arriba y paso firme se fue haciendo pequeña hasta salir de su campo visual.

Cada vez que se empeñaba en demostrar la inocencia de Diana, más piedras cargaba sobre su espalda.

18 de octubre de 1934

Como siempre, al despuntar del alba le llegó el alboroto de Mieres, la ciudad se despertaba ruidosa y llena de vida. El Guaje parpadeó varias veces para evitar que los luminosos rayos de sol entraran en sus ojos. Apenas había dormido y solo tenía una cosa en la cabeza: café.

El *chigre* está ya casi lleno de mineros. Entraban y salían con una algarabía inusual, y para quien poseyera el don de la observación, le extrañará la indiferencia de aquellos hombres que acaban de perder una revolución. Pero no estaba dispuesto a cansar su mente con pensamientos filosóficos y se dirige directamente a su rincón favorito y mira intranquilo hasta recoger la mirada de Oli, que de forma casi imperceptible mueve la cabeza en un gesto tranquilizador.

Las conversaciones en las mesas son todas parecidas, nadie se atreve a dilucidar cual será el futuro inmediato, llevan menos de dos días, y ya algunos aseguran querer embarcarse en otra nueva y complicadísima aventura. La conocida capa de hollín cubre las paredes y David sabe que en los últimos días los clientes se han podido contar con los dedos de la mano. Oli no solo sirve sidra, a estas alturas de su vida, sabe que también es vigilante de todo lo que ocurre en su *chigre*, intenta que los alborotadores no tomen el mando del local, y que las borracheras se pasen en la calle.

El mal ambiente se ha ido afianzando en el transcurso de las jornadas. Peleas y palabras subidas de tono, son algo común, y llega un momento que los hombres ni escuchan, ni entienden. ¿Qué les puedes decir tras perder una revolución?

Los más jóvenes se vanaglorian de defenderse los unos a los otros, el Guaje los conoce bien a todos, les comprende y les perdona, su hermano era uno de ellos. Desde su privilegiado lugar enfoca todo el local y observando lo que sucede recuerda las palabras de su hermano:

«Esto no es más que el prólogo de lo que está por venir».

David se ajusta la chaqueta del traje y deja escapar un pequeño escalofrío, el edificio es decrépito y está casi abandonado, y a pesar de los esfuerzos de Oli, demasiado caluroso en verano y extremadamente frío en invierno.

La luz de la mañana todavía es tenue y débil, por lo que David no acaba de ver demasiada gente conocida, rostros familiares que le den cierta sensación de hogar. Oli se abre paso entre los mineros, obviando toda clase de chistes y chascarrillos, su objetivo es el Guaje que le está mirando con los ojos entornados y un rostro serio e inexpresivo.

—¿Todo bien, Oli? —preguntó serio.

—Todo bien, ¿café?

—Sí, gracias.

David ve marchar a su amigo, con paso confiado y tranquilo. Es una persona sensata, pero, sobre todo, Oli es un hombre honrado. El aire húmedo y frío, a pesar del sol, le hace tomarse su café deprisa mientras repasa la agenda del día. Necesita pensar y poner sus ideas en claro, puede seguir dando pasos y avanzando en la investigación, pero se acerca el momento de tomar decisiones, no lo puede demorar mucho más. Deja el dinero sobre la mesa, y tocando su sombrero se despide del tabernero, el día va a ser frío por lo que decide ir a coger el abrigo antes de dar ningún paso. Había adoptado una costumbre de su tiempo de estudiante, una especie de manía, sin la que difícilmente se podía concentrar: escuchaba a Mozart y limpiaba la caja de música de su madre. Ahora que Oli le había tranquilizado respecto a Pelayo, era el momento de centrar sus esfuerzos en el «asunto» que le había encomendado el capitán Turón.

En la casa no disponía de escritorio, por lo que dejó la caja sobre la mesa del comedor, justo al lado del sombrero, y el chaleco colgado del respaldo de la silla. Se había lavado las manos con esmero, era parte del ritual, se las enjabonaba y lavaba antes y después de limpiar aquella reliquia familiar, y, arrastrado por la costumbre, colocó el disco del *Réquiem*. Nunca supo por qué aquella misa de difuntos, compuesta para ceremonias funerales, resultaba una especie de bálsamo que vela a minorizar sus desasosiegos, sus contrariedades y los convertía en una vía por donde fluían sus pensamientos. Cuando los catorce movimientos distribuidos en ocho secciones litúrgicas concluían, su cabeza se mostraba limpia y tomaba decisiones acertadas.

Desenganchó el armazón del mecanismo de una sola pieza y lo acercó a la vela que previamente había encendido. Tenía colocado destornilladores y pinzas pequeñas, desenganchó el reloj de la leontina y lo dejó sobre la mesa, no podía perder mucho tiempo y él era un hombre de acción. Activó la música y empezó a trabajar con las manos, mientras su mente se debatía en un caos de información. Sacó la manivela aflojando la varilla de metal doblado que sirve para hacer girar la rueda dentada y cerró los ojos al compás de los armónicos y magistrales cánticos... El coro se hacía acompañar por la orquesta, que daba paso a cuerdas, bajo y órgano, mientras el Guaje retiraba la estructura y dejaba al descubierto los tornillos de sujeción del peine que produce vibraciones: el *Dies Irae* entra en viento y percusión.

¿Qué salida le quedaba a Diana?

Sin prisas, va extrayendo cada pieza y poniéndolas de forma ordenada sobre la mesa. Ahora está centrado en el peine, que es la pieza de metal con púas que hacen diferentes tonos de una escala. Todos los pasos están aprendidos en su memoria, ha desmontado aquella caja de música numerosas veces y siguiendo las pautas, comienza a limpiar, con un pequeño, algodón el peine de metal.

¿Por qué Inés mintió cuando dijo que no conocía a Diana? David ha liberado el cilindro de no más de trece centímetros aflojando despacio la plancha de metal troquelada y casi como una caricia hace vibrar las púas del peine. Los pinchos tocan los bordes, haciéndolas moverse levemente y produciendo el sonido característico.

La música del Réquiem entra fuerte y pomposa en el *Tuba Mirum*. Mozart compuso esta parte para deleite de los solistas. Ahora es momento para la rueda dentada de la caja, justo cuando deja su mente en blanco, porque, nada menos que treinta dientes en contacto con la rosca de la manivela moverán el cilindro y esa simplicidad del mecanismo hará que la música oiga.

Es casi imposible que solo haya tres muertos, razona, si el asesino o asesina mata por revancha y venganza, es casi seguro que empezó mucho tiempo atrás.

Benedictus estalla en sus oídos, la soprano, el barítono y el tenor. La obsesión por la muerte del compositor parece lanzar un mensajero del destino.

Nubiana, ese era su próximo destino antes de concluir con el capitán.

El sonido de las campanas de la iglesia de San Juan Bautista le avisan del mediodía. Como siempre que efectúa aquel ritual, el tiempo ha pasado deprisa, es la hora de repetir todo el proceso para dejar la caja como estaba, pero ahora pulcra y brillante. El Guaje, con dedos hábiles y certeros, va dando forma de nuevo a la caja de Lilibet. Cada vez que la abría podía oler su aroma, le recordaba a ella, sus abrazos llenos de amor, su risa, aquella caja de música era el último nexo de David con su madre. Los pensamientos de su cabeza reposan ya en su lugar; cada pieza de la caja de música también.

Vuelve a lavar sus manos y no puede más que silbar el final de *Lux aeterna* donde el coro repite los fragmentos del *Introito* y el *Kyrie*.

Con el postrero compás de la última nota del *Requiem*, el Guaje hace girar la caja en sus manos. Es de madera de nogal con marquetería en limoncillo y boj, aquel tesoro familiar había viajado con su madre desde Irlanda. Vuelve a colocar en el interior de la caja el lazo azul que su madre solía llevar en el pelo rojizo, los anillos de boda de sus padres, y una sombría y desgastada foto familiar en la que más radiante y feliz aparecía era su madre, Lilibet. Se siente renovado y libre, ha tomado una decisión, él es un hombre de decisiones y actos, se coloca el chaleco, vuelve a poner el reloj en la leontina y lo mete en el bolsillo, coge el sombrero y se acerca al espejo, tiene ojeras y está cansado, la falta de sueño y la mala alimentación le están pasando factura. Los pómulos se le marcan dando a su rostro un aire severo, pero todo eso es pasajero, ahora no importa, se pone el sombrero a mitad de frente ligeramente ladeado a la derecha, saca un bisonte y lo deja sin encender en sus labios, abre el cajón y coge el bote de agua de colonia concentrada *Álvarez Gómez*, el olor a limón le devuelve las ganas de acción y relaja el ceño que sin darse cuenta, desde que había empezado tenía tenso.

Solo le quedaban una serie de cosas por aclarar. Creía haber llegado al fondo de aquella ira.

Todo lo que vendría a partir de aquel momento, no le iba a gustar. Cuando cerró la puerta a su espalda, el sonido le hizo pensar en la amargura de los tiempos aciagos que le estaba tocando vivir.

***

No sabía exactamente lo que esperaba encontrar, pero tenía que cerrar aquel capítulo de forma definitiva. La carretera estaba limpia de agua y de soldados, la tranquilidad era un falso reflejo, y el Guaje sabía que en cualquier momento podía aparecer un control y perder toda la tarde. Sin embargo, el recorrido hasta el pueblo de Nubiana fue plácido y tranquilo, las mismas sensaciones que la primera vez y el mismo impacto visual de colorido y belleza cuando desde lo alto del risco, y desde la misma carretera, vio el pueblo extendiéndose alrededor de la iglesia. Esta vez fue directo, esperaba encontrar al padre Ángel en la pequeña sacristía, por lo que entró en el mínimo recinto admirando de nuevo la vidriera por la que entraban los escasos rayos de sol, y en pocas zancadas recorrió los diez bancos de la nave central y llegó hasta la pila bautismal. Todo estaba desordenado, en un caos extraño, demasiado silencioso y vacío, la serenidad y la paz que David había sentido la primera vez al entrar en aquel recinto sagrado parecía haberse esfumado. El párroco daba la espalda a David y no parecía haber notado la entrada del forense.

—Buenas tardes, padre Ángel.

El cura se giró de forma lenta y forzada, parecía un autómata al que le faltara el suficiente aceite en el engranaje. Lo primero que llamó la atención del Guaje fueron sus ojos, la última vez que los había visto eran ágiles e inteligentes, sin embargo, atravesaron a David de forma gélida y el azul de sus pupilas parecía hielo del Ártico. El párroco permanecía con el ceño fruncido, el párpado derecho estaba completamente cerrado y una sombra morada se extendía por su rostro.

—¿Qué ha pasado padre Ángel? —preguntó David.

El sacerdote intentó estirar su cuerpo que dolorido se mantenía encorvado en un gesto de dolor. Era un hombre alto y delgado que sin embargo a duras penas podía mantener recto su cuerpo.

—La maldad visitó la casa del Señor.

El Guaje se acercó y ayudó al cura a sentarse en uno de los bancos de madera y esperó a que este empezara a hablar.

—Ni siquiera esperaron a que acabara la misa —el padre Ángel empezó a toser y se llevó un pañuelo a la boca—. Obligaron a la gente a salir de mala manera y cuando el último feligrés cruzó el umbral de la puerta, un grupo de hombres me rodeó en la sacristía. Estaban fuera de sí, no pude razonar con ellos, ni tan siquiera me escucharon, repetían, una y otra vez, que mi Dios y mi Iglesia eran represoras y estaban en contra del pueblo. —El cura empezó a llorar, apretando los ojos, dejando caer las lágrimas sin limpiarlas y agachando la cabeza—. A algunos los conozco de toda la vida, vecinos de este pueblo, los he tenido sentados en estos mismos bancos, les he confesado, les he dado la comunión, he bautizado a sus hijos —la tos volvió tosca y ronca, el pañuelo otra vez en la boca y David pudo ver pequeñas marcas rojas de sangre en el blanco de la tela—. Empezaron a golpearme, cada vez con más fuerza, con saña, me dieron con la culata de los rifles en el rostro y empezaron a romper todo. Perdí el conocimiento, y cuando desperté tenía un montón de huesos rotos y lo que más me dolía, la iglesia en ruinas.

El Guaje sentía aprecio por el sacerdote y podía intuir lo que pasaba por su viejo corazón, pero conocía a los mineros, su hermano, su madre, su padre y tantos amigos que se habían sentido humillados por el poder y en aquella vetusta España, el poder iba ligado a la Iglesia.

—Vivimos en un momento de odio a la fe, me han sometido a una tortura aberrante, y gracias a Dios que pude apagar el fuego que ya se propagaba por la sacristía y por toda la iglesia.

—Padre Ángel creo que tomar un poco el aire fuera de aquí le sentará bien —David necesitaba al cura, pero también quería sacar al religioso de aquel estado.

—¿Otra vez la Colegiata?

—No necesariamente. Lo mismo usted puede responder mis preguntas, la familia Lavandera vivió generaciones en este pueblo.

—Este es un pueblo de familias que lo habitan desde tiempo atrás. La vida es curiosa, pero todos los nombres están relacionados con su historia de un modo u otro.

—¿Las familias han ido viviendo en las mismas casas?

—Sobre los mismos terrenos, sí, las casas se han ido reconstruyendo y modernizando, algunas están vacías de gente, pero siguen perteneciendo a alguna familia de Nubiana.

—¿La casa de la familia Lavandera sigue en pie?

—Creo que sí, está en mitad del bosque, hace muchos años que yo no voy por allí, pero creo que lo que queda de la vivienda permanece en pie.

—¿Damos un paseo padre Ángel?

***

Cruzaron la carretera en dirección al bosque, giraron a la izquierda justo a la pronunciada curva que David había visto con el coche, a ambos lados del camino el ganado pastaba tranquilo y suelto, el cura ayudado por su altura y su zancada obligaba al Guaje a imprimir ritmo a su caminata, atravesaron una pequeña era y llegaron a un delgado muro semiescondido por la maleza, saltaron con más diligencia de la esperada y continuaron camino hacia los árboles. El bosque empezó a adquirir una frondosidad que prácticamente no dejaban pasar la luz del sol, simplemente parecía que la tarde se volvía oscura y misteriosa. Acompasados con los sonidos de sus pisadas sobre las hojas muertas, los ruidos aumentaron, se podía escuchar el rumor del agua cerca de ellos, algún aullido lejano y el despertar de lechuzas y búhos. El padre Ángel señaló al final del estrecho camino y el Guaje enfocó su mirada. Dos gruesos árboles escoltaban un armazón de madera, con las vigas al aire mostrando lo que, en su día, debió de ser una estructura orgullosa y robusta, pero que ahora se les presentaba en el esqueleto y despojada de vida.

—Aquella fue la casa familiar de los Lavandera.

El Guaje podía imaginar la vida sencilla y acompasada con la naturaleza de los habitantes de aquel hogar. Todavía se escuchaba en un canto lleno de paz el correr del agua y el sonido de las aves nocturnas que despertaban a la llegada de la noche.

—¿Qué es lo que buscamos aquí, señor Suárez?

David despertó del ensueño que provocaba aquel lugar y miró al cura, que le interrogaba con aquellos témpanos azules en forma de ojos.

—¡Ojalá lo supiera, padre!

Entraron en lo que en otro tiempo debió ser el salón principal de la casa, ya que una especie de chimenea derrumbada y llena de escombros permanecía pegada al escaso muro que quedaba en pie, con una hilera de piedras. En el suelo se marcaba la silueta de la estructura de la casa, y hojas muertas y ramas caídas de los árboles tapaban las piedras ruinosas y apartadas del esplendor del pasado. La casa se construyó básicamente con madera, y David sabía por lo que había leído en el libro de Nubiana, que un gran incendio la había consumido casi en su totalidad, por lo que no esperaba encontrar mucho más. Se acercó hasta el pequeño muro y al dar uno de los pasos, su pie chocó con algo que sonó metálico y al forzar el contacto, le pareció duro, volvió a pisar fuerte sobre las hojas muertas y el crujido del metal al clavarse en la tierra se reprodujo, esta vez claro y fuerte. Se agachó y con la mano apartó todo el ramaje y las raíces muertas de aquel montículo irregular, una pala pequeña, no más grande que su brazo y con un mango de madera, apareció entre las manos del Guaje.

—Esta es una pala moderna que alguien ha dejado intencionadamente aquí.

—¿Para qué dejaría nadie una pala aquí?

—Buena pregunta padre, y me parece que imagino la respuesta. —El Guaje salió de la estructura de la casa y empezó a rodearla por fuera, llevaba la pequeña pala en la mano y en un espacio de tiempo breve, ya había cavado dos montículos irregulares de los que sobresalía el perifollo silvestre tirado a un lado.

—¿Buscamos un tesoro familiar? —preguntó el cura.

—Desgraciadamente no padre, prepare su alma para lo peor.

Las raíces brotaban acompañadas de campanillas asilvestradas y la franja que cavaba David cada vez era más ancha. El padre Ángel, que ya empezaba a encontrarse cansado y algo mareado, se retiró y fue a sentarse en uno de los grandes tocones del bosque. Aún podía recordar y ver los gestos fuera de sí de sus agresores y sentía el dolor de sus pómulos al romperse por los golpes con la culata del fusil, cuando los ojos se cerraban y sus párpados empezaban a descansar un leve grito le sobresaltó.

—¡Voilá! Aquí está.

El cura se acercó y despacio, casi con miedo a lo que iba a presenciar, se asomó a la zanja. La linterna de David era la única luz capaz de otorgar una visión nítida de lo que se encontraba al otro lado de su resplandor, porque la densidad boscosa y las nubes gruesas que permanecían inmóviles obstruían cualquier visibilidad natural. El Guaje se quitó el sombrero y secó con un pañuelo el sudor que corría por su frente, y mirando al cura le hizo una mueca de satisfacción, examinó algo que el sacerdote no lograba ver bien y volvió a dejarlo en su sitio, sin prisa. Entonces el haz de luz dejó que el padre Ángel viera el carpo, metacarpo y las falanges de una mano humana.

—¡Dios mío! Y ¿ahora qué? —exclamó.

—Ahora nos espera una noche entretenida.

2

El Guaje miraba embobado el trabajo de los cinco guardias civiles. Empezaron por el muro central de la casa. El capitán deambulaba entre los tres agentes uniformados, mientras que estos, de forma monótona pero concienzuda manejaban la pala ajenos al sonido del metal al clavarse en la tierra. Todo se estaba volviendo un montículo irregular y el capitán recorría de una punta a otra la estructura muerta de la casa, de vez en cuando se agachaba recogía algo del suelo, lo examinaba y lo introducían en una bolsa.

Amanecía en el bosque, y aunque, la luz apenas atravesaba la barrera de los árboles, el despertar de un nuevo día se hizo presente en los sonidos y colores de la arboleda.

El Guaje tenía que desechar los elementos que no tenían sentido, todo se estaba formando dentro de él como un amasijo personal. Volvió al punto de partida, la cueva, el pozo, el *Bruxes*, Inés con las *Pelayas* y su robusto hermano, Angelines y Diana… Siempre, Diana.

Caminaba sin mirar atrás, su pensamiento iba en una sola dirección, su próximo movimiento.

—¿Te has confesado alguna vez, hijo mío?

David miró hacia atrás y vio al cura pegado a él. Estaba tan metido alejado de la realidad, inmiscuido en aquel asunto que había olvidado que don Ángel permanecía allí.

—No lo sé padre, ni tan siguiera lo recuerdo.

—¿Cómo va a ser eso, hijo mío?

Caminaron en un silencio que se alargó en aquel bosque donde apenas la luz conseguía traspasar su frondosidad y solo una fragancia acumulada de olores rompía en su sentido olfativo.

—En esta época oscura todos estamos en la misma mierda padre.

—Eso solo lo puede…

—¿Dios? Es eso lo que iba a decir, padre. Hace muchos años que Dios se marchó de Asturias. ¿Cómo se supone que debe de ser el pueblo del Señor? Los mineros tragan con todo, y vio como yo lo que hay en aquella casa. ¿Dónde está su Dios cuando pasa todo eso?

—Necesitas dormir hijo mío, tu espíritu está como mi cuerpo, roto en pedazos.

David se frenó e intentó proyectar una escueta sonrisa, el cura no tenía la culpa de su desolación por Pelayo y Diana.

—Usted y yo, padre necesitamos salir de nuestro palacio de cristal, y ver donde transita y habita la verdad de sus parroquianos, que son mis amigos, mi familia —El Guaje recomenzó a caminar, despacio con un ritmo que no entorpeciera de sus palabras—. ¿Lo ha hecho alguna vez, padre Ángel? Yo estoy empezando a hacerlo y no me gusta lo que veo. Verá usted, padre, nunca he sido religioso, pero hace días que le he prometido a ese Dios que usted defiende que expiaría mis pecados si me saca de esta con buenas cartas. Cada día de mi vida me he ido distanciando más de Jesucristo porque si después de tantas y tantas voces rogándole no hace nada, estoy seguro de que tiene su interés en otras cosas.

—No seas irreverente, hijo —dijo el padre mientras se santiguaba.

—Durante años he mantenido un trato con el Señor, el que aprendí de mi madre, cada uno seguiría su camino —David notó su corazón encogido— y ahora experimento la extraña necesidad de dar sentido a todo lo que veo a mi alrededor. Un día leí que los pobres siempre luchan contra otros pobres, y que eso nunca va a cambiar. Sabe padre —continuó el Guaje—, no me caigo muy bien, no tengo muchas cosas buenas que decir de mí mismo.

—En esta tierra nadie ha tenido una infancia fácil —el padre Ángel agarró por el brazo al forense y le hizo mirarle a los ojos—, pero tú buscaste un camino, aunque está claro que nunca te llevaste bien con la autoridad.

—Ahora padre cuando veo por las aceras y las cunetas tantos mineros muertos, me pregunto qué sentido tiene lo que estoy haciendo, a quién le importa un asesino más cuando hay tantos que van a quedar impunes, muchos de ellos vestidos de uniforme.

Vio al padre Ángel con su cara destrozada a patadas y sintió vergüenza y horror. Su hermano era uno de los responsables de tanta sangre derramada.

—Perdone, padre. Soy una mierda de persona, usted necesita atención médica y yo le estoy embarcando en una aventura sin sentido.

El cura sonrió con algo de dolor en el pómulo y negando con la cabeza reanudó la marcha.

—Lo que has hecho es devolverme las ganas de vivir Guaje. —El joven forense proyectó una amplia sonrisa en su cara, era la primera vez que el cura le llamaba así.

***

Recogieron el coche y con premura pusieron rumbo a la Colegiata. Hicieron el recorrido en silencio, cada uno iba preso de sus pensamientos, que en el caso del Guaje eran sombríos y llenos de confusión.

La Colegiata de Santa María la Real apareció ante ellos altanera y sobria, más allá de la presa. La nave principal se sabía distinta y parecía mirar al frente con orgullo. Bajaron del coche cerca de la cabecera y se dirigieron directos al presbiterio. La temperatura cambió al recibirles cerca de la pequeña sacristía, los rayos del sol no traspasaban aquel umbral y el silencio parecía recordarles que estaban a escasos metros de la Capilla del Nazareno. Como la última vez que el Guaje estuvo allí acompañado por el padre Ángel, fueron directos a ver al padre Carlos y, como en la anterior visita, el cura leía absorto en su sillón orejero.

El sacerdote levantó la vista y sonrió.

—Algo me decía que les volvería a ver por aquí —más ágil que la última vez, el anciano se levantó de su asiento y sacó del cajón la enorme llave de hierro—. Síganme por aquí.

El padre Carlos rodeó el coro de madera para llegar a la capilla, se santiguó como de costumbre sin mirar al Nazareno y llegó hasta la puerta de hierro. La llave hizo su cometido y todos pasaron por la baja puerta que les adentraba en la oscuridad de la oculta librería. La tenue luz de una vela proyectó la sombra de los tres hombres en la estancia circular. David tomó otra vela y la prendió con el fuego débil de la primera. Ahora empezaban a ser visibles las estanterías llenas de libros.

—Ahí está hijo —el padre Carlos señaló el volumen grueso de piel que reposaba sobre uno de los atriles—. Como esperaba la visita me tomé la libertad de seleccionar el libro para ti.

—Es usted muy amable e inteligente padre —el Guaje acercó la vela y leyó *Nubiana*.

El forense empezó a leer deprisa, con apremio. Percibía cómo el tiempo pasaba a ser su enemigo y sin embargo sabía que cualquier dato que pasara por alto podía ser crucial para su investigación. Allí encontró datos, fechas, celebraciones que no significaban nada para él, leyó apuntes sobre nacimientos y óbitos. De vez en cuando se hacía referencia a alguna familia o persona en particular como el caso de Daniel Ruiz un excelente carpintero que no había navegado nunca y que, sin embargo, era famoso por su facilidad en diseñar barcos fiables y seguros para el ejército. Según el apunte del libro, su último encargo no fue todo lo bien que se esperaba y el barco con más de veinticinco metros de eslora y una docena de cañones, tenía vías de agua y nunca pudo salir del puerto de Gijón.

El Guaje dejó su dedo sobre el papel antiguo. Allí estaba la primera reseña de lo que el buscaba. Delante de él tenía una probable causa de toda aquella serie de asesinatos, alargó el grueso volumen al padre Ángel y le apremió.

—Padre, ¿usted sabe *bable*? Este documento mezcla *bable* con castellano. Por favor, hágalo comprensible para mí — dijo alargando el libro al cura.

El sacerdote puso el libro sobre el atril y dejó que la vela lo inundara con la luz de su llama, sacó unos pequeños monóculos y se los puso, no sin que aflorara una pequeña mueca de dolor, causado por las heridas recientes y visibles en el rostro.

«El año es mil ochocientos y algo —empezó a decir el cura, mientras explicaba el porqué de su duda en la lectura—, una especie de mancha impide que la fecha sea totalmente visible, pero según el relato, los acontecimientos venideros pudieron costar la vida al pueblo de Nubiana, un brote de tifus emergió dentro de la familia Lavandera y aquel invierno fue un infierno para el pueblo que llenó sus casas de moribundos e infectados. Aquí dice que el denominador común de los enfermos era que todos tenían alucinaciones y gritaban mientras ojos y nariz sangraban en abundancia. Algunos de ellos salían de las casas gritando y se internaban en el bosque del que no regresaron nunca más. Los que se quedaban en sus camas tenían fiebre alta, escalofríos, la piel se cubría de un color amarillo y el dolor en los pulmones les hacía toser hasta casi la muerte».

El cura levantó la vista y miró al forense sin entender muy bien lo que buscaba en aquel documento.

—Siga padre —le invitó David.

—«Poco a poco se expandió el rumor de que el primer infectado y el que propagó todo ese mal en Nubiana había sido el más pequeño de los Lavandera, el conocido por el hijo de la *Xana* —el cura miró al Guaje y continuó leyendo—. Todo aquel que tuvo fuerzas para salir de la cama, hombres y mujeres sanos y fuertes, fueron a la casa del bosque arrancando el mal y deshaciéndose de él».

***

El Guaje movía la cabeza negando

—He nacido aquí y estoy seguro de que si hubiera algún problema de esa índole se sabría. La mayoría de las gentes que habitan en las aldeas son ancianos inofensivos, los más de misa todos los domingos. Son las nuevas generaciones las que se han alzado en rebeldía. Jamás escuché que tal cosa ocurriera en alguna aldea cercana a Mieres.

—Eres un hombre del siglo XX, debes de escuchar con otra mentalidad, nadie se enteraba de nada, salvo la gente de la zona —el padre Carlos se acercó al Guaje y agarrándole por las manos le llevó al otro extremo de la sala circular, el forense se mordía los labios, lleno de impaciencia, pero se dejó guiar.

—Ven conmigo. Te dije en tu primera visita que fui profesor en estas tierras durante muchos años y en todos los cursos teníamos la costumbre de hacer una fotografía —ahora sí el cura tenía toda la atención del forense—. Las he buscado y ahí tienes todas las que te pueden interesar —dijo señalando a un tercer atril—. No hay fechas, pero mi memoria es buena para recordar caras y familias.

El Guaje empezó a pasar foto tras foto, todas representaban a un grupo de niños, no más de cuatro o cinco, con la cara sonriente mirando al frente con la seguridad infantil que da la inocencia. El Guaje se paraba, revisaba y negaba con la cabeza. Nada de lo que veía le resultaba familiar o conocido. Solo le quedaban tres fotos por revisar, cuando vio el primer rostro conocido, era inconfundible, su corazón no dejaba que pudiera equivocarse. Apartó el resto de fotografías, y acercó la vela a la que le interesaba, respiró hondo y se tomó su tiempo. No había duda, aquella niña seria y tensa que no sonreía como todos los demás era el centro de su investigación y de su vida. Levantó la mirada hasta que la cruzó con la del cura y asintió con la cabeza. El sacerdote tomó la instantánea y acercó su vela para poder ver con claridad, en ella a una jovencísima Diana, que recogía su brillante pelo rubio en dos coletas. Toda una clase saludaba al frente, parecía que tuvieran los rostros maquillados, nítidos, todos delgados y con ropas humildes y escasas.

—Familia Lavandera —reconoció el cura.

—¿Te das cuenta? —preguntó mientras señalaba al pie de la foto— Es un círculo perfecto.

Un buen observador podría ver una línea de piedras formando un círculo que encerraba a Diana y un joven al que sujetaba de la mano.

—No es ningún simbolismo, es el circulo que permite a la vida ganar a la muerte.

—La *Güestia*.

—Los cuerpos de los difuntos pasan de largo. Varios siglos de cristianismo no fueron suficiente para que se siguiera creyendo en los antiguos dioses. Y en algunas aldeas remotas y todo oculto a la vista, sigue vigente, se adora a los dioses celtas, asturianos o como tú quieras llamarlos. La *Güestia* es capaz de transmitir mensajes a los vivos, es su forma de hablarnos.

El Guaje miró la foto con atención. No sabía qué, pero algo le rechinaba de aquel retrato, algo que no debería estar allí.

—Padre tiene una lupa ¿verdad?

—A mis años es indispensable para leer —contestó el cura mientras rebuscaba en uno de los cajones—. Aquí está —dijo tendiendo una enorme lupa al forense.

David miraba el círculo de piedras llanas y perfectas, y una especie de vara que lo rodeaba todo y recordó lo que había leído en el libro que compró en Oviedo. Se puede ahuyentar a la muerte si se tiene tiempo de hacer un círculo en el suelo con una vara de avellano y encerrarse dentro de él. Y allí estaba una Diana niña pero ya hermosa con esas coletas perfectas que caían sobre su delgado cuerpo, estaba seria y algo preocupada, observó su mirada con la lupa y entonces se dio cuenta de que la vista de la joven estaba centralizada en el niño al que sujetaba con la mano. El Guaje bajó la lupa con cuidado. El niño tenía el pelo muy corto, las orejas diminutas y una frente ancha y arrugada por alguna preocupación. Al pie del niño había algo blanco y roto, lo examinó con cuidado, pero sin acertar a saber qué era.

—Padre —dijo el Guaje alargando la foto y la lupa al cura—, ¿qué diría usted que es esto blanco que hay a los pies de este niño?

El padre Carlos examinó con cuidado y varias veces la instantánea y afirmó con la cabeza.

—Es una cáscara de huevo.

—Entonces según la tradición —dijo David cogiendo nervioso la foto—. ¡Este niño es un *Xanu,* hijo de una *Xana!*

—Y la niña que le lleva de la mano le está criando y enseñando a hablar, ha hecho un trato con la *Xana.*

El Guaje bajó lentamente la cabeza hasta acercar sus ojos y pegarlos a la lupa, entonces la mirada del niño se agrandó ante él.

***

—¡¡Dios mío!! —gritó dejando caer la lupa al suelo todavía impactado por aquella mirada que él también conocía.

—Le reconoce padre —dijo el Guaje alterado.

El padre Carlos y el padre Ángel se inclinaron uno tras otro sobre la foto, mientras David se sentía desolado y la mente confusa.

—No puedo ponerle nombre —contestó el padre Carlos.

El Guaje sin pedir permiso se metió la foto en el bolsillo de la chaqueta.

—Pero yo sí puedo, y eso lo cambia todo.

3

Cuántos adolescentes habían perdido la inocencia y se habían encontrado con la realidad de la huida, de las sombras que vivieron en cada batalla. Ahora Pelayo esperaba encontrar luz dentro de la desgracia de ser delatado por sus propios vecinos, de la necesidad de huir. El ser humano hace florecer lo peor en épocas de necesidad y en aquel territorio de frontera, cerca de Francia tenía que aceptar el contrabando de personas en su situación límite.

—Lo primero es salvar el pellejo, después vendrán el honor y la dignidad —pensó camino de la pasarela que le subiría al viejo carguero.

Paul le hizo una seña y despacio, con desconfianza, Pelayo salió de entre las sombras. El francés había demostrado ya que era un hombre insensible al dolor ajeno y que solo le movía el dinero. Se vanagloriaba de haber obligado a dos jóvenes mineros de Sama a trabajar como esclavos en la cocina. Por las noches, encadenados juntos a la pata del fregadero los escuchaba llorar como críos que eran; apenas habían cumplido dieciséis años. No se fiaba de él, pero ¿qué otra cosa podía hacer? Una vez arribó a Vigo tenía que terminar su odisea para llegar a Francia. Había escuchado muchas veces a Gerardo que la forma más rápida y mejor para llegar al país vecino era desde Portugal o Vigo, y después de todo lo que había pasado con Miguelín, la frontera lusa estaría muy vigilada, por lo que había decidido intentarlo desde la ciudad gallega.

El barco era el *Carbonari*, nombre que parecía una broma dado la procedencia de Pelayo y el motivo por el que estaba allí. Era de buen tamaño ya que tenía tres chimeneas. El barco estaba atracado en la dársena norte junto a lo que parecía ser una aduana llena de guardias. Pelayo caminaba dudoso mientras Paul le hacía señas para que continuara. De pronto alguien le puso sobre el hombro un trozo grande de carne de vacuno y en un español algo rudimentario le susurró:

—Sube la carne al barco, pon la pieza entre tu cara y la aduana, nadie te parará si no dudas.

Pelayo no esperó más y siguió aquellas indicaciones al pie de la letra, aunque en el bolsillo tenía un pasaporte que ocultaba su verdadera identidad, a aquellos franceses no les había importado aquel detalle, y él tuvo que aceptar la forma de subir al barco.

La guardia civil interrogaba individualmente a todos los pasajeros, les solicitaban la documentación, y mientras Pelayo con la carne de vacuno a cuestas atravesaba toda la cubierta, un guardia centró la atención en él. Siguió caminando lentamente y escuchó como preguntaba.

—¿Profesión?

A punto estuvo de contestar parando su caminata hacia la cocina, cuando escuchó que el pasajero contestaba.

—Técnico ferroviario.

Pelayo relajó los hombros, siguió su camino y entró en la cocina dejando la carne sobre una mesa de hierro. Paul estaba sentado mientras bebía algo en una botella, el sitio olía a moho y carne podrida, pero en verdad lo que estaba oliendo el francés era la bolsa de dinero que Pelayo llevaba en el bolsillo del pantalón.

—El dinero —dijo Paul enseñando unos dientes blancos, lo más parecido a una sonrisa que sabía poner.

Pelayo metió la mano en el bolsillo y sacó unos billetes. Aquel era el último favor que recibía de Miguelín, el joven lo había dividido en dos y había insistido en que lo aceptara, era lo último que escondido en un zapato le quedaba del dinero del banco de Oviedo.

Pelayo le dio trescientas pesetas y se guardó el resto.

—Lo convenido —dijo alargando el dinero al francés.

—Los agentes de aduanas son capaces de cualquier cosa menos ser comprensivos, y cuando perciben dinero lo quieren todo. No esperan otra cosa.

—Pero nosotros hemos cerrado un acuerdo.

—Si, ya, pero para que usted lo entienda se lo voy a explicar, todo el barco se saca un sobresueldo con este trapicheo, el capitán, los oficiales, incluso la gente de aduanas —el francés dio un sorbo de la botella— y Vigo es ahora un puerto especial por las revueltas de Asturias, los jóvenes no nos importan mucho, pero el «Polaco» le ha reconocido a usted y dice que es una carga muy especial. Así que este es el nuevo trato, si nos das el doble, partes hacia la patria francesa, si no, te quedas en este cuchitril español. A nosotros nos viene bien hacer tratos con la guardia civil.

***

Pelayo encendió un cigarro y dejó que el humo le llegara hasta los ojos, no quería darle el gustazo a aquel cabronazo de verle llorar, porque sabía que estaba atrapado, no tenía escapatoria, aunque tuviera el dinero le entregarían. Quería matar a aquel sinvergüenza, mirándole a la cara, pero siguió fumando y no se movió de la silla. Paul, el francés hacía que aquel barco se pareciera mucho a una mina, los mineros eran gente valiente, generosa y trabajadora, pero con muchas dificultades para salir hacia delante.

—Ya he pagado por ello.

—Jamás llegará usted a Marsella, Máuser.

Pelayo dio la última calada al cigarro mientras veía como tres guardias civiles entraban en la cocina.

19 de octubre de 1934

Conducía ensimismado y casi sin prestar atención a la deficiente carretera que le debía de llevar de vuelta a Mieres. El sol empezaba a despuntar brillante y luminoso más allá de los montes y el verdor del valle rompía con fuerza a cada metro de luz que ganaba la mañana. Llevaba un cigarro bisonte en los labios, apagado como su corazón, se miró en el espejo retrovisor y lo que vio no le gustó: el pelo rebelde y rojizo tendía a salir del sombrero, que el Guaje colocó a mitad de frente y ligeramente ladeado a la derecha. Estaba poniéndose moreno, pensó, tanto tiempo al sol había hecho mella en sus pecas, necesitaba un baño y cambiarse de ropa, de forma instintiva rebusco en la guantera y cogió el frasco de agua concentrada de colonia *Álvarez Gómez*. Habían dejado al padre Carlos satisfecho por la ayuda que había prestado a David, y cuando llegaron a la iglesia de Nubiana el propio forense se ocupó de prestar la atención médica que el cura del pueblo necesitaba. Se cercioró de que el sacerdote caía en el sueño tras meterlo en la cama. Él también necesitaba un sueño reparador, se había pasado toda la noche entre la vieja casa de la familia Lavandera y la Colegiata.

Había tomado una decisión. Cuando descansara iría a ver al capitán, ponerle al día de todo lo que había descubierto y dejar la resolución del caso en sus manos. Era tiempo de ejercer de forense y dejar a la guardia civil todo lo demás.

Sospechaba que solo en la casa de la familia Lavandera tendría más de cuatro clientes para su mesa en el hospital.

Apagó el contacto del coche y suspiró hondo dejando las manos reposar sobre el volante, estaba profundamente cansado y con el alma perdida. De alguna forma Diana estaba metida de lleno en todo lo que estaba pasando y sin embargo el creía en ella. Cerró el coche y se encaminó despacio hacia la casa. Mieres despertaba y podía oír el jaleo de sus vecinos a la llamada de un nuevo día. Desde lo lejos le llegó la sirena de la mina. El Guaje avivó más el oído, y al final de la calle una pareja reía a carcajadas: qué suerte, pensó. ¿Cuánto tiempo hacía que él no reía así?

La puerta de su casa estaba abierta. Era apenas un resquicio, pero en definitiva abierta. Se acercó con cautela, él no llevaba armas, no era policía, y abrió la entrada del todo. No había nada revuelto, de hecho, el papel que había recibido antes de marchar seguía encima de la mesa, junto a los platos del último desayuno. Se quitó la chaqueta y el chaleco, sacó el reloj y antes de dejarlo sobre la mesa miró la hora: eran las siete de la mañana del 19 de octubre de 1934. La revuelta minera había durado escasamente quince días y él había vivido en un tobogán que estaba a punto de dejar atrás, si resolvían el caso y si su hermano Pelayo estaba a salvo, todo estaría en orden, y orden era lo único que él necesitaba en ese momento.

Se sentó y miró el sobre, no esperaba una contestación a su requerimiento de ayuda, y mucho menos con tanta diligencia. Aquella misiva era la respuesta a una llamada que había hecho a Londres. Abrió el sobre y dejó que la fina y clara letra de la arqueóloga *Dorothy Garrod* llenara sus sentidos. Su madre le había educado en ingles de barrio y callejero por lo que admiraba aquellas cultas palabras de la persona que más tiempo había pasado con Diana en los últimos diez años.

***

267

«*Dear David I'm very happy...* de saber que nuestra Diana esta prometida, después de haber compartido conmigo un torbellino de nuevos y fantásticos descubrimientos. Su ayuda y aportación fue valiosa para contribuir a consolidar esta naciente disciplina científica. Como sucede en todas las figuras femeninas, nuestras aportaciones no son reconocidas, pero es de justicia resaltar que su prometida, mi Diana, es una adelantada y pionera de la investigación.

La respuesta a todas las preguntas que usted formuló a mi secretario por teléfono es sí. Diana estuvo conmigo aquí en Gran Bretaña, luego en Gibraltar, Kurdistán, Oriente próximo y finalmente en el Líbano.

Espero que pronto sea madre y pueda cumplir ese deseo de poner el nombre de Abel a su primer hijo como ambas hicimos con aquel niño neandertal.

Mis mejores deseos para ambos, mucha salud y mucha suerte. Dorothy Garrod».

***

Una sonrisa se dibujó en el rostro de David. La arqueóloga inglesa le confirmaba la inocencia de Diana, difícilmente pudo acometer tanto asesinato estando en todos aquellos lejanos lugares.

Volvió a meter la hoja dentro del sobre y se dispuso a recoger la taza y el plato para dejarlos en el fregadero, y entonces vio el libro tirado en el suelo, roto y desmembrado. Los entes mitológicos asturianos dibujados en aquellas hojas le miraban risueños, aquello unido a la puerta le alertó, podía haberse dejado abierta la entrada de la casa en un descuido, pero él jamás dejaría un libro roto o tirado en el suelo.

Adoraba el objeto, su textura, su olor, amaba los libros.

Se levantó despacio, sin girar la cabeza. Intuyó una presencia detrás de él, algo tangible que percibían sus sentidos, pero especialmente reconocible por el olor; olía a humedad, a ropa encerrada, un efluvio suspendido en el aire. Era un aroma de callejones y calabozos.

—¿Estás aquí? —No movió ni un solo músculo; la mirada al frente intentando percibir alguna sombra, algún reflejo.

Dejó pasar un eterno minuto de silencio, un eterno minuto sin moverse hasta que empezó a ladear la cabeza y lo vio detrás de él.

Sonrió al reconocerle y saber que había estado en lo cierto, pero no le dio tiempo a decir su nombre, la sombra que siempre había tenido detrás de él, le descargó un tremendo golpe en la cabeza.

Abrió la boca pensando que debería gritar el nombre a los cuatro vientos, pero solo vio el frigorífico de la cocina desfilar antes de que la oscuridad lo llenara todo.

2

Aquel era el momento más reconfortante del día, notar como el polvo de las piedras, el barro por el que se movía en cada excavación caía con el agua de la ducha. Diana se sintió algo mejor, aunque no más relajada. El instinto la mantenía en alerta, su imputación, aunque no fuera abiertamente declarada, en aquel caso la arrastraba a un pozo sin fondo. Por si eso fuera poco su trabajo también la estaba dando problemas, todo lo que rodeaba al monasterio era caos y destrucción, y la diplomacia y el Ejército se empeñaban en apartarla de allí. Sabía lo que pasaría si dejaba la incipiente excavación: llegarían obreros con el único objetivo de dejar al descubierto paredes, resiguiendo los muros, algo que no se practica en la arqueología moderna. Los obreros abrían una zanja y cuando daban con el muro de piedra continuaban siguiendo el trazado de la pared hasta haber completado las cuatro esquinas, y con ese tipo de hacer las cosas, Diana sabía que dejarían el centro de las posibles salas sin excavar.

Y por último, estaba el problema con David. Parecía que se había erigido entre ellos una niebla espesa que no les dejaba ver con claridad. Su relación estaba obstruida y no sabía cómo hacer desaparecer ese muro.

Nunca había dejado de sentir aquella presencia que la visitaba por las noches, y ahora todo salía, desde las sombras. No podía quedarse de brazos cruzados tenía, que ayudar a David, ella tenía el eslabón que le faltaba al forense. El silencio ya no era una opción, tenía que poner cadenas al monstruo.

Los entes en los que ella creía eran de luz, eran espíritus de la naturaleza, caprichosos y rebeldes pero dispuestos a alumbrar con estrellas su camino.

Se miró en el espejo y vio el cerco de unas incipientes ojeras. Rebuscó entre la ropa del armario y se vistió todo lo rápido que pudo. Había ido derecha a la ducha reparadora, era lo que más le urgía, pero ahora el estómago la recordaba que necesitaba alimento. Encendió la luz del pasillo y al fondo vio la sombra.

Alguien estaba sentado en uno de los sillones del comedor.

—Hola, ¿quién eres? —preguntó elevando un poco la voz entrecortada por el miedo— ¿Qué quieres de mí? —Volvió a preguntar intentando aparentar una serenidad de la que carecía, mientras con pasos cortos y dubitativos iba acercándose al comedor.

Encendió la luz y todo empezó a darle vueltas al ver el horrible escenario en el que se había convertido su salón.

Una mujer caracterizada de anciana portaba un ropaje amarillo. El rostro de aquella figuración aparecía enjuto y su cabellera era larga y blanca como la cumbre de la montaña más alta. Los ojos estaban sin vida y miraban al frente con un brillo apagado y sombrío, de tal forma que tuvieron en Diana un efecto aterrador. Se llevó las manos a la boca y gritó, gritó con el alma desgarrada y el dolor de saber que su inanición había permitido aquel horror.

—¡¡Angelines!!

Diana tomó la mano fría y sin vida de su tía sin poder retener el reguero de lágrimas que abandonaba sus ojos. El asesino había representado de forma fidedigna a una *Llavandere* vestida de amarillo y una generosa peluca blanca, tenía los rasgos forzados para aparentar ferocidad perdiendo cualquier signo de humanidad. La piel de la cara estaba arrugada como una fruta seca. A su lado una pala cóncava era el signo para todo aquel que, como era su caso, supiera leer aquel escenario.

Las *Llavanderes* son el elemento femenino de la tempestad, los ruidos del trueno y del relámpago siempre con sus palas. El mensaje era claro:

—Se aproxima la tormenta.

***

Con abundantes lágrimas sobre el rostro y pesar en el alma, se metió en el coche. Una sensación febril se instauró en su cabeza, datos y más datos le habían dado los indicios y engordado sus sospechas y ¡no había hecho nada! El modus operandi del asesino ya tenía que haber sido suficiente para ella, y no lo quiso ver, desde aquel día en la mina intuía el origen de todo… Ahora estaba segura.

El asesino no había podido resistir la tentación de aprovechar la revuelta minera y matar de forma impune, pero no se conformó con eso, expuso los cuerpos como ahora había hecho con Angelines, mandaba mensajes, y ya no tenía ninguna duda de que todos aquellos mensajes eran para ella.

Cada asesinato era un macabro homenaje al pasado, un símbolo a toda la infancia, una infancia de la que ella, y su familia, formaban parte.

La mañana era triste como su estado de ánimo, no llovía, pero una especie de neblina hacía que todo pareciera húmedo y cada dos por tres tuviera que encender los limpia parabrisas del coche.

No había dudado un momento hacia donde tenía que dirigir sus pasos, y tras coger un abrigo, puso rumbo a Nubiana.

La lluvia fue su compañera durante todo el viaje. La cabeza le daba vueltas y el corazón lloraba por Angelines, pero estaba segura. Ahora era el Guaje el que corría serio peligro, todo lo que había dejado atrás en su casa le indicaba el siguiente paso del asesino, ella se había criado con él, había sido su compañera de juegos, su hermana mayor, hasta que todo saltó en mil pedazos.

Tomó el camino del bosque nada más dejar el centro de la aldea y condujo despacio hasta la entrada que llevaba a la antigua casa, más allá del cementerio. Había otro coche aparcado entre la hierba mojada y el barro. Miró por las ventanillas, pero no había nada ni nadie dentro del automóvil. Caminó sin prisa, mojándose, notando caer el agua por su rostro y solo con la gruesa linterna en la mano. Cuando ya no era visible el cementerio, y justo debajo de un enorme olmo, Diana halló lo que buscaba. Una piedra parecía sujetar el tocón del árbol por uno de sus lados, la arqueóloga sacó un pañuelo del bolsillo y limpió la piedra del polvo y la hojarasca del tiempo. Con la yema de los dedos recorrió la serigrafía de una hermosa palabra: *Xana.*

Como siempre que visitaba aquella tumba tan especial e íntima, se sentó, cerró los ojos y dejó que la naturaleza le hablara. El rumor del viento le habló de los entes; el canto de los pájaros le recordó las leyes por las que se regía la naturaleza; y las enormes raíces de aquel hermoso árbol la previno de la acción de los hombres capaces de mermar las capacidades de los seres mitológicos.

Diana abrió los ojos y sintió alegre un rayo de sol en su pelo claro, casi transparente.

—Gracias abuela, cumpliré con la más importante de todas las leyes del universo: respetar la vida.

Diana era muy niña cuando perdió a su abuela. Apenas recordaba su rostro, pero el viento del bosque le llevaba su inconfundible olor, de hierba recién cortada y la blanca melena llena de flores como símbolo de libertad.

La lluvia y el trueno le llevaron a la mente el porqué estaba allí. Volvió a tapar la piedra y se encamino hacia la casa.

Rememoraba haber estado en la vieja casa familiar solo un par de veces desde que, siendo ella muy pequeña, pasó todo. La memoria que Diana albergaba de aquel lugar era el sentimiento de hogar y sus labores.

Circundó la casa y vio las cintas de la guardia civil rodeando la enorme zanja, No necesitó mucho más para comprender qué era. No pudo aguantar el vómito y doblada y de rodillas en el suelo gritó.

—¿A cuántos? ¿A cuántos has matado?

Se puso en pie y apagó la luz de la linterna. Era el momento de actuar, no sabía con que se iba a encontrar, pero la estaban esperando.

Siguió por el camino que rodeaba la casa y una vez rebasada empezó a contar los árboles a su derecha. Recordaba que la fuente con el pequeño manantial estaba entre dos árboles que ella llamaba arcanos por el misterio que ocultaban. La naturaleza parecía impenetrable en aquel punto. Comprobó que no había nadie a su alrededor y atravesó la espesura, a partir de aquel punto estaría sola, nadie podría dar con ella en caso de que algo saliera mal. Estaba asustada, pero no tenía más remedio que continuar si quería poner fin a aquello.

Las ramas del suelo y la abundancia de hojarasca hacían su avance lento y ruidoso. Aquel camino se había perdido en la memoria de todos y ella que lo había aprendido de niña, dudaba de cada paso.

Diana pensó que debía detener al culpable de todo aquello, era su responsabilidad, había nacido en aquel valle y había olvidado la niñez, cuando no conocía la parte oscura de la vida.

Pensó, mientras caminaba despacio, en aquel niño querido llorando en sus brazos en tanto ella le besaba: jamás recuperarían ese pasado. Se dio cuenta de cómo añoraba vivir en el bosque, en aquella casa, con la abuela, que había sido madre y maestra.

Pero ahora aquel niño era un hombre obsesionado con un ideal inculcado en la niñez, descontrolado a la hora de conducir sus pasiones y acallar las voces. Ya desde muy niño, en lo más profundo de su ser, un ente maléfico pugnaba por dominar su voluntad.

Y ella siempre lo había sabido.

Necesitó encender la linterna, el camino verde y húmedo se ladeaba a la derecha. Se paró un instante y dejó que su olfato y sus oídos hicieran su trabajo. Lo primero fue el rumor del agua, y casi al instante el olor a humedad y hierba. Al fondo, una especie de claridad la llamaba. Echó a andar con cautela siguiendo el camino que descubría el haz de luz. Las ramas bajas de los árboles le raspaban brazos y piernas, y alguna, un poco más alta, llegó a arañarle la cara, pero nada la detuvo. Llegó al claro donde las noches de luna llena se bañaba y donde tuvo la más extraordinaria experiencia con la *Xana*.

Dejó de tener miedo. Le había prometido a la *Xana* que le devolvería a su hijo sano y allí estaba, ahora tenía que rendir cuentas por todo el mal que había hecho. Como si alguien la protegiera, la cueva tras el manantial se hizo visible, la entrada estaba clara y una luz mortecina le indicaba el camino. Se pegó a la pared viscosa y escuchó.

Nada, solo el silencio.

Empezó a descender por el sinuoso sendero; los latidos del corazón iban a delatarla, hizo caso omiso a los ruidos de la noche y siguió por la senda y entonces vio el destello inconfundible de una vela. Caminó despacio y jadeó aterrada. La pared de la cueva, justo la que tenía frente a ella era una exposición de fotografías y al lado de cada una de ellas un hermoso dibujo.

Diana se acercó y con la linterna iluminó la imagen del cadáver de Eloy Barrero muerto en la cueva de la Peña, del *Cuelébre* que David había examinado en la gruta. Justo al lado de la sórdida fotografía estaba el dibujo del *Cuelébre* saliendo del agua.

El *Bruxes* miraba desde la perversión de aquella foto tomada en la mina junto al dibujo del *Busgosu* que risueño parecía deleitarse de sus maldades.

Diana siguió avanzando y se preparó para lo peor, acababa de dejar en su casa a Angelines, su último trofeo y por lo tanto la última fotografía.

—Lo siento, no me ha dado tiempo en revelarla, hasta dentro de unos días no podrás admirarla. Te guardaré los negativos. —La voz sonó áspera y ansiosa.

Diana apuntó el foco de la linterna hacia el otro lado de la cueva, pero la luz no encontró su destino.

—Sabía que vendrías, siempre has sido lista. —Repitió aquella voz que Diana ya había reconocido.

La joven se volvió a girar con la linterna y el rayo de luz hizo un fugaz recorrido. Estaba empezando a comprender lo que era mirar dentro de la cabeza de un diablo.

Numerosas fotos empapelaban aquel lado de la cueva, no sabía decir, veinte o treinta, lo que sí empezó a ver fue los dibujos al lado de cada una de ellas *Patarico, Serena, Busgosu, Nuberu, Trasgu, Pasadiellu, etc.*

Era una exposición del horror y de la historia de un asesino. Las fotos se escalonaban y parecían tener un orden, el orden de los progresos del demente asesino a lo largo del tiempo.

—Verás qué bonita la foto de la *Llavandere*. Nuestra querida Angelines se ha portado muy bien.

Diana respiró hondo y tragó saliva, necesitaba aparentar calma y tranquilidad, ahora debía de ocuparse de los vivos, si es que todavía lo estaban.

—¿Dónde está David? —preguntó la joven, intentando que la voz de su garganta saliera segura.

—Mira Diana el mejor lugar es para ti, tú serás la reina, el centro de toda mi vida.

Diana descubrió justo en el centro de la pared una fotografía de ella, estaba en plena faena en el Monasterio de San Pelayo y sonreía feliz y orgullosa con su trabajo, y junto a aquella instantánea una pintura, el dibujo de la más hermosa *Xana* saliendo del agua y secando su rubio pelo. Estiró la mano dispuesta a arrancar aquel trozo de papel, cuando oyó un quejido, apuntó con la linterna hacia el sonido, y vio como los ojos de David le rogaban que no hiciera nada, un enorme cuchillo le apretaba el cuello.

Tú sabes que tuve pesadillas durante mucho tiempo, los calmantes no sofocaban mi angustia —Diana se acercaba lentamente con la mano alargada, mientras hablaba, como queriendo disminuir la amenaza que representaba aquel cuchillo en el cuello de David—, no por aquel hombre muerto a hachazos, seguramente se lo merecía, si no, porque no dejaba de ver a la *Güestia* viniendo a por mí —Diana todavía sentía el estremecimiento de aquellos días—. Me encerraron en el psiquiátrico y pagué por ti, hasta que un día me vi redimida y salí libre para vivir una nueva vida, sin ti, hasta que hace pocos meses todo empezó de nuevo. Volví a verlo.

Diana miró a los ojos a David, esperaba que comprendiera sus intenciones.

—¿Y sabes quién mató a aquel lugareño de Nubiana? —Diana se dirigía al Guaje que notaba el frío acero del cuchillo en el cuello, y apenas podía respirar.

—Piru —dijo el Guaje notando como el acero se apretaba más en su carne.

—Eso es, Piru —dijo Diana—, pero ¿sabes de quien sospecharon?

Tras una breve y tensa pausa, rompiendo el silencio, la arqueóloga retomó su disertación.

—De mí —Diana intentó sacar una escueta sonrisa mientras evaluaba la situación— Y ¿sabes por qué Guaje? CONTÉSTAME GUAJE TE ESTOY HABLANDO —gritó Diana.

—No, no —susurró el forense.

—Piru lo sabe, ¿verdad? —Diana seguía sonriendo al guardia civil que mantenía el acero sobre la garganta del Guaje— Cuando escuché los gritos desgarradores, corrí hasta la habitación. Piru tan solo tenía seis años, y el hacha llena de sangre estaba en sus manos, se la quité, él no pensaba que hiciera nada malo, aquel hombre había golpeado a la *Xana*, a la abuela, cuando empezó a llegar el resto de la gente todos pensaron que había sido yo.

—Vamos, pensaba que todo eso era historia —el rostro de Piru era una mueca oscura de resignación—. Intenté controlar a los entes, pero tú me despreciaste no viste el esfuerzo que hacía por luchar contra ellos, me apartaste de tu lado, me dejaste solo. Angelines no entendía mi lucha, y tú y yo teníamos un vínculo.

Diana contrajo el rostro en una mueca y empezó a llorar

—Mataste a Angelines —dijo Diana.

—Ella sacaba los venenos para mí —Piru gesticulaba con la cabeza, mientras mantenía sujeto al forense.

—Tendrías que haber hablado conmigo, Piru, para cuidar de los bosques y de los seres... Hay otras formas, no matando a personas.

Piru bajó el cuchillo lo suficiente para que el Guaje se revolviera. El guardia civil estaba tan atento a Diana que no vio venir el golpe. El puñetazo en la sien sonó, y mando a Piru al empiedro de la cueva. Diana recogió el arma del suelo y se abrazó a David.

La sombra del mal infinito, de la locura incontrolada se abalanzó contra ellos. Piru gritó fuera de sí y todo fue rápido e instintivo. Diana vio llegar la amenaza y los ojos inyectados en sangre de aquel rostro desencajado y recibió a Piru clavando el enorme cuchillo en su estómago. Cayó despacio, como negando la evidencia de su fin, lentamente, sin dejar de mirar a Diana, sin comprender muy bien todo lo que había pasado. Una gran bocanada de sangre le llegó a la garganta y se desplomó sin vida en el suelo de la cueva.

19 de octubre de 1934

—Angelines fue genial hasta para elegir su última morada.

Diana notaba el brazo de David sobre su hombro y no le importó, se encontraba débil y necesitaba sentirse protegida. El oficio había terminado, y la gente desfilaba en silencio, la muerte se había convertido en algo normal en aquellos días. El cura se acercó a ella y la estrechó la mano. Fue un contacto extraño y notó en su cuerpo un rechazo natural, aquel trámite era un protocolo social, pero tanto Angelines como ella habían crecido en otras creencias.

—Tú eres la entendida en arte, a mí me da un poco de repelo que la muerte te dé un beso de amor.

Sobre la lápida escuetamente ponía «Angelines Nubiana», pero una pequeña escultura representaba a la muerte y con escalofriante mirada besaba a una mujer desplomada. Diana giró alrededor de la escultura hasta que encontró lo que buscaba; en un costado de la mujer y en letras casi invisibles se leía *Xana*.

—Siempre fuiste especial —susurró entre lágrimas Diana.

—Lo que llamas especial, no sé cómo encajarlo en mi mundo: le gustaban los venenos, protegió a un asesino y encima de su tumba está representada la muerte —comentó el Guaje, que dio un beso a Diana en la frente y sonrió—. Eso sí, tengo que reconocer que hacía unas fabes de puta madre.

Diana sonrió triste mientras se acurrucaba entre los brazos de David.

—He descubierto que la vida puede ser dulce, extraña y amarga hasta consumirte. Pensé que podía con todo y nunca tendría que renunciar a nada. Ahora no estoy segura. Mi desesperación ha aumentado noche tras noche y me adormecía el dolor por mí y todo lo que ocurría a mi alrededor

—Podemos fugarnos, desaparecer —susurró David.

—He intentado dejarte, no pensar en ti. Todos estos días he estado considerando hacer ese sacrificio, ahora me doy cuenta de que era innecesario, simplemente una estupidez.

—Tenemos derecho a decidir sobre nuestras vidas.

—Subirnos a un tren y dejar Nubiana atrás.

—Sabes que no podrás, estás ligada a esta tierra mucho más de lo que crees.

Diana le miró a los ojos y por vez primera en mucho tiempo se dejó llevar por sus labios y su corazón.

¿Por qué habían demorado tanto aquel beso?

2

El capitán Turón, en su despacho de la comandancia, escuchó al Guaje en silencio, no le interrumpió ni una sola vez. Estaba sentado en su sillón, tras un montón de papeles que se acumulaban en su escritorio. Movía las manos, nervioso, las apoyaba sobre la mesa de madera, cogía la pluma y la volvía a dejar. En su mente estaban las innumerables veces que había abrazado a Piru, intentaba reconocer al joven que había tenido a su lado en cada palabra que escuchaba, y cuando el Guaje acabó con su informe, lo primero que huyó fue el color del rostro del capitán, la palidez fue tornándose en amarillos más próximos a la piel de un muerto y sin poder remediarlo le sobrevino el llanto. Las lágrimas caían silenciosas, despacio.

—No se culpe capitán, nadie pudo ayudarle, comprendo que sea duro para usted.

—¡Puto asunto! Ha terminado siendo un puñal en el corazón. Pero te equivocas en una cosa Guaje, nunca me perdonaré por no haber sido capaz de evitarlo.

—Todo eso que le he contado de palabra constará en el informe que presentaré a la comandancia. En la cueva de Nubiana los guardias han encontrado fotos de todos los muertos. Entre los recientes y los de la casa en el bosque hay más de quince. Como forense puedo decirle que algunos de los cadáveres del bosque llevan allí más de cinco años.

—¡Hijo de puta¡ Mientras me dejaba a mí en los valles siguió matando en su juego macabro.

—Usted le sirvió de coartada capitán, estuvo encerrado con él en Oviedo, cuando yo me enteré de que Gerardo les había liberado le entró miedo y aceleró todo.

Un guardia entró corriendo, llevaba el fusil descolocado y las gotas de sudor corrían por el rostro colorado por el esfuerzo. Fuera en la calle se escuchaban gritos y algarabía.

—¡Capitán han llegado! ¡El ejército está en Mieres!

Turón y el Guaje salieron al umbral de la puerta, la vanguardia del ejército entraba en la plaza y en cabeza un coche portaba un micrófono por el que se escuchaba de forma repetida el siguiente mensaje:

Don Eduardo López de Ochoa, general de División de los ejércitos Nacionales ordeno y mando:

Las personas que teniendo noticias de algún depósito de armas, municiones o explosivos no lo participasen en el más breve plazo posible, incurrirán igualmente en la responsabilidad que les corresponde. Espero de la comprensión de los habitantes de esta provincia y en especial de la cuenca minera, que no den lugar a que me vea obligado a derramar sangre fuera del combate, lo que es contrario a mis sentimientos de amor al pueblo y a la humanidad en general, pero estoy firmemente resuelto a ejecutar lo que anuncio, porque la salud de la Patria lo exige.

***

—En la retaguardia con todo el ejército de África vienen los dos generales, mi capitán.

—Calla estúpido el único general es López Ochoa.

—Perdón, mi capitán, pero me han dicho que le informara que con el viene uno que manda más, recién llegado de Madrid.

—Y ese, ¿cómo se llama?

El guardia se giró encogió los hombros e hizo memoria. Esperó a que el mensaje terminara por segunda vez y contestó.

—Dicen que es el general Franco.

2 de enero de 1935

El *chigre* nunca había perdido su olor inconfundible y desde hacía pocos días estaba recuperando también sus sonidos: el bullicio después de cada turno, los niños buscando a sus padres, el golpe de cada naipe al caer sobre la mesa de madera acompañada por la palma de la mano del jugador, las fichas de dominó fuertes y altaneras, y los vasos, el tintineo de los vasos de sidra al chocar y descansar brevemente sobre la barra.

La algarabía y el murmullo de los mineros que recobraban vida y hacían sentir a Mieres.

El Guaje miraba orgulloso a sus vecinos. Habían sido capaces de mirar hacia delante después de tanta ruina y tanto dolor y no se habían permitido el lujo de perder ese brillo de pertenencia en los ojos, de sentirse parte de una comunidad que había luchado junta.

—¿Quieres abrir esa carta de una puta vez? —Oli «limpió» la mesa con el paño lleno de mugre mientras miraba a David—. Si se ha casado con otro alguna vez tendrás que enterarte y asumirlo, desde luego si yo fuera ella te mandaba a tomar por culo.

El Guaje llevaba más de cuarenta minutos con el sobre encima de la mesa, lo miraba, leía el remitente, y daba otro sorbo de sidra.

—La pregunta sería por qué sabes tú de quien es esta carta, tío cotilla —inquirió el Guaje con media sonrisa en la cara.

—¡Joder, Guaje! Llevo casi una hora sirviéndote sidras con el sobre ese, ahí, sin abrir. Voy a hacer una cosa, te lleno el vaso otra vez y espero a que lo vacíes, como no leas esa carta lo haré yo para todo el *chigre*.

Hacía un par de meses que Diana se había ido, había puesto distancia, los quince días de octubre habían sido muy duros e intensos. La muerte de Angelines, la serie de asesinatos y la realidad de Piru, todo junto era demasiado como para no tratar de olvidar. Sin embargo, el destino había sido indulgente con ella y le presentó una salida, había recibido una llamada desde Sussex, Inglaterra. La famosa arqueóloga Hilda Petrie reanudaba su aventura en Egipto y empezaba una serie de excavaciones en Dendera, Abidos y, la más emocionante, que renovó la energía e ilusión de Diana, iban a empezar a trabajar en varias tumbas del Imperio Antiguo en la necrópolis de Saqqara.

El Guaje la había visto partir. Una gran parte de su corazón se marchaba con ella, pero era lo mejor para los dos. Diana curaría sus heridas, todavía abiertas y sangrantes, y él necesitaba tener noticias de Pelayo, era la única familia que le quedaba y todo lo sucedido había sido un torrencial escabroso, como un recipiente que se derrama de una sola vez y te deja desnudo ante la realidad.

Desgarró el sobre y lo primero que hizo fue oler su contenido. Sacó el fino papel y lo llevó a su nariz, aspiró despacio y recordó el pelo de Diana entre sus dedos.

Querido David perdona el retraso en mi primera misiva, el trabajo me arrastra y cada noche caigo exhausta en el austero colchón que es mi cama. El ritmo de trabajo que nos exige a todos Hilda es elevado, ella es una mujer de armas tomar, y nunca mejor dicho por que lleva un revolver.

Sin embargo, es una dibujante excepcional y sus capacidades como enfermera son relevantes, ya ha tenido que demostrar sus conocimientos médicos en más de una ocasión, porque el trabajo es a veces peligroso dentro de las tumbas en mal estado y que están a punto de venirse abajo.

Hilda me está enseñando a hablar árabe y ya lo domino con cierta soltura, me encargo muchas veces de repartir la paga de los trabajadores, mientras ella los organiza. La mayoría son muy jóvenes, casi niños, tenemos muchachos de catorce y quince años.

Entre turno y turno pienso en ti, en mi bosque, en Asturias, en nosotros. Cuando llegue el verano volveré, las noches calurosas de Egipto son muy buenas para pensar, espero poder contarte todos mis sueños.

Besos faraónicos
Diana

Volvió a llevar el papel a la nariz y creyó reconocer el aroma, escuchar su voz y sentir su piel. Quedaban seis meses para el verano, cuando Diana regresaría, tenía todo ese tiempo para intentar encontrar a Pelayo, o al menos, saber de él.

Recogió la chaqueta del respaldo de la silla y se la ajustó encima del chaleco, se caló el sombrero a mitad de frente, ligeramente ladeado a la derecha, sacó un bisonte del paquete y lo encendió despacio, sintiendo el placer de la primera calada.

—Toma Oli —gritó mientras le lanzaba al tabernero una moneda de una peseta—. De momento no te necesito de *celestino*.

—¡Vaya usted con Dios don Juan! —respondió Oli cogiendo la moneda al vuelo.

Caminaba pensativo, degustando el bisonte camino de casa. Él también tenía que tomar decisiones, la herida profunda todavía sangraba y sentía la presión de Mieres sobre él. Cada vez pasaba más tiempo en la cuenca minera y menos en Oviedo y el hospital, y dentro de él sabía el por qué esperaba que su hermano apareciera en cualquier momento y sentía la necesidad de estar ahí para estrecharle entre sus brazos.

Había pensado pedir ayuda a la mujer que el capitán le presentó un día en su despacho. Le extrañó que el guardia civil estuviera hablando con una mujer foránea vestida de forma elegante, sencilla y con colores oscuros, cuando el Guaje entró en la comandancia se dirigió a él sin mover un músculo de la cara:

—Buen día, David. Te presento a la señorita Clara Campoamor enviada por el gobierno del señor Lerroux. Ella es la nueva directora general de Beneficencia y ha venido a ocuparse de los huérfanos que ha dejado el conflicto.

El Guaje observó la mirada inteligente de aquellos ojos oscuros y el rostro lleno de preocupación por todo lo que había empezado a ver en Asturias. Fueron varias tardes las que David pasó junto a Clara Campoamor y pudo apreciar cómo, poco a poco, su apreciación del conflicto fue cambiando. Hasta llegar a Mieres y Oviedo, ella bebía de las noticias que llegaban a Madrid y hablaban de sangrientos mineros que asesinaban frailes, pero la realidad le había llegado cruda y cruel a su llegada a Oviedo y aquellos actos de brutalidad solo los apreció en las tropas que reprimían a los sublevados poniendo en peligro a la población civil.

Clara Campoamor había regresado a Madrid y además de haber pasado por las cortes, era una abogada de prestigio, si no encontraba soluciones recurriría a ella.

Hacía dos meses largos de la entrada de las tropas en Mieres, y todavía recordaba el mal momento que pasó, cada uno fue para su casa, todos con el convencimiento de que no habría ningún tipo de represión, los mineros querían volver a lo cotidiano, al trabajo, tranquilizar los alterados ánimos.

Pero él vivió un momento amargo.

—¡Guaje, Guaje! —chillaba uno de los críos que pasaban por la comandancia— Tu casa está llena de moros.

Corrió como llevado por el diablo, no escucho al capitán que le gritaba.

—¡Espera Guaje, vamos contigo!

La imagen y el escenario que se encontró cuando llego a la puerta, fue desolador. El ruido y el sonido de las cosas al romperse era estridente. Las fotos de Pelayo estaban rotas por el suelo, una ampliación enorme que presidía el salón, donde una joven y sonriente Lilibet sujetaba por la mano a David y sostenía en su regazo a un recién destetado Pelayo, estaba en el suelo y servía de diana para unos sonrientes moros que orinaban entre risas sobre ella. Todos los cajones de la casa abiertos y las cosas por el suelo, uno de los Regulares llevaba su gabardina puesta, le había costado casi el dinero de un mes de trabajo, pero el Guaje no movió ni un músculo, ni tan siquiera cuando uno de los asaltantes vio las veinte pesetas que él tenía guardadas para emprender su nueva vida.

—¡Ya basta, cojones! Fuera de aquí —El capitán entró gritando y con la pistola en la mano.

—Esta es la casa de Máuser y no vamos a dejar piedra sin remover y romper —El regular sonrió mostrando una dentadura llena de dientes de oro y negra como el carbón de la mina.

—Esta es la casa de un *paisanin* de Mieres y ya os estáis largando de aquí. —El capitán apuntó con su pistola a la cabeza del moro en el momento que tres guardias civiles más entraban en la casa.

—Está bien, *capitano* —dijo el moro calculando las posibilidades y viendo que al final si se revolvían contra un capitán de la guardia civil tendrían problemas— pero todo lo que cogimos es nuestro —El capitán iba a decir algo, pero el Guaje le apretó el brazo y asintió con la cabeza. Estaba bien así, era el destino, tenía que empezar de cero.

Se pasó toda aquella tarde recogiendo la casa, estaba todo roto e inservible, el Guaje iba llenando bolsas y con el corazón duro como una piedra, se decía a sí mismo que aquello solo eran cosas.

Pero la caja de música le hizo llorar, lloró desconsolado, con amargura y un tremendo agujero se le formó en el corazón. La caja de música era solo otro objeto, pero en él estaba reflejado toda una vida, la risa de su madre, el sonido de un hogar, y el recuerdo de una niñez perdida. Ahora solo sentía el vacío que dejaba en él aquella caja de música destrozada en el suelo.

Recordaba que aquella noche no cenó, hasta la poca comida que tenía en casa se la habían llevado, y sentado en una silla coja, frente a una mesa rajada y doblada, bebió agua a sorbos pequeños del único vaso intacto mientras pensaba en su futuro.

Entró en la casa y se quitó la chaqueta del único traje que le quedaba, guardó la carta de Diana dentro del bolsillo interior del chaleco, cerca de su corazón, y se dispuso a limpiar su reloj. Necesitaba tranquilidad y calma para tomar decisiones y aquel ritual le pausaba y le aclaraba las ideas. Esta vez tendría que ser sin música, nada de Mozart había quedado intacto tras la visita de los Regulares.

Echó mano al ojal del chaleco para coger la leontina y en ese momento sonó la puerta con tres fuertes golpes.

El corazón le dio un vuelco, no podía ser, pero daría años de su vida porque fuera su *Xana* en túnica de plata y blanca con aquella sonrisa que le robaba el alma.

Los golpes sonaron de nuevo fuertes y seguros. Tenía que ser Pelayo, su hermano por fin en casa.

Corrió de prisa y abrió.

Un joven, con la cara curtida por el sol, miraba al suelo e inquieto y movía nervioso de derecha a izquierda. Cubría su cabeza con una gorra que apenas dejaba entrever sus ojos y sin mediar palabra se adentró en la casa. El Guaje, impertérrito ante aquella invasión que entendió no era peligrosa, cerró la puerta tras la intrusión del joven. Eran tantos los acontecimientos especiales que le estaban tocando vivir que pensó en dejar que estos solos se fueran aclarando.

—Perdone que irrumpa en su casa de esta forma —el joven se quitó la gorra y dejó que el pelo rojizo pero escueto viera la luz—. Mi nombre es César y he sido la mano derecha de Pelayo durante la revuelta.

El Guaje estrechó la mano que le tendía César y le ofreció asiento.

—Mi visita es corta y peligrosa. Tengo miedo de que me hayan seguido hasta aquí, porque si sigo vivo es porque mi hermano es guardia civil y ha cubierto mis espaldas, pero estoy en una lista donde mi nombre figura entre los diez más buscados.

—Yo también me he sentido vigilado durante estos meses, pero de un mes a esta parte, parece ser, que se han convencido de que no sé nada, mi vida es más tranquila y no veo sombras tras de mí.

—De eso quería hablar. Siento decirlo de esta manera, pero yo sé porque ya no es usted un hombre a seguir.

David sintió que su cuerpo encogía.

—Su hermano era el numero uno de esa lista.

—¿Era?

—Murió de cuatro tiros en el cementerio de Loredo.

—¡Dios mío! —El Guaje notó como los nudillos de los dedos le dolían de tanto apretar y empezaba a faltarle el aire.

—Siento ser portavoz de tan mala noticia, pero prometí a Pelayo que vendría en persona.

David intentó dominar su respiración y calmar sus pulsaciones, en el fondo estaba seguro de que la fuga de Pelayo acabaría mal, pero tantos meses sin saber nada le hizo concebir la esperanza de que lo hubiera conseguido.

Cogió un bisonte y ofreció otro a César, cuando el minero bajó la cabeza para encender el suyo con el fuego del de David, el Guaje vio la juventud del pelirrojo. Era apenas un crio y ya había vivido cien vidas. El sufrimiento se marcaba en el rostro del minero y las manos parecían las de un viejo de setenta años.

—Por favor, César, cuéntame todo lo que sepas.

***

«Pelayo logró llegar a Vigo, lo hizo solo y después de conseguir escapar varias veces de los guardias. Llegó incluso a subir al barco que en teoría le debía de llevar hasta Marsella. Sin embargo, eligió el barco equivocado, porque fue traicionado y apresado por la guardia civil. Antes le he dicho que yo estoy en la lista de los diez más buscados, pero Pelayo era el número uno y el más importante para los guardias, no podían permitir que el que más se significó durante la revuelta no pagara por todos nosotros. Sabemos que Gerardo murió en la montaña intentando llegar a Galicia, por lo tanto, el objetivo número uno era tu hermano.

Pelayo fue llevado a la cárcel de Oviedo, y son muchos los presos que relatan lo que han hecho con él. Vivió un auténtico infierno junto a otros muchos, algunos no lo pudieron resistir y se suicidaron o entraron en tal estado de locura que tuvieron que ser internados. No queremos silenciar lo ocurrido por lo que todos los que han vivido esas atrocidades las han contado en un documento que se ha guardado en un hórreo de Riosa.

Tu hermano sufrió las más horribles torturas que el ser humano puede inventar. Fue sádicamente llevado al extremo de la capacidad de un ser humano para aguantar el dolor, pero se mantuvo en pie, no pudieron doblegarle y siguió mirándolos a la cara. Le obligaron a presenciar como desgarraban las carnes y fracturaban los huesos de los hombres que habían luchado junto a él. Y finalmente se apiadaron y decidieron fusilarle.

Una mañana, no sé bien el día, cuatro hombres se lo llevaron en una camioneta, le taparon la cabeza con un saco, pero en la cárcel todos sabían que era Pelayo y cuando cruzó el patio se empezó a escuchar gritos «gracias Máuser», «no te olvidaremos». El run-run de donde podía acabar se propagó por todas las aldeas y al final los descubrieron camino de Loredo. Era allí donde le iban a matar y como habían sido descubiertos, los cuatro guardias lo anunciaban a voces. Los aldeanos empezaron a dar ánimos a Pelayo que ya sin saco en la cabeza se atrevió como Jesucristo a pedir agua. Una anciana sacó a la puerta de su casa una jarra y se la ofreció.

—Aparta vieja, que este ya no necesita agua —fue la respuesta que dieron los guardias a aquel acto de humanidad.

La caminata siguió hasta el cementerio donde minutos más tarde se escucharon cuatro disparos. Durante dos días el cuerpo de Pelayo estuvo tirado en una zanja del cementerio. Nadie se atrevió a entrar porque nadie vio salir a los cuatro guardias. Loredo tiene escasamente cuarenta habitantes y al tercer día los tres chicos más jóvenes del pueblo cargaron con el cuerpo de tu hermano e improvisaron una tumba en el bosque, cercano al molino».

***

El silencio se prolongó varios minutos. El Guaje necesitaba procesar todo lo que había escuchado y César le miraba con los ojos húmedos.

A un movimiento de David ambos se pusieron en pie. El Guaje se abrazó a César y desde el fondo del alma susurró:

—Gracias César por haberle acompañado y por venir aquí a contármelo —El Guaje se dejó caer de nuevo en el sillón y rompió en un llanto sonoro e ininterrumpido. César se encaminó hacia la puerta mientras se colocaba la gorra y no giró la vista atrás. Sabía que debía dejar a David solo con su dolor. Abrió la puerta despacio, y cuando salía escuchó:

—Loredo de Mieres.

1

La tarde caía fría, nubosa y oscura. La humedad se incrustaba en sus huesos y tenía congelado el corazón. Nunca había estado en Loredo de Mieres; había necesitado un mapa para estar seguro de cómo llegar hasta la aldea, situada en la montaña central de Asturias.

El silencio le recibió cuando se bajó del coche, tan solo los sonidos del bosque cercano rompían aquella quietud. César le había dicho que eran muy pocos los habitantes de aquella pedanía, pero al Guaje le pareció que el andurrial estaba muerto, sin vida. Tan solo la aparición de un perro corriendo por el cercano camino rompió aquella imagen fantasmal.

Tres grandes casas de piedra dominaban el sendero que le llevaba al bosque y entre cada uno de ellos un hórreo cerrado. Hasta sus oídos llegó el rumor del agua que fluía a la espalda de uno de los hórreos. El pueblo tenía una orografía abrupta y estaba relativamente cercano a la costa, aquel riachuelo llevaba su caudal directo al Cantábrico. Lo normal era que en aquel mes la nieve del invierno y las bajas temperaturas llenaran de agua los ríos que riegan los valles. Sin embargo, la nieve se estaba haciendo esperar.

El Guaje vio agua remansada por una presa y en ella un enorme molino pétreo que le aguardaba. Alrededor del líquido, la vegetación era rebosante y cuando David se fue acercando empezó a escuchar con claridad el ruido sordo y monótono de las muelas al girar triturando el grano. La atmósfera era especial por el momento de paz que transmitía al Guaje.

La sensación era que su *Xana* particular se haría visible.

Se refrescó la cara en el agua quieta y la notó fría, pero reparadora.

—Buen sitio para esperar la eternidad, hermano —dijo el Guaje mirando a su alrededor. Su mirada siguió la estrecha presa y el paraje frondoso poblados manzanos y cerezos. El rumor del agua le adormecía, pero la cascada de emociones que arribaban a su interior hacía presentir a su hermano en cada nuevo matiz de aquel paisaje.

Un poco más adelante la tierra se hacía boscosa y especialmente frondosa, estaba empezando a entender a Diana, y experimentó una mejoría anímica. Comenzó a llover y se sintió protegido. Aquel manto vegetal que formaban ramas, plantas y flores le salvaguardaba de las gruesas gotas.

Había llegado a la foresta de Loredo con el corazón roto y lleno de penumbras. Sin embargo, ahora todo a su alrededor emanaba paz, la naturaleza le decía que estuviera tranquilo, Pelayo se había unido a ellos.

La tierra removida y una escueta cruz de madera le reveló el lugar del último reposo del cuerpo de Pelayo. Jamás podría recordar cuánto tiempo estuvo allí sentado, evocando momentos compartidos y hablando con el espíritu de su hermano. Tampoco podría decir sí lo que recuerda es un sueño o una realidad cercana y hermosa, pero aquella preciosa *Xana* surgió de las aguas envuelta en una túnica blanca y con una sonrisa angelical le cantó:

Dicen que al amanecer cuando duerme con un sayo, el galán Pelayo que la enamora, llega por la quintana para desposarse con la Xana.

***

La mañana va ganando terreno, la chica está en la flor de la juventud, el cabello rubio y largo perdiéndose por su cintura, su voz suena a música mientras su cuerpo se contonea en una especie de danza. Las pestañas son largas como abanicos que le refrescan y los ojos clavados en él le avisan de la llegada del alba.

El Guaje tiene la sensación de que la noche fue privada, personal entre Pelayo, la *Xana* y él.

—Señor, señor, ¿está usted bien? —Un muchacho le sacude, el sueño salta por los aires.

Se incorpora sorprendido y de rodillas contesta aturdido.

—Sí, gracias. Me quedé dormido —Se vuelve y mira fijamente la luz contra el árbol y la X que hizo con la cruz de madera, a sus ojos se torna rojo oscuro. Nota rodar una lágrima por su rostro y deja escapar algo parecido a un grito.

—¿Cómo podremos todos calmar nuestra conciencia?

Se da la vuelta e ignorando al muchacho camina hacia Loredo. Recuerda que el hermano que tuvo prefirió morir antes que perder su camino.

Llora su alma. Es un sentimiento que le es extraño, no recuerda haber sentido algo parecido, no lo reconoce, y apenas puede salir de su pecho. Aquel dolor es inhumano. Jamás le había pesado tanto el corazón. Corre esquivando árboles y arroyos, no sabe cuál es el camino que le sacará de ese tormento. Mira por última vez.

—Adiós, Pelayo.

Pisa hojas húmedas y la brisa fría lleva nieve por fin. Abre bien los ojos porque llenos de lágrimas no ve con claridad. Tiene pánico por el siguiente paso a dar, recorre la distancia que le separa del coche, arranca y deshace el camino hacia Mieres.

El Guaje sabe que nada ni nadie le espera. Los Regulares se llevaron todas sus cosas, los mineros le miran con recelo y hace días que no va por el hospital.

Su vida está en un cruce de caminos, como el de la vieja carretera: Oviedo y Mieres hacia la izquierda, el Guaje gira decidido a la derecha. Busca su imagen en el espejo retrovisor y comprueba que el sombrero esté a mitad de frente, ligeramente ladeado a la derecha. Mete primera y arranca, saca un *bisonte* y, sin encenderlo, lo deja entre los labios que muestran una mueca, una especie de liviana sonrisa. Detrás deja el viejo cartel de carretera que marca su dirección: Madrid.

PALABRAS EN BABLE

FALTOSU: Tarado, tonto.
ROXO: Rubio, rojo.
CHIGRE: Bar, cantina.
GUAJE: Niño.
FALAR: Hablar.
NENU: Niño, nene.
VERRACU: Jabalí.
FABES: Judías.
BABAYU: Estúpido, imbécil.
BESU: Beso.
NEÑA: Niña.
TRABAYANDO: Trabajando.
PAISANÍN: Paisano, hombrecillo.
FARTUCA: Harta.
HIJINA-HIJÍN: Hija-hijo.
CARAYU: Miembro viril, taco, palabra malsonante.
PROBÍN: Pobrecito.
SORBINOS: Beber a sorbos.
RAPAZ: Muchacho.
GUAPÍN: Guapo.
FELPEYU: Andrajo, apelativo insultante.
HORRU: Hórreo.

BIBLIOGRAFÍA CONSULTADA

—*Tres periodistas en la revolución de Asturias* (Libros del Asteroide).
—*El gran libro de la mitología asturiana,* (Trabe).
—*Crimen y castigo,* José Cabrera (Encuentro).
—*Conceptos básicos en criminología,* Fernando Cobo, (Formación Alcalá).

SERES DE LA MITOLOGÍA
ASTURIANA

BUSGOSU: Ser mitad hombre mitad cabra.

CUÉLEBRE: Es una serpiente alada que custodia tesoros y personajes encantados.

GÜESTIA: Grupo de almas en pena que vagan durante la noche.

GUANDAYA: Holgazanes, gentuza.

LLAVANDERA: Mujer vieja y arrugada que lava la ropa en el río y hace sonar su pala golpeándola contra las piedras.

NEBERU: Conductor de nubes y tormentas. Hombre con espesa barba que viste pieles y sombrero de ala ancha.

PESADIELLU: Espíritu maligno. Se presenta por las noches provocando dificultad de respiración y pesadillas.

PATARICO: Ser gigantesco con un solo ojo y abundante pelo.

SUMICIU: Duende del hogar de tamaño diminuto.

TRASGU: Duende pequeño y juguetón, con piel oscura cuernos y rabo.

VENTOLÍN: Duende extremadamente pequeño que flota en el aire. Se llevan el alma del difunto.

XANA: Ninfa. Chica joven de extrema belleza. Ligadas a las fuentes, lagos y estanques. Guardan tesoros bajo las aguas.

NOTA DEL AUTOR

Esta obra es ficción casi en su totalidad. La historia de los asesinatos en la cuenca minera con acento mitológico son pura fantasía. No obstante, la trama de la revuelta minera está basada en el apasionante libro *Tres periodistas en la revolución de Asturias*, de Libros del Asteroide. El relato realista de todo lo que sucedió en aquellos días atrapó mi interés, e hizo que los textos de Manuel Chaves Nogales, José Díaz Fernández y Josep Pla me llevaran por el camino de escribir esta novela.

El tema esta tratado con el mayor de los respetos, he intentando no herir a nadie en su sensibilidad o creencia. Este libro es simplemente una novela, que aprovecha el suspense mitológico, y la historia bañada de realidad novelada para que el lector tenga una idea de lo que realmente sucedió en octubre de 1934 en Asturias.

Todos los posibles errores de fechas y lugares, es, por supuesto, responsabilidad exclusiva del autor y una licencia literaria.

Espero que me perdonen especialmente mi familia asturiana.

AGRADECIMIENTOS

A mi mujer Rosa, que supervisa cada palabra y cada párrafo, que aguanta mis dudas y mis ausencias, y es la mayor de mis críticas y la más fiel de mis fans. A mi hija Iris, que me da vida con su vitalidad y la lucha por conseguir las cosas. Y un agradecimiento especial a mi amigo José Joaquín Fernández, que siempre es el primero en leer el libro y expresar su opinión.